LA TELARAÑA ENTRE LOS MUNDOS

charles sheffield

Grupo AJEC
ArrakisFicción / 9

Edita: Editorial AJEC
Apartado de correos 2328. 18014. Granada
editor@grupoajec.es   www.grupoajec.es

ISBN: 978-84-15156-26-0
Depósito Legal:

Impresión:

LA TELARAÑA ENTRE LOS MUNDOS

-CHARLES SHEFFIELD-

Para Linda

PRÓLOGO

NOCHE DE DUENDES

La voz volvió a sonar en su oído mientras entraba deprisa en el aeropuerto. Era un hilo de sonido que venía a través de su receptor implantado.

«Espero que ya estés en el avión, Julia. Al parecer ha sido la mejor decisión. Yo aún estoy en el laboratorio, pero todas las salidas están cubiertas. Todavía no he podido enviar ningún mensaje por los intercomunicadores normales. Veré si puedo comunicarme con Morrison, que está en el Edificio Dos. Tú sigue adelante y cuídate.»

Dejó de oír la voz de Gregor. Entró en la principal terminal aérea de Christchurch y miró a su alrededor. Eran casi las dos de la madrugada. Había pocos vuelos a esa hora, y muy poca gente. Esto era bueno y malo al mismo tiempo. Podría descubrir a cualquiera que la siguiera, pero quizá no habría nadie para protegerla, a ella y a su carga. Se dirigió con cautela hacia el mostrador y miró el cartel de salidas. Había un vuelo dentro de una hora. Era el que ella quería y no se anunciaba retraso. Se acercó sin prisa al mostrador, donde un empleado joven, con cara de cansado, estaba de guardia.

El muchacho bostezó.

—¿En qué puedo ayudarla, señora?

—¿Tiene una reserva a nombre de Merlin, Julia Merlin?

¿No habría sido un error que Gregor y ella hicieran la reserva bajo su verdadero nombre? Volvió a mirar a su alrededor. El aeropuerto estaba vacío, a excepción de dos muchachos que dormían sobre un banco largo.

—Aquí está —el empleado introdujo en el ordenador la confirmación del vuelo—. Vuelo 157, transpolar hasta Ciudad del Cabo. Billete para un pasajero, pagado por adelantado. —Miró su abultado vientre y sonrió— aunque en realidad es para dos, ¿no?

Ella asintió y se obligó a esbozar una sonrisa.

—Falta un mes. Pero no crea eso que dicen de que un embarazo dura nueve meses. Parece cinco veces más.

Él asentía, sin prestar demasiada atención.

—Embarcan dentro de veinte minutos. El tiempo de vuelo será de tres horas y media. —La miró como pidiendo disculpas—. No es el aparato más rápido en esta ruta, menos de Mach Tres. Los pasajeros que viajan en plena noche no tienen demasiada prisa, supongo. Serán sólo cincuenta

 9

a bordo, al menos podrá estirarse y hasta dormir un poco. ¿Equipaje? ¿Factura los dos bultos?

—No. —La respuesta de ella había sido demasiado ansiosa, demasiado rápida—. La maleta sí, pero necesito llevar la caja conmigo. —La apretaba con fuerza contra el pecho, sin poder evitarlo.

—Muy bien. —La miró con ojo experto—. No creo que quepa debajo del asiento, pero es igual, tendrá sitio de sobra en la cabina. —Revisó los papeles que ella le presentaba, controlando las fechas—. Veo que los Laboratorios Antigeria han pagado su pasaje. ¿Trabaja allí?

Un error. Si sus temores eran ciertos, ella y Gregor no deberían haber usado el nombre del laboratorio para reservar los billetes.

—Sí —dijo tragando saliva—. Mi esposo es el director.

Vaciló, preguntándose si debía añadir algo más, pero el joven asentía distraído. Para él, en realidad, no era más que una aburrida conversación mantenida a medianoche por cortesía, no porque sintiera el menor interés por ella. Tomó el billete y se volvió para irse.

—Un momento, señora Merlin.

Se quedó paralizada al sentir la voz del empleado a sus espaldas. Se giró despacio. Él le sonreía, tendiéndole un pedacito de papel amarillo.

—Se olvida de la tarjeta de embarque.

La tomó sin decir una palabra y se dirigió lentamente hacia la puerta. Al pasar por los controles de seguridad, la voz de Gregor comenzó a sonar otra vez en su oído.

«*Julia. Julia. No sé si aún puedes oírme, pero es peor de lo que creíamos. He localizado a Morrison en el Edificio Dos; ya ha hecho la primera prueba al otro Duende y está de acuerdo con tu análisis: hay claros indicios de progeria inducida. Hemos hablado durante un momento a través del vídeo, pero la comunicación se ha cortado enseguida.*»

La voz llegaba débil y aguda a través del diminuto micrófono, pero ella percibía la tensión.

«*Estoy de pie frente a la ventana en este momento* —continuaba él— *hay un incendio en el Edificio Dos y siguen vigilando las salidas. No veo manera de escapar. Tienes que llevar al otro Duende al Laboratorio Carlsberg, para que lo vea McGill.*»

Apretó con más fuerza la caja oblonga. En su vientre, el niño se agitó como reacción a la adrenalina que recorría a su madre.

«*Intentaré salir de aquí* —continuaba la voz de Gregor—. *Me llevaré el transmisor, pero no tiene alcance como para comunicarme contigo cuando te alejes algunos kilómetros del aeropuerto. Según nuestro plan, esta-*»

rás a punto de despegar. Ojalá pudieras confirmármelo de alguna manera. Escucha, hay otras dos cosas que quiero que le digas a McGill. El Duende que ha examinado Morrison murió de la misma manera que el tuyo: exposición al vacío, lo que significa que los dos murieron en el mismo lugar, un compartimiento de avión no presurizado. Morrison ha calculado la edad: alrededor de doce meses. La masa corporal era de cinco kilos y medio. El largo, de menos de medio metro, casi igual al que tienes contigo. Espero que puedas oírme. Aún no tenemos idea de cómo pudieron llegar al laboratorio, pero ahora estoy seguro de que murieron hace unos dos días, no más.»

Julia Merlin atravesaba la zona de embarque y se dirigía al túnel que conectaba con la nave. Vio que el auxiliar de vuelo le sonreía y hacía un gesto hacia la caja que ella llevaba. Negó con la cabeza, caminó hasta su asiento y se acomodó. La voz de Gregor había cesado. Se inclinó hacia adelante e intentó meter la caja oblonga debajo del asiento, pero no entraba. Estirarse más le costaba un gran esfuerzo. Se incorporó, jadeando ante la súbita punzada de dolor.

—Ahí no va a entrar, señora —dijo el auxiliar de vuelo. Estaba de pie junto a ella, tendiéndole la mano—. Permítame ponerlo atrás, donde hay más sitio. No, no se moleste —agregó cuando ella hizo ademán de ponerse de pie—. Mire, ¿ve aquel hueco atrás? La guardaré allí.

Tomó la caja de sus manos y la llevó a la parte trasera del avión. Julia giró en el asiento, siguiendo la maleta con la mirada hasta verla en lugar seguro. Gregor hablaba otra vez, pero la voz era casi ininteligible por la interferencia.

«...Llegar al piso más bajo... junto al farol de la calle... otra vez...»

El creciente ruido de los motores ahogó sus últimas palabras. El avión, ancho y chato, comenzó a coger velocidad. Hubo una súbita aceleración que la apretó contra el respaldo del asiento. Despegaron enseguida y comenzaron a subir con una inclinación de unos treinta grados, hasta llegar a los veintisiete mil metros de altura y a una velocidad de crucero superior a la de Mach Dos.

Julia se recostó en el asiento, exhausta. No podía tranquilizarse, pero el agotamiento físico y mental comenzaba a mostrar sus efectos. Permaneció allí recostada mientras la nave llegaba a la altura fijada y comenzaba su gran ruta circular hacia Ciudad del Cabo. El dolor que sintió cuando se estiró en el asiento no se le había ido del todo. Era un dolor sordo en el vientre, que de vez en cuando se convertía en una especie de calambre. Pero había escapado. Aquello, fuera lo que fuese, que Gregor temía tanto ya no podía alcanzarla.

Una hora después se acercaban a Commonwealth Bay, en la costa de la Antártida. La voz del piloto acababa de decir por los altavoces que estaban a punto de sobrevolar el polo sur magnético. La violenta explosión en el compartimiento trasero del avión ahogó sus palabras.

El ordenador de a bordo hizo lo que pudo. Milésimas de segundo después de que la presión interna descendiera a menos de un cuarto de atmósfera, se enviaron señales de radio a los Satélites de Búsqueda y Rescate que vigilaban la Tierra constantemente desde una órbita polar baja. Al mismo tiempo, el ordenador estimó el daño causado en la estructura de la nave y decidió que era imposible descender. La bomba puesta en la bodega había destruido por completo el ensamblaje trasero. Tres pasajeros que iban sentados en la parte de atrás fueron arrancados de la nave por la presión aerodinámica. Con ellos se había ido la caja oblonga de Julia Merlin con el cuerpo del Duende dentro. Los pasajeros y la caja cayeron juntos hacia las oscuridades del Océano Glacial Antártico.

El ordenador consideró la zona que ocupaban los restantes pasajeros, calculó una probabilidad máxima de supervivencia para el grupo y cerró las puertas traseras de emergencia y las que cruzaban la cabina. Tres tripulantes quedaron atrapados al otro lado de las puertas.

El oxígeno reservado para casos de emergencia llenó la parte delantera de la cabina. El plástico de las puertas de emergencia se hinchaba bajo la presión, pero resistió. Cuatro segundos después de la explosión, la atmósfera volvió a ser respirable. Mientras los pasajeros restantes aspiraban a bocanadas el oxígeno y se apretaban los oídos intentando aliviar el espantoso dolor producido por los súbitos cambios de presión, el ordenador comenzó la Fase Dos.

Las superficies traseras de control habían desaparecido. El ordenador cortó toda la potencia de vuelo, lanzó la unidad de reactor nuclear una fracción de segundo antes de que pudiera hacerlo el capitán, y envió un lugar estimado de aterrizaje al Sistema de Búsqueda y Rescate.

El paracaídas de freno trasero también se había perdido. La velocidad de impacto, incluso desplegando el freno delantero, sería demasiado alta. El ordenador orientó todos los alerones para disminuir la velocidad de descenso. Se preparó para desplegar el paracaídas de freno delantero y dispuso las bolsas de aire para que se soltaran un instante antes del impacto contra el suelo. La nave caería en tierra, a dos mil metros por encima del nivel del mar, sobre el casquete polar. El Satélite de Búsqueda y Rescate también calculó una trayectoria y envió una confirmación del punto de llegada estimado. Ya se habían dirigido mensajes a los equipos de tierra del Sistema de Búsqueda y Rescate más cercanos, indicándoles el número de pasajeros y tripulantes, edades y estados físicos.

No hubo tiempo de pensar en nada. Julia Merlin y los otros pasajeros yacían recostados en sus asientos, indefensos, mientras la nave caía como una piedra a través del largo día de un noviembre antártico. La caída desde veintisiete mil metros con el freno desplegado duró seis minutos; lo suficiente como para volver a respirar, a desesperarse, y por fin a tener esperanzas.

Casi lo lograron. Si el impacto hubiera sido sobre nieve virgen en vez de sobre hielo duro y compacto, el avión habría quedado intacto. Pero se rompió en la base, arrojando a algunos de los pasajeros y artefactos sobre la dura superficie. Las bolsas de aire habían amortiguado bastante el golpe, de modo que los pasajeros más afortunados se encontraron atontados pero ilesos dentro del avión destrozado, que avanzó todavía deslizándose y dando tumbos para detenerse al pie de una escarpada colina de hielo.

Julia Merlin fue uno de los desafortunados. La parte del avión donde estaba recostada se prensó verticalmente cuando el ala derecha cayó y la nave rodó sobre ese costado. Una abrazadera de metal del techo de la cabina cayó sobre ella, la alcanzó en la frente y la arrojó fuera del avión. Su cuerpo se deslizó durante unos cuatrocientos metros hasta que los restos de la nave detuvieron su caída.

Su cuerpo, en parte protegido por los restos de la bolsa de aire, quedó boca arriba, sangrando sobre el hielo. Los lóbulos frontal y parietal del cerebro fueron comprimidos hasta convertirse en una pulpa gris supurante a causa del impacto contra la abrazadera de metal. La ropa había sido arrancada al salir disparada de la cabina. Pero no estaba muerta. La parte más primaria de su cerebro aún funcionaba. De alguna manera, el proceso ya comenzado cuando subió al avión continuó. A la pálida luz del sol de medianoche, el ritmo inmemorial del parto se aceleró en el cuerpo inconsciente de Julia Merlin.

Pronto apareció la cabeza, desnuda a la luz del largo día. Para una zona alta en el casco polar, la temperatura era moderada. El recién nacido salía a una atmósfera a treinta grados bajo cero y una brisa que hacía descender la temperatura diez grados más. Los muslos de Julia Merlin ofrecían escasa protección.

El Equipo de Búsqueda y Rescate salió de Porpoise Bay apenas recibida la petición de auxilio. Llegaron a gran velocidad al lugar del accidente, lo sobrevolaron y enseguida encontraron los restos del avión. Primero atendieron a los pasajeros que seguían dentro del avión. Luego el equipo se dispersó por el hielo, en busca de otros supervivientes.

El cuerpo de Julia Merlin fue el último que hallaron. Pero a pesar de eso, estuvieron a punto de llegar a tiempo.

1

«ENSALZA, ALMA MÍA, AL REY DE LOS CIELOS, PÓSTRATE ANTE ÉL CON ALABANZAS»

El sol de la mañana arrojó una amplia faja de luz sobre la cara sudeste de K-2 al elevarse en el cielo. El rayo de luz trepó por las escarpadas paredes de hielo y roca hasta la diminuta figura que se aferraba como una excrecencia contra la ladera de roca. Cuando la luz llegó a su máscara, la figura se agitó dentro del saco de dormir, buscando los anteojos que le protegerían los ojos de los feroces rayos ultravioleta. Un momento después sacó la cabeza del saco de dormir y miró a su alrededor. El tiempo continuaba estable, sin nubes y con poco viento. Miró hacia arriba. La cumbre no se veía a causa del saliente de la roca, pero debía de estar a menos de seiscientos metros de altura, destacando en el cielo de un azul profundo.

Rob Merlin volvió a meter la cabeza dentro del saco y comenzó su lenta y cuidadosa preparación para el esfuerzo de ese día, tal y como había hecho los once anteriores. Su mente estaba alerta. Ahora debía desentumecer sus manos. Esto le llevó quince minutos de ejercicio rítmico y permanente, hasta que quedó satisfecho con la coordinación. Veinte minutos más tarde soltaba los clavos que sujetaban el traje de escalada a la roca, los guardaba en la mochila y comenzaba un cuidadoso ascenso. A esa altura, la apariencia de la superficie de la roca era engañosa. Cada lugar donde apoyaba una mano debía ser examinado, cada pico que clavaba debía ser probado antes de hacer otro movimiento. Había estudiado la mejor ruta para escalar la montaña durante tanto tiempo que la elección de dirección y movimiento había dejado ya el nivel de sus pensamientos conscientes. Y eso era peligroso. No hay estudio previo que pueda predecir las rocas que se desprenden o la capa de hielo que avanza. Cuando resultaba necesario, cambiaba el camino, yéndose hacia la derecha o hacia la izquierda, pero siempre subiendo.

Para el mediodía ya había llegado al último campo de hielo, de suaves ondulaciones, que llevaba a la cumbre. Se detuvo allí, mirando a su alrededor a la cordillera Karakorum. Gracias al aire claro y transparente podía ver a una distancia de ciento cincuenta kilómetros. Los picos cubiertos de nieve se perdían hacia el infinito, aumentando hacia el sudeste, donde se encontraba el Everest, más de mil kilómetros de distancia. Con los ojos fijos en los escarpados picos se bajó la máscara, aflojó el tubo de oxígeno que desde la mochila llegaba a su boca y comenzó a ingerir una comida fría de concentrados deshidratados.

Hacia el sur, volando casi tan alto como el sol del mediodía, había una nave. Robert Merlin no la habría visto aunque hubiera tenido algún motivo para mirar hacia el disco enceguecedor, pues sus antiparras fotocromáticas se habrían oscurecido demasiado y él no habría distinguido más que el mismo sol. El piloto había puesto el control automático mientras ajustaba la lente de aumento electrónica del telescopio. Cuando corrigió el foco, la figura de Rob Merlin, como una hormiguita, apareció de pronto en la pantalla. Estaba inclinado hacia adelante, para equilibrar el peso de la mochila que llevaba a la espalda. Bajo las ropas térmicas, el cuerpo parecía robusto, con amplias espaldas y mucho músculo. La mujer lo observó en silencio mientras él comía su sencillo menú.

—Está en el último tramo —dijo ella por fin—. Lo que falta no es difícil por eso se ha detenido a comer aquí. No creo que se quede mucho tiempo en la cumbre; querrá tener buena luz para descender, sobre todo al atravesar esa grieta seiscientos metros más abajo. ¿Quieres que lo mantenga enfocado?

Hubo un silencio de varios segundos. La voz que por fin se oyó por el altavoz era áspera y grave, como si las cuerdas vocales estuvieran gastadas.

—Sí. Tengo a Caliban en el circuito, y necesita todo, lo auditivo y lo visual. ¿Puedes ampliar más la imagen? Quiero verle mejor la cara.

La mujer asintió. Movió un mando y enfocó la cabeza y los hombros de Rob Merlin. Se oyó un gruñido por el altavoz.

—Ya entiendo lo que querías decir. Se le ve muy tranquilo. Ojalá pudiera verle los ojos.

—A esta altura no. Llevará los anteojos puestos todo el rato. Hay demasiadas radiaciones ultravioleta. Pero te diré cómo son. Igual que la cara: parecen una tela en blanco esperando a que alguien pinte algo en ella.

—Qué poético, pero nada preciso. —La voz sonó burlona, cascada—. Supongo que puedo esperar a que baje a menos de seis mil metros para verlo con mis propios ojos. Ya puedes reducir la imagen.

La mujer asintió. Con dos breves movimientos suyos, la imagen de la pantalla ofreció una toma más lejana de Rob Merlin.

—La dejaré así para Caliban. ¿Alguna idea nueva sobre cómo ponerme en relación con Merlin?

—No. Es asunto tuyo, no mío. Hazlo apenas puedas. Necesito regresar a la base, y no quiero permanecer aquí más de lo necesario.

La mujer se sacudió el pelo castaño de la cara y volvió a escudriñar el visor.

—Lo abordaré lo antes posible, pero no sé cuándo. Habría tenido una razón para acercarme a él si hubiera tenido dificultades en el ascenso, y puedo hacerlo si tiene algún problema en el descenso. De lo contrario, querrá cubrir las partes difíciles solo, de eso estoy segura. Si todo va bien, no nos esperes hasta dentro de, por lo menos, tres días.

—¡Tres días! —La voz cascada sonó impaciente—. ¿Por qué tanto tiempo? Está en la cumbre, ¿no? ¿No era eso lo que quería?

—Sí —la mujer parecía divertida— y querrá bajar solo, también. Si trato de abordarlo ahora lo más probable es que me eche. Ésa es mi opinión. Pregúntale a Caliban, si no me crees.

—Ya lo he hecho. —La voz parecía suavizada—. Pero no hemos entendido el mensaje. Le pediré a Joseph que lo intente otra vez, pero dudo que obtengamos nada nuevo.

Mientras hablaban, Rob Merlin se puso de pie, se ajustó la máscara y emprendió el ascenso hasta la cumbre de K-2. Al llegar se quedó allí apenas un par de minutos, una figura diminuta parada en la cima del mundo. Al volverse para comenzar el trabajoso descenso, toda su atención se centraba en las inclinadas paredes de hielo y las grietas debajo de él. Bajaban y se doblaban en una complejidad que mareaba, hasta llegar al punto donde Rob había planeado descansar, mil doscientos metros más abajo. Era crucial una atención absoluta. A esa altura y a esa presión, el hielo ennegrecido se sublimaría al calor del sol antes de derretirse, a menos que tuviera la fuerza del peso del hombre sobre él. Con ese peso, cada paso era peligroso.

No volvió la cabeza hacia la cumbre de la montaña en ningún momento, ni miró hacia el sol y la mota de plata oculta en su luminoso resplandor. Lo emocionante era el ascenso. El descenso, como siempre, sería más peligroso.

A los cinco mil cuatrocientos metros hubo un sutil pero significativo cambio en los alrededores. Aún estaba muy por encima de la línea de vegetación, pero ya la superficie de la montaña era más áspera y más quebrada. Incluso podía escoger entre los caminos que se abrían ante él, cosa que no ocurría cuando el escalador se hallaba por encima de los seis mil metros. Rob se detuvo para desconectar el tubo del oxígeno y se aflojó la máscara. Siguió bajando despacio, intentando pensar en el camino que tenía por delante y no en el placer de la comida y los baños calientes que al cabo de algunos días podría disfrutar.

Sus orejeras le habían impedido oír el ruido producido por la nave. La descubrió ante sus ojos a cien metros de distancia, cuando ésta descendía hacia la ladera, donde permaneció sobre sus columnas de aire. Era un biplaza, y de los caros. Cuando se acercó suavemente a él, Rob vio a la piloto que con toda calma alineaba la puerta de salida con un pedazo de terreno llano formado por guijarros. Se detuvo y esperó a que ella conectara el piloto automático, abriera la puerta y bajara a la superficie pedregosa a veinte metros de él.

—¿Te ahorro el resto del camino? Ya has cubierto la parte difícil.

Iba vestida con un traje acolchado apropiado para la nieve, con la cabeza y los antebrazos descubiertos. El rostro era delgado y oscuro, con ojos vivaces y una boca de labios carnosos y gesto divertido sobre el robusto mentón. Sus modales eran muy informales, pero Rob estaba seguro de que no se conocían. Recordaría la piel oscura y esos sorprendentes ojos pálidos y animados.

La miró un momento y pensó de pronto en el deleite de un largo y lujurioso baño de inmersión en agua y vapor, consciente de su propia suciedad. Era una oferta tentadora, y ella tenía razón, la parte más difícil había pasado. Después de unos segundos negó con la cabeza.

—Ya que he llegado hasta aquí, quiero terminarlo yo solo. Además, tengo todas mis cosas en Suget Jangal.

—Me coge de paso. Allí también puedes darte un baño caliente.

Parecía leerle el pensamiento; aunque también podría ser que le oliera a cuatro pasos de distancia.

—Supongo que te hace falta un buen baño —continuó ella—. Once días en la montaña es mucho tiempo.

—Demasiado. —La miró con curiosidad—. ¿Controlaste mi partida de Suget?

—Sí. Y no te he quitado los ojos de encima durante los últimos días.

No mostraba ninguna vergüenza por haber invadido lo que él había creído su intimidad. La estudió mejor. Era baja, mediría poco más de un metro cincuenta, y delgada. No tendría más de veinte años, pero se mostraba realmente muy segura de sí misma. Rob se acomodó la mochila, se restregó la barba de once días y contempló la nave que esperaba.

—Y yo creía, inocente de mí, que me hallaba solo aquí arriba. Vaya aislamiento. ¿Por qué no me has esperado en Suget Jangal? Estaré allí dentro de tres días.

—Claro, y rodeado de veinte personas. Por eso no me he quedado allí. ¿Sabías que hay cuatro grupos de empresas en el hotel, el único hotel, esperando el regreso de Rob Merlin? Te escabulliste antes de que pudieran hablar contigo después de tu último contrato. Ahora quieren ser los primeros en hacerte sus ofertas para el próximo.

—No me sorprende. Me empezaron a perseguir antes de que terminara. Por eso me di prisa, para tener un poco de tiempo para mí solo. Supongo que fue muy fácil localizarme. —Rob frunció el ceño. Las líneas que cruzaron su lisa frente lo avejentaban—. Y tú eres una más, supongo, pero querías llegar antes que ellos. Bien, la respuesta sigue siendo no. Voy a terminar el descenso. Deberías haberte informado mejor. De haberlo hecho, sabrías que no trato con intermediarios, y sabrías que no permito que nadie me presione para firmar un contrato antes de tiempo.

La expresión de ella no se alteró. Miró a su alrededor, a los picos de la cadena del Karakorum, y luego volvió a Rob.

—Lo sé —frunció el gesto— concédeme algo de inteligencia. Admito que he venido a hablar de negocios, pero se trata de circunstancias especiales. En primer lugar, tienes mi palabra de que no estamos intentando pisar a nadie ni peleando por tu talento. No queremos construir un puente, al menos no uno corriente. En segundo lugar, esto no puede manejarse si no es con un intermediario. —Miraba atentamente la expresión de Rob—. El hombre para el que trabajo no está aquí porque no puede. Jamás sobreviviría a un viaje a la superficie de la Tierra. Darius Regulo está enfermo desde hace más de cuarenta años.

—¡Regulo! —Rob mostró su primera señal de interés—. ¿Me estás diciendo que trabajas para Darius Regulo?

—Así es. El Rey de los Cielos en persona, y quiere verte.

Rob miró la nave.

—¿Él te ha pedido que me dijeras todo esto?

—No —sacudió la cabeza, y los cabellos castaños acompañaron el movimiento— todavía no conoces a Regulo. Jamás daría una orden de ese tipo. No es su estilo. «Ve allá abajo», me ha dicho. «Impide que ese tonto se mate en la montaña y tráelo para hablar conmigo». Ésas son todas las instrucciones que me ha dado. Nunca diría a nadie *cómo* hacer un trabajo; dice que para eso paga a la gente. Lo que le importa son los resultados. —Notó que Rob miraba la nave—. Como ingeniero que eres, deberías conocer a ese hombre.

Rob miró el camino que le esperaba y luego a la mujer.

—No me engañes. Si voy contigo, ¿iremos directamente a ver a Regulo?

—Eso he dicho.

—Bien. —Rob caminó hasta la nave y arrojó la mochila a la parte de atrás—. Ignoro cómo lo has sabido, pero este asunto sí me tienta.

Ella aún sonreía para sus adentros cuando los dos subieron juntos a la cabina: la mujer en los controles y Rob detrás de ella junto al equipo de la cámara. Miró todo con curiosidad, y luego descubrió la pantalla de televisión al otro lado de la cabina.

—Ahora entiendo eso de que no me habías quitado los ojos de encima. ¿Has tenido ese telescopio todo el tiempo enfocado sobre mí?

Ella asintió sin mirarlo.

—Da una imagen muy buena.

Rob refunfuñó.

—No lo dudo. No creo tener ningún secreto ya para ti. Escucha, estoy aquí, me has pescado con el nombre de Regulo. Pero, ¿quién eres tú y por qué le intereso?

—Yo soy Cornelia Plessey. No te molestes porque te haya estado observando. Me dijeron que estuviera pronta a asistirte si tenías algún problema en el K-2. Piensa en mí como en un intermediario.

Fijó una ruta y colocó el piloto automático, y luego giró en la silla para mirar a Rob. Sonreía. Él escudriñó su rostro, buscando finas cicatrices indicadoras de un rejuvenecimiento. No había ninguna. ¿Sería de verdad tan joven como parecía? No era coherente con su manera de comportarse.

—Tengo veintiséis años —dijo ella, interpretando la mirada de él—. Pero no te preocupes, tengo toda la autoridad que hace falta; podemos hablar de dinero, si es lo que más te interesa. Regulo me deja decidir con qué tentarte, ya sea mucho dinero, mi cuerpo, mi cerebro o cualquier otra cosa que funcione... Lo único que debo decirte es que Regulo quiere hablar contigo de un proyecto que hará que todos los otros proyectos en los que has trabajado parezcan juegos infantiles. Cuando sepas de qué se trata, el dinero será lo de menos.

Rob levantó las cejas. Eran oscuras y espesas, y ocultaban sus ojos profundos.

—Y supongo, por coincidencia, por supuesto, que al final de cuentas su proyecto tendrá que ver con la utilización de la Araña.

—Será necesario que introduzcas mejoras en la Araña, que la aceleres en un factor de veinte. No conozco los detalles, pero eso dijo Regulo.

—¡Dios santo! —Rob volvió a restregarse la barba y resopló—. ¿Tienes idea de la velocidad de la Araña? No sé nada de Regulo, excepto su fama como excelente ingeniero, pero sobre esto el viejo no sabe lo que dice. Escúchame, Cornelia...

—Corrie.

—Bueno, Corrie. Estoy intrigado, como tú querías. Pero tendré que saber mucho más de lo que quiere Regulo antes de decidir nada. Estoy seguro de que habéis estudiado mi currículum y sabéis que no tengo ninguna experiencia en construcciones fuera de la Tierra. Ahora bien, lo único que yo sé de Regulo es que jamás trabaja aquí en la Tierra. Es el «Rey de los Cohetes» para trasladar materiales por todo el Sistema Solar. ¿Por qué le intereso, entonces?

—Repites lo que dicen los periodistas, que no saben nada. —Suspiró— Regulo *odia* los cohetes. Ya lo verás en tu primera entrevista con él. Desearía que recibieras la información directamente de él. —Se quedó pensativa un momento y luego se inclinó hacia él. Tenía la piel clara y lisa, un profundo bronceado debajo del cual había marfil—. Escucha, hay muchísimas personas que no llegarían a ver a Regulo jamás, aunque se pasaran un año intentándolo. Es un hombre muy reservado y está obligado a vivir fuera de la atmósfera de la Tierra, con poca gravedad. No le interesa la publicidad, ni siquiera le interesa corregir las tonterías que se dicen de él. Pero hay un rumor que es verdad: Regulo se queda con el dos por ciento de todo lo que se transporta en el Sistema, y eso incluye materiales que van hacia la órbita de la Tierra o que vienen de ella. Si fuera cuestión de dinero, Regulo podría ganarle a cualquiera en el Sistema. Si es eso lo que te preocupa, olvídalo. Pero si lo que buscas en un proyecto es algo más que el dinero, y yo creo que así es, entonces debes venir a ver a Regulo. Te doy mi palabra de honor de que te fascinará lo que va a proponerte.

Rob la estuvo observando con atención mientras la muchacha hablaba, fijándose más en el estilo que en las palabras. Asintió y miró hacia adelante.

—Me arriesgaré a perder uno o dos días. Estaremos en Suget Jangal dentro de veinte minutos. Quiero darme un baño y comer algo caliente, luego estaré listo para ir contigo. ¿Dónde está ahora Regulo?

—Nos espera en una base provisional en el espacio, en una órbita geoestacionaria sobre Entebbe. Viajaremos en dos etapas. Desde aquí hasta Nairobi en esta nave (eso nos llevará unas tres horas) y luego cogeremos un Remolcador desde allí hasta la órbita geosincrónica. ¿Cuánto tiempo necesitas para estar listo? No olvides que debes hallar la manera de eludir a la gente que te espera en el hotel.

—Tengo experiencia —dijo Rob, encogiéndose de hombros—. No pueden obligarme a que hable con ellos. Pero, ¿cómo sabremos cuándo sale el próximo Remolcador? Puede no haber ninguno hasta dentro de veinticuatro horas. ¿Qué sentido tiene salir de aquí tan rápido si luego tenemos que esperar en Nairobi?

Cornelia Plessey había vuelto a los controles y se preparaba para aterrizar en el primitivo aeropuerto de Suget Jangal. No era más que un largo trecho de roca plana. Se volvió a Rob un momento, con una mirada divertida en los pálidos ojos azules.

—Deberás acostumbrarte a la idea de que las cosas son diferentes cuando empiezas a trabajar para Darius Regulo. Dudo de que haya ningún Remolcador con partida prevista para dentro de doce horas, al menos. Pero lo habrá para cuando lleguemos. ¿Cuánto tardarás en regresar a la nave?

—Dame una hora. —Rob comenzó a bajarse apenas la nave se detuvo y quedó en suspenso en el aire. Luego se volvió y vaciló antes de bajar—. Dejaré la mochila aquí para ahorrar tiempo. Sólo por curiosidad, ¿qué habrías hecho si tu argumento no hubiera funcionado? ¿Qué tal si te hubiera dicho que te esfumaras cuando intentaste convencerme de subir a ver a Regulo?

Corrie sonrió.

—Lo hubiera intentado de otra manera, por supuesto. Es algo que Regulo me enseñó. Cuando lleguemos a él, échale un vistazo a su escritorio. Verás cosas escritas sobre él. Una de las leyendas dice: «*Hay novecientas sesenta maneras de erigir hogares tribales, y cada una de ellas es la correcta*». Contemplé esa leyenda años y años, sin tener la menor idea de lo que significaba, hasta que por fin comprendí por qué la tenía allí. Ahora sigo intentando, un método tras otro, hasta dar con uno que dé resultado.

Años y años. Rob se sintió intrigado. Estuvo a punto de hacer otra pregunta, pero cambió de idea y bajó de la nave. Mientras él cruzaba la superficie rocosa de la pista de aterrizaje hacia la pequeña ciudad, Corrie miró la cámara montada en una pared de la nave.

—¿Sigues ahí, Regulo?

—Sí. —Hubo una pausa antes de que la voz grave volviera a hablar—. Bien hecho, Cornelia. Ya he enviado un mensaje para que tengan un Remolcador preparado en Nairobi para dentro de cinco horas.

—Estaremos allí. ¿Alguna otra instrucción?

—Ninguna. Pero sí una pregunta. Observé con atención a Merlin antes de que se fuera. Me pareció que algo lo preocupó por un instante, o que lo sorprendió. Yo no te estaba mirando a ti, pero me pregunté si no habrías hecho algo que no captamos en la cámara.

—No noté ninguna reacción extraña en él. —Quedó pensativa un momento, pero negó con la cabeza—. No recuerdo haber hecho nada peculiar o fuera de lugar.

—Sigue pensando. —La voz sonó reflexiva—. Ya lo sabíamos: es un muchacho muy inteligente. Ten cuidado con lo que le dices. Y he comprendido lo que me decías de sus ojos. Tiene veintisiete años, pero sus ojos podrían ser los de un niño de seis. Ya sabes que, según Caliban, nos arriesgamos mucho al utilizar a Merlin. O al menos creemos que eso es lo que dice. Sabes lo difícil que es interpretar cualquier cosa que nos transmite. He decidido no hacer caso de Caliban en esto, a pesar de las objeciones de Joseph. Caliban sugiere que debemos tratar con Merlin con más cautela que de costumbre. Recuérdalo cuando hables con él. Te esperaré aquí dentro de ocho horas.

2

UNA MIRADA A LA ESCALERA DE JACOB

Desde lejos no había manera de calcular el tamaño de la estación de Regulo. Corrie le había dicho a Rob que era sólo una base provisional, donde Regulo esperaba para encontrarse con ellos, y eso hacía pensar en una construcción pequeña. Sólo cuando estuvieron lo suficientemente cerca como para ver la entrada y tenerla como referencia, Rob se dio cuenta una vez más de que Regulo pensaba a lo grande. Toda la construcción cilíndrica medía más de cien metros de largo y al menos cincuenta de ancho.

—No le gustan las estrecheces —dijo a Corrie mientras se sentaban juntos en la zona de pasajeros del Remolcador.

—¿Por qué iban a gustarle? Pero esto no es nada, sólo una casa para unos pocos días. Su base real está en estos momentos a un millón de kilómetros de aquí. Se muere por volver. Te lo dije, Regulo se ha tomado muchas molestias para encontrarse aquí contigo. Su primera idea fue que yo te llevara a su base, pero después de hablar con él un poco más se percató de que era demasiado esperar sin un incentivo real.

Mientras ella hablaba, el Remolcador giraba suavemente hacia el acoplamiento con la puerta central de la estación cilíndrica, ajustando la posición y la velocidad con pequeñas explosiones de los motores de control. Cuando por fin se acoplaron no hubo impacto, sino una suave y breve aceleración cuando la nave tomó su posición final y se acopló electromagnéticamente a la cavidad central de la estación. Los controles electrónicos concluyeron en pocos segundos y las puertas se abrieron en silencio hacia el interior de la gran estación. En el eje la gravedad era casi nula. Corrie lo condujo hacia las áreas externas, y Rob flotaba detrás de ella. Su experiencia en ambientes con baja gravedad era escasa, y a pesar de las drogas para corrección vestibular, sentía la falta de orientación. No había señales de nadie más. Siguieron avanzando hacia afuera, hasta un punto donde la aceleración centrífuga había aumentado casi hasta un cuarto de g. La incomodidad de Rob disminuyó cuando regresó la sensación de peso.

Corrie no había dejado de mirarlo comprensiva mientras avanzaban.

—Te sentirás mejor, verás, dentro de un momento —dijo—. Y la próxima vez no notarás ni la mitad de lo que has sentido ahora. Es algo a lo que hay que acostumbrarse, y les pasa a todos.

Habían llegado a una gran puerta corrediza. Corrie la abrió sin llamar y lo hizo entrar. La habitación en la que penetraron había sido amueblada como un estudio, con terminales de ordenador sobre una pared, pantallas en la de enfrente y un gran escritorio y consola de control en el medio. La iluminación era tan escasa que resultaba difícil discernir los detalles de muchos de los objetos. La suave curva del suelo cilíndrico estaba cubierta por una alfombra fina y espesa, roja oscura, que parecía resplandecer suavemente como la luz de un rubí. La tapa del escritorio estaba hecha de un material veteado, en rosa, parecido a un delicado mármol, que también parecía agregar luz a la habitación en lugar de absorberla. Rob observó todo esto con una breve mirada. Sus ojos se posaron en el hombre sentado detrás del gran escritorio.

Darius Regulo era alto y delgado, con manos largas y huesudas, y algo encorvado. Los cabellos que cubrían su gran cabeza eran blancos y finos, y le caían en un mechón despeinado sobre la amplia frente. Era evidente que, si se había sometido a tratamientos de rejuvenecimiento, hacía tiempo que le hacía falta otro. Rob nunca había visto a nadie, hombre o mujer, que pareciera tan viejo, tan frágil. Luego miró la cara y la piel de Regulo, y los otros factores perdieron importancia. Los ojos seguían siendo brillantes y alertas, de un azul helado con pálidos reflejos grises, pero miraban desde una cara que era una burda imitación de humanidad. Los rasgos de Regulo parecían haberse desdibujado, derretido. La piel que los cubría era como la escoria de un horno: gris, granulosa y marchita. Era fácil adivinar el motivo del bajo nivel de iluminación en la gran habitación. Rob se obligó a mantener la mirada fija sobre Regulo, sin apartar los ojos.

—Adelante, Merlin. —La voz profunda sonó raída y gastada también, como si hubiera sufrido el mismo destino que la cara de Regulo. Las consonantes sonaban como salidas de una garganta llena de arena—. Lamento que mi estado imposibilitara un encuentro en la Tierra. Por favor, siéntese en esa silla.

Se volvió a Corrie.

—Buen trabajo, querida. Merlin y yo necesitaremos al menos un par de horas a solas. No creo que la conversación te resulte demasiado interesante. Te sugiero que vayas a visitar a Joseph, al otro lado de la estación, y te informes sobre sus adelantos. Está convencido de que tiene nuevos resultados para nosotros.

Corrie hizo una mueca.

—Sabes que no me gusta estar con él, sobre todo cuando no estás tú.

—Lo sé —Regulo rió—. Pero también sé que estás tan interesada como yo en seguir sus proyectos. No lo niegues, querida, podría recordarte cincuenta incidentes que apoyan mi afirmación. Te llamaremos cuando hayamos terminado. Y haré que el Remolcador esté listo para que podáis regresar a la superficie a última hora.

Se volvió hacia Merlin cuando Corrie salió del estudio.

—Así que usted es el hombre que inventó la Araña, ¿eh? —Su voz, a pesar de la aspereza de sonido, sonó cálida e interesada—. Si no le importa me gustaría saber cuánto tardó en hacerla.

A Rob le sorprendió la pregunta. Era un comienzo inesperado para la conversación.

—Un año, más o menos —respondió—. Una vez concebida la idea original, claro. La mayor parte del trabajo fue la programación y la fabricación.

—Un año. —Regulo silbó y sacudió la cabeza—. No es por darle coba, pero ¿sabe que mi equipo de ingenieros invirtió más de cuarenta años-hombre en la Araña, intentando descubrir cómo diablos funciona esa cosa, y todavía no lo ha logrado? Eso demuestra lo que yo he dicho siempre: trabajar sin ideas es peor que no trabajar. —Se sonrió—. Hay un truco, ¿no?

—Lo hay —Rob sonrió—. Y antes de que comience, quiero aclararle que no está a la venta.

—Eso supuse —Regulo miraba a Rob atentamente con sus arrugados ojos azules—. Pero puede ser alquilada, ¿no? No, no me lo diga, ya sé que no anda necesitado de dinero. El último contrato por el Puente Taiwan le habrá hecho ganar millones. ¿Qué longitud tiene? ¿Ciento veinte kilómetros?

—Un poco más. Casi ciento cuarenta.

—No está mal —Regulo tenía una expresión divertida en su rostro ajado—. Es difícil estar al tanto de las obras pequeñas. ¿Usted dirigió la extrusión de todos los cables de sostén?

Rob había logrado permanecer imperturbable ante la mención de «obras pequeñas». El Puente Taiwan era uno de los más grandes del mundo; ¿adónde quería llegar Regulo?

—Toda la extrusión y la fabricación —replicó—. La Araña permite comenzar desde las materias primas básicas y hace un cable compuesto por monofilamentos sin interrupciones.

—Ajá —Regulo hizo avanzar la silla hacia un costado del escritorio y tomó un listado de ordenador—. He pasado bastante tiempo estudiando la Araña para saber al menos lo que hace, aunque no sepamos cómo lo hace. Ahora bien, venga aquí y mire esto. Es el resumen de un artículo aparecido el año pasado en la *Revista de Estado Sólido* —golpeó la hoja con un dedo huesudo—. No me creerá, pero hace cuarenta años que esperaba que alguien escribiera este artículo. Mírelo y dígame qué le parece.

Rob se acercó al costado del escritorio, cerca de Regulo, y los dos hombres observaron la hoja durante unos minutos.

—Lo que dice es claro —dijo Rob por fin—. Si el autor no se equivoca, puede hacer filamentos de silicio sin interrupciones veinte veces más resistentes que los más duros que estamos fabricando con grafito. Sólo menciona la resistencia a la tensión, de modo que mi primera pregunta sería qué pasa con la resistencia bajo condiciones de compresión y deslizamiento.

—Yo se lo pregunté. La resistencia al deslizamiento es buena, la de compresión, escasa, más o menos lo mismo que sucede con los filamentos de grafito.

Rob se encogió de hombros.

—De modo que puede hacerse un cable de carga de silicio, en lugar de grafito. No veo que eso sea especialmente valioso. No necesitamos materiales más fuertes para ninguno de los puentes que conozco, ni siquiera para los que están en etapa de diseño, y con esto incluyo al Puente Tasmaniano, que medirá trescientos cuarenta kilómetros.

—Muy cierto —Regulo se inclinó sobre el escritorio y rozó la superficie con un dedo. Bajo la presión de su mano apareció una leyenda iluminada, en letras de imprenta sobre la superficie rosada: PIENSA A LO GRANDE.

—Eso es lo que tienes que aprender a hacer, Merlin. Pensar a lo grande, no modestamente. Estoy interesado en algo cuya magnitud sobrepasa ampliamente la de cualquier puente insignificante. Si no tuvieras límites de presupuesto, ¿podrías fabricar y extruir cable de silicio, en lugar de cable de grafito?

Rob vaciló. Aún miraba con curiosidad la superficie del escritorio de Regulo. Se inclinó hacia adelante y tocó el lugar que había tocado Regulo. La señal resplandeciente volvió a aparecer. PIENSA A LO GRANDE.

—¿Efecto piezoeléctrico? —preguntó.

Regulo rió roncamente.

—No exactamente. Ya tendrás tiempo de averiguarlo si trabajamos juntos. Oprime la superficie en otros lugares, a ver qué sale.

Cada pedazo de la superficie del escritorio respondía a la presión de la mano de Rob: GANA POCO, IDEAS-COSAS-GENTE, LOS COHE-

TES NO SIRVEN. Rob se quedó mirando el último. Era lo que Corrie había dicho de Regulo. El otro hombre miraba con placer no disimulado las señales rojas que resplandecían en la superficie del escritorio y se apagaban segundos después hasta convertirse en el pálido rosado de antes.

—Mi filosofía de trabajo está inscrita en este escritorio —dijo—. Deberías dedicar media hora a leerlo todo, pero no ahora. Espero tu respuesta. ¿Puedes modificar la Araña?

Rob asintió.

—Me llevaría quizás un mes de trabajo, pero puedo hacerlo. Diseñé a la Araña con mucha flexibilidad de funcionamiento.

—¿Y aún podrías moldear cualquier forma de cable, como hiciste para los puentes?

Rob volvió a asentir, y no creyó necesario agregar comentario alguno. Regulo se sentó más derecho en su silla, gruñendo al enderezarse.

—Muy bien. —Apoyó ambas manos planas sobre el escritorio—. Otra pregunta más, y luego responderé a las que estoy seguro que quieres hacerme. Si no tuvieras problemas de dinero, ¿podrías aumentar la velocidad de la Araña? ¿Podrías aumentar la producción máxima de moldeado de cable de diez kilómetros diarios a más o menos doscientos kilómetros diarios?

Rob frunció el ceño y se mordió el labio, concentrado.

—Eso es más difícil —dijo por fin—. Necesito tiempo para pensarlo antes de dar una respuesta definitiva. No veo ninguna razón específica para que no pueda hacerse, pero ésa no es la clase de respuesta que usted espera. Pero, ¿para qué querría hacerlo? Cuando diseñé la Araña la hice para que trabajara más rápido que cualquier otra máquina de las utilizadas en la construcción de puentes. No veo la necesidad de acelerarla, los demás equipos jamás podrían seguirle el ritmo.

—Te diré para qué —dijo Regulo, extendiendo la mano—. Mira esto. Mira el resto de mi cuerpo. Soy un hombre viejo, sí, y eso significa que no tengo tanto tiempo como tú. No creas a los que dicen que los jóvenes viven deprisa. Son los viejos, los que han aprendido lo valioso que es el tiempo, los que viven deprisa. No sé qué opinas tú, pero yo no estoy dispuesto a esperar diez años a que extruyan un cable de sostén. Un año todavía, necesitaríamos ese tiempo de todos modos para prepararlo todo. Pero no más de un año.

Rob volvió a sentarse en la silla frente a Regulo. Miró con fijeza la cara estropeada, tratando de leer detrás de los rasgos deformados. Era imposible. Sólo los ojos eran humanos, y brillaban con un intenso interés intelectual.

—Aclàreme algo —dijo Rob por fin—. Se dará cuenta de que una velocidad de extrusión de doscientos kilómetros diarios fabricaría un cable de sostén que le daría dos vueltas a la Tierra. A diez kilómetros diarios tendríamos miles de kilómetros de cable, más de lo que necesitaríamos jamás. ¿A qué quiere jugar? ¿A diseñar puentes para Júpiter?

—No. A algo mucho más interesante —Regulo se inclinó sobre el panel de control a un lado del escritorio y oprimió una serie de botones. La gran pantalla en la pared de la derecha se encendió y mostró la imagen estilizada del sistema Tierra-Luna, más o menos a escala—. Ya sabes cuál es mi opinión de los cohetes, por la leyenda que viste sobre el escritorio. Yo transporto más material desde la Tierra que ninguna otra persona, y para eso usamos cohetes, pero resulta que, en mi opinión, los cohetes son un elemento de tecnología obsoleto. Incluso con los mejores sistemas de propulsión nuclear, consume mucha energía levantar una carga de la superficie de la Tierra y ponerla en órbita aquí. Y consume la misma cantidad de energía y reacción de masa para hacer bajar otra vez el mismo material.

»Ahora bien, Rob, tú sabes bastante de ingeniería y de física (me aseguré de ello antes de pedirle a Cornelia que intentara hacerte venir) para saber de sobra que un campo de gravedad newtoniano es *conservativo*. Hay una función potencial para él. ¿Qué quiere decir esto? Te lo diré. Significa que en principio se debería poder tomar masa de un punto del campo, digamos de la superficie de la Tierra, y llevarla a otro punto, como por ejemplo una órbita geosincrónica, usando una determinada cantidad de energía. Luego se debería poder traerla otra vez, de regreso a la Tierra, *y recuperar toda la energía gastada en subirla*. Eso es lo que significa un campo conservativo: que lo que se use para subir se recupere cuando se baja.

Rob se encogió de hombros.

—Entiendo las ideas teóricas de los campos potenciales. Pero en la práctica no sirven. El campo de gravedad de la Tierra es conservativo, cierto, pero hay que usar energía para llevar los cohetes al espacio desde la superficie. Y se necesita reacción de masa y energía para evitar que caigan demasiado rápido cuando uno quiere hacerlos regresar a la superficie.

—Así es. Es una situación terrible desde el punto de vista de la eficacia. De modo que debemos empezar por ahí.

Regulo oprimió otro botón en la consola de control y la pantalla de la pared mostró a la Luna y la Tierra rotando juntas alrededor de su centro común de masa, mientras que la Tierra rotaba al mismo tiempo sobre su eje.

—Supón que no usemos cohetes —explicó—. Los cohetes son como los transbordadores, que llevan gente y materiales para arriba y para abajo. Supón que en lugar de transbordadores construimos un puente hacia el espacio. La idea es sencilla: tomamos un cable, atado a un punto de la superficie de la Tierra, tal vez en algún lugar del Ecuador. Se extiende verticalmente hacia arriba, hasta llegar a una órbita sincrónica, donde estamos ahora, y más allá. En el extremo, ponemos una especie de lastre. ¿Te das cuenta? Toda la estructura cuelga allí en equilibrio, las fuerzas que tiran hacia abajo del cable a partir de la altura geosincrónica equilibran las fuerzas que tiran hacia afuera por la aceleración centrífuga. El peso que hace de lastre quiere volar hacia afuera, pero el cable se lo impide, y la tensión hacia afuera del cable se equilibra por la fuerza en el punto de amarre, en la superficie. Toda la estructura gira a la misma velocidad que la Tierra, como esto.

Regulo oprimió otro botón. El sistema Tierra-Luna, en rotación, apareció con un largo cable que se extendía desde la superficie de la Tierra y rotaba con ella. Rob miraba la pantalla, pensativo, con la cabeza inclinada hacia un lado, acariciándose la barba que no se había molestado en afeitarse antes de salir con Corrie de Suget Jangal.

—Suena bien —dijo por fin—. Pero no veo cómo funcionará. Cada elemento en ese cable querrá moverse en una órbita diferente. Cada parte de él querrá moverse alrededor de la Tierra a una velocidad diferente.

—Muy cierto —Regulo parecía confiado, y Rob vio que estaba disfrutando de la conversación—. Los elementos del cable *querrán* moverse a diferentes velocidades, pero no podrán. La tensión del cable se lo impide. No hay diferencia entre esta situación y la de una piedra que gira al final de una cuerda. —Volvió a alargar la mano y a tomar otra hoja—. Mira, Rob, esto no es algo que acabe de inventarme. Encontrarás referencias sobre el tema en la literatura científica (como idea no como proyecto de ingeniería) de hace más de noventa años. Las primeras referencias a un sistema así se remontan a 1960, incluso a antes de ese año. En ese tiempo se estudió toda la mecánica orbital. Ésta es una relación de algunas de las referencias. Como te dije, hace cuarenta años que me enteré de esa idea y he querido llevarla a la práctica. Lo que siempre me lo impidió fue el problema de los materiales. Nunca tuvimos nada lo suficientemente resistente como para soportar el peso del propio cable, mucho menos para transportar otros materiales. He estado pendiente de los adelantos en la ciencia de materiales, año tras año, buscando algo como el artículo que te he enseñado, y por fin llegó.

Regulo volvió a tomar el resumen que él y Rob habían estado leyendo. Golpeteó sobre la hoja con un delgado dedo.

—Hay un punto fundamental en esto que se te puede haber pasado por alto en una primera lectura. Esos filamentos de silicio para la fabricación de cables pueden producirse muy baratos, ésa es la clave de todo. Son incluso más baratos que los de grafito.

Rob seguía mirando la imagen en la pantalla. Tenía los ojos inexpresivos mientras llevaba a cabo rápidos cálculos mentales.

—Regulo, esa cosa tendría que tener por lo menos setenta mil kilómetros de largo, sólo para mantener el lastre a un valor razonable, Dios, qué proyecto; y yo que creía que el Puente de Tasmania sería el trabajo más importante que vería en mi vida.

Regulo miró con mirada de aprobación la concentración de Rob en la pantalla.

—Ahora comprenderás por qué me interesa la Araña —dijo—. Apenas la patentaste, hace tres años, pensé que era exactamente lo que necesitaríamos si alguna vez teníamos la oportunidad de construir esto. Incluso intentamos copiar la idea por nuestra cuenta, pero nunca lo conseguimos. Uno de mis principios básicos es contratar a cualquiera que pueda hacer algo que yo no pueda. En cuanto a tu cálculo de setenta mil kilómetros...

Se inclinó hacia adelante y volvió a oprimir una llave en el tablero de control. La imagen no cambió, pero apareció un mensaje adicional al pie de la pantalla: DISEÑO DE CABLE CIENTO CINCO MIL KILÓMETROS.

—¿Cuánta masa para una capacidad de transporte razonable? —preguntó Rob de pronto. Había emergido súbitamente de su frenesí de cálculos—. ¿Dónde obtendría los materiales para construirlo? ¿De dónde sacaría la energía para hacerlo funcionar? ¿Y dónde lo armaría? Hay problemas muy claros. Y no veo cómo conseguiría los permisos necesarios para armarlo y bajarlo a la Tierra. —Negó con la cabeza—. Regulo, es fascinante, pero tengo tantas preguntas que no sé por dónde comenzar.

—Bien —el otro hombre asintió. Había una expresión de profunda satisfacción en su destrozada cara—. Te interesa. Estaba casi seguro de ello. En cuanto a tus preguntas, tal vez pudiera responderlas ahora mismo, pero sugiero que hagamos las cosas de otra manera. Creo que debes regresar a la Tierra, pensar un poco en todo esto, leer las referencias y hacer tu primer bosquejo de proyecto de ingeniería. Si eres como yo, querrás hacer tu propio diseño, por más que te digan que ya está hecho.

Rob sonrió. Regulo había puesto el dedo en un punto clave de la filosofía Merlin sobre ingeniería: no aceptar un diseño hasta que no lo haya hecho uno mismo. Asintió.

—Pensé que te parecería mejor —dijo Regulo, feliz—. Mira el diseño de la Araña, también, y fíjate si se la puede acelerar, como hablamos. Debes pensar en términos de cien mil kilómetros de cable. ¿Te das cuenta ahora de por qué necesito una producción de al menos doscientos kilómetros diarios? Me gustaría que pudieras duplicarlo, incluso. Y lee los viejos informes sobre la dinámica de los puentes. Verás que a menudo se le llama *garfio espacial*, aunque a mí siempre me ha parecido más apropiado llamarlo Tallo-de-habichuela —rió—. Desde la superficie de la Tierra hacia arriba, hacia una nueva tierra, eso no es más que el Tallo. Lástima que no te llames Jack.

Regulo apagó la pantalla.

—Ven a verme cuando tengas preparado algún diseño y plan de instalación y lo discutiremos. Te advierto que yo tengo mis ideas, y hace muchísimo tiempo que vengo pensando en esto. Tendrás que traerme algo que sea por lo menos igual de bueno, y convencerme. Claro que yo no conozco el potencial real de la Araña, y tú sí, de modo que juegas con ventaja.

Se levantó rígidamente de la silla, con movimiento trabajoso y torpe aun a pesar de la baja gravedad de la estación.

—Hemos hecho bastante —dijo—. Caramba, no tengo la fuerza que necesito. Hace cincuenta años no me cansaba nunca, y ahora me canso antes de empezar. Ve a buscar a Cornelia, ¿quieres? Dile que hemos terminado y que estás listo para regresar. A menos que haya otras cosas de las que quieras hablar ahora. Del dinero, por ejemplo, no hemos tocado ese tema.

Rob negó con la cabeza.

—Déjeme convencerme de que el Tallo es factible. Tendremos mucho tiempo para hablar de los contratos más adelante. —Miró con curiosidad dentro de los ojos de Regulo—. Pero sí tengo una duda. Si me hago cargo de la ingeniería, ¿cuál será su papel? Usted lo comenzó, y estoy seguro de que querrá intervenir en el proyecto.

—¿Yo? —el anciano rió sin alegría—. Hombre, si tú eres Jack el de las habichuelas, supongo que a mí no me queda otro papel que el del Ogro. Doy el tipo, eso no puedes negarlo. Pero si lo que quieres saber es cuál será mi contribución, te lo diré la próxima vez. No te preocupes, hay suficiente para los dos. Para empezar, está el asunto de la financiación, no hemos hablado de costos, pero, créeme, será más de lo que puedas imaginar. Por suerte, tengo para eso, y para mucho más. He estado ganando muchísimo dinero durante muchísimo tiempo, y además no tengo demasiadas maneras de gastarlo. Por otro lado está el asunto de los materiales.

Necesitaremos más de lo que se puede obtener en la Tierra para construir el Tallo-de-habichuela, y te mostraré de dónde provendrá todo. Dime dónde quieres construirlo, y cómo, y yo te conseguiré lo demás.

Avanzó despacio hasta la puerta del estudio y la abrió, apoyándose contra ella. Rob vio hasta qué punto el cuerpo del anciano estaba deteriorado. La ropa le colgaba, holgada, de los hombros encorvados.

—Sigue el pasillo hasta el final y dobla a la derecha —explicó Regulo—. Encontrarás a Cornelia en la primera habitación. Dile a Joseph Morel, que estará con ella, que ya hemos terminado y que quiero hablar con él. —Respiró hondo—. Merlin, he disfrutado con nuestra conversación más que con ninguna otra cosa en el último mes. Haz el diseño. Luego nos veremos.

—¿Aquí?

Regulo negó despacio con la cabeza.

—No lo creo. Este lugar no tiene las comodidades que necesito. Ven a Atlantis. Te mostraré el lugar y tendrás una idea de lo que es un buen sitio para vivir. Cornelia puede organizado todo para llevarte.

Tomó la mano de Rob para estrechársela, pero la levantó alto y la sostuvo entre las suyas. La revisó con curiosidad, volviéndola y estudiando los dedos, las uñas y las palmas.

—Buen trabajo —dijo al fin—. Hasta el tacto. Tiene la temperatura corporal, casi, y la textura puede pasar por piel. ¿Tienes sensibilidad en los dedos?

Rob flexionó los dedos, y le mostró las dos manos.

—Mejores que humanas —respondió—. Puedo notar un cabello a través de un papel, o el año impreso en una moneda.

—¿Y fuerza?

—Mucha. Creo que son el doble de fuertes de lo que habrían sido las mías.

—Ajá —Regulo pasó el pulgar por el dorso de la mano de Rob—. Han realizado un trabajo notable. Fue congelación, ¿no? Me sorprende que no intentaran un proceso de recrecimiento.

—No podían. Soy parte del desafortunado dos por ciento que no puede regenerar. —Rob afrontó los brillantes ojos de Regulo—. ¿Cómo se enteró de la congelación?

—De la misma manera que supe que tus manos eran artificiales —Regulo no se amilanó—. ¿No se te ha ocurrido que estudié cada detalle de tu biografía antes de pedirle a Cornelia que se pusiera en contacto contigo? Soy como tú, quiero saber con quién voy a trabajar. No te preocupes, no soy de los que se meten en los asuntos privados de la gente. Me interesaron tus manos como una pieza de ingeniería de precisión de primera, eso es todo. ¿Cuánto tardó el equipo de cibernética en realizar ese trabajo?

—Demasiado tiempo —Rob hizo una mueca al recordar—. El último par me lo colocaron hace ocho años, el día que cumplía diecinueve años. Decidieron que ya había dejado de crecer. Pero tuve doce pares provisionales, a medida que crecía.

Regulo movía la cabeza, comprensivo.

—Habrán sido muchísimas operaciones. Yo he tenido varias, de manera que sé por lo que habrás pasado.

Levantó la cabeza como para decir algo más, pero pareció cambiar de idea.

—Sesenta y dos operaciones, según los registros del hospital —dijo Rob tras un momento de silencio—. Claro que era demasiado pequeño para recordar las primeras. Pero sólo cuento las operaciones en las que me ponían manos nuevas. Para las demás podían usar anestesia, porque no tenían que hacer pruebas para realizar las conexiones nerviosas exactas.

Regulo pareció de pronto molesto por el tema de la conversación. Asintió, le dio una palmadita a Rob en el hombro y regresó despacio a la gran oficina.

En la habitación situada al final del corredor, Rob encontró a Corrie absorta charlando con un hombre corpulento, colorado de cara, con una bata blanca. Estaba de pie de perfil, y se le veía el cabello rubio muy corto encima de una frente abultada y una nariz prominente. Rob notó lo ancho de la espalda y el pecho hundido. El hombre hablaba con Corrie en voz baja. Ella parecía escuchar sus palabras con avidez. Cuando Rob entró en la habitación la charla se interrumpió. Hubo un súbito e incómodo silencio.

—Bueno, Corrie —dijo Rob al fin, ya que ninguno de los otros dos parecía dispuesto a hablar en primer lugar—. Regulo y yo hemos terminado. Volvemos en el Remolcador hacia la Tierra. —Se dirigió al hombre—. Usted debe de ser Joseph Morel. Regulo me ha dicho que querría hablar con usted, si ya había finalizado su trabajo.

El otro hombre posó sus fríos ojos grises en Rob, hizo una pequeña inclinación de cabeza y lo acompañó con un extraño y anticuado movimiento de las caderas.

—Mis disculpas por no haberme presentado. Cornelia y yo estábamos absortos en nuestra conversación, hasta tal punto que he olvidado las más elementales reglas de cortesía. Soy Joseph Morel, como usted ha adivinado. No nos conocemos, pero hace muchos años conocí a su padre, Gregor. —Sonrió—. Se le parece en algunos rasgos.

Merlin miró a Joseph Morel con nuevo interés. Las cicatrices estaban allí, en las sienes y en la nuca, evidencia cierta de un tratamiento de rejuvenecimiento. Suponiendo que se lo hubiera hecho sólo una vez, Morel tendría unos cincuenta y cinco años, apenas más joven de lo que habría sido Gregor Merlin de estar vivo.

—Lo conocí en Göttingen —continuó Morel—. Estudiábamos juntos allí. Lamenté mucho enterarme de su desdichado accidente.

Los tres comenzaron a caminar hacia la oficina de Regulo.

—Era un científico prometedor —continuó Morel. Sacudió la cabeza con pena—. Lamento que no haya vivido para desarrollar sus capacidades.

Miró a Rob de soslayo.

—Me ha dicho Regulo que usted ha heredado su talento, aunque ha elegido dedicarse a otro campo. Regulo espera mucho de usted.

Morel hizo una leve inclinación de cabeza y entró en el estudio, y Rob y Corrie continuaron por el corredor hacia el Remolcador. Dentro de la habitación, Regulo había vuelto a encender la gran pantalla que mostraba la Luna, la Tierra y el garfio espacial en un infinito y complejo patrón de rotación. Morel se dirigió hacia el gran escritorio y se paró frente a él.

—Por los comentarios que me hizo Merlin, debo asumir que tienes intenciones de proseguir —dijo—. ¿Puedo recordarte de nuevo que Caliban ha sugerido, tres veces, que una relación con Merlin sería indeseable, quizás incluso peligrosa?

Regulo gruñó. Estaba reclinado en la silla, mirando sin ver la imagen de la pantalla contra el fondo azul.

—Te oigo, Joseph. Te oí la última vez. —Giró en la silla para encararse al hombre que estaba de pie ante él—. También sé con exactitud lo que dijo Caliban. Pero no tengo tu fe en ese oráculo del diablo, y de verdad necesito a Merlin y a la Araña. ¿Quién te asegura que estás interpretando a Caliban correctamente? Siempre me dices que su información es ambigua. ¿Estás seguro de que en realidad nos está advirtiendo algo?

Morel apretó los labios. Eran labios carnosos y muy rojos, formando una boca pequeña, apretada.

—No necesito insistir en ello. Sabes tan bien como yo que su información es difícil de interpretar. Eso no la invalida. Por lo que sabemos, casi todos los mensajes de Caliban se originan en Sycorax, dado que todos los datos y las transformaciones de sus mensajes son creados allí. Nada de esto tiene importancia, ha habido una advertencia, que tú al parecer desatiendes. Sin embargo, no me has dado ninguna razón válida para que Merlin intervenga en las actividades de Empresas Regulo. No me has convencido de que necesitas a Merlin.

Regulo asintió.

—Ni creo que lo intente —dijo con brusquedad—. Escucha, Joseph, tú concéntrate en tu trabajo y deja que yo me preocupe del desarrollo general de Empresas Regulo. Tú no sabes nada de negocios. Necesitamos el garfio espacial. Si no construimos un Tallo-de-habichuela, lo hará alguien más, y cuando haya uno funcionando la cantidad de lanzamientos de cohetes disminuirá a cero. Los cohetes son la fuente de más de la mitad de nuestros ingresos. ¿No crees que a la Federación Unida del Espacio le encantaría tener la oportunidad de perjudicarnos? Nuestra única posibilidad de vencer su burocracia es mantenernos un paso más adelante que ellos desde el punto de vista de la técnica, de modo que las nuevas restricciones que nos pongan jamás lleguen a derribarnos. Si quieres los recursos para seguir con tus experimentos, recuerda que todos necesitamos el Tallo-de-habichuela.

El rostro de Morel se había ruborizado apenas mientras Regulo hablaba, dejándole una mancha roja en cada mejilla.

—Así que tenemos que construir el anzuelo espacial —dijo con hosquedad—. Lo admito. Pero no me has convencido de que necesitas a Merlin. Y si no me equivoco, Sala Keino sigue trabajando para ti.

—Así es. Y seguiremos utilizándolo. Pero el Tallo necesita de la Araña, y la única manera de conseguirla es a través de Rob Merlin. —Regulo se puso de pie, apagó la pantalla y rodeó despacio el escritorio hasta quedar junto a Morel. Apoyó con suavidad una mano en el hombro del otro—. ¿Qué te pasa, Joseph? Pareces tener miedo de Merlin.

—Lo tengo —Morel se volvió para mirar a Regulo, y su rostro aún expresaba su descontento—. Yo realicé parte de la investigación sobre él, ¿recuerdas? Es una peligrosa combinación. Inteligente y tan obsesivo como tú cuando se empeña en algo. ¿Qué clase de loco escalaría la K-2 por deporte, solo, y con un mínimo de provisión de oxígeno?

—Tiene una ventaja para escalar. Esas manos artificiales pueden aferrarse a cualquier cosa.

—No seas ridículo, Regulo —la voz de Morel sonaba airada otra vez—. ¿Desde cuándo eres experto en prótesis? Sé del tema más que tú. Te aseguro que, a pesar de lo que a Merlin se le ocurra decirte sobre sus manos, y a pesar de lo que él crea sobre ellas, no son más fuertes que las de carne y hueso, y son desde luego mucho menos sensibles. Se ha acostumbrado a ellas, pero no pueden ser más que una ayuda marginal, en el mejor de los casos. No son la razón de que pudiera escalar esa montaña. Hay sólo una razón válida. La escaló porque es un loco. Jamás daría a ese obseso la oportunidad de fijarse en mí como se fijó en la cumbre de ese pico.

—Está bien, Joseph —Regulo levantó la mano para detener el torrente de palabras—. Te escucho y agradezco tu preocupación. ¿Quieres aceptar mi palabra de que es innecesaria? Has visto a Merlin. Has tenido oportunidad de leer ese rostro y esos ojos, pero a lo mejor no sabes cómo. Yo he visto esa expresión antes. Rob Merlin es un ingeniero lo mires por donde lo mires, no tiene tiempo para nada más. Cuando comencemos a trabajar en el Tallo tendrá las manos (reales o artificiales) demasiado ocupadas para dedicarse a cualquier cosa relacionada con tu trabajo. Dentro de diez años quizá sea un hombre diferente, pero en este momento sus únicas preocupaciones son sus proyectos, y no tienes idea de lo capaz que es. Yo lo sé, porque sé de qué habla. Lo necesitamos para construir el Tallo.

Volvió a su silla y se sentó, indicándole a Morel el asiento frente a él.

—Déjame ocuparme de él —prosiguió—. Ahora bien, supongo que te has comunicado con Atlantis otra vez. ¿Qué está pasando? Me gustaría saber qué nuevos proyectos hay.

Morel se sentó. Pasó algunos momentos organizando sus pensamientos y luego comenzó a hablar con una voz más concentrada y tranquila. Regulo se inclinó hacia adelante, con los ojos brillantes atentos y el rostro surcado de arrugas apoyado en las manos. De vez en cuando asentía, hacía alguna pregunta o tomaba notas en la libreta que tenía frente a sí. Una vez interrumpió a Morel, e introdujo una larga secuencia de datos en el panel de control al lado del escritorio. Silbó al ver la respuesta.

—¿Te das cuenta de cuánto costará esto, Joseph? Esto refuerza mi argumento: necesitamos el Tallo.

Morel asintió. Su mente se hallaba en otra parte. El dinero era asunto de Regulo. Siempre había habido mucho dinero en el pasado. Darius Regulo hallaría la manera de mantener sus finanzas florecientes.

3

«VE Y TRAE UNA ESTRELLA FUGAZ...»

Apenas entraron en el Remolcador Espacial y estuvieron cómodamente instalados en sus asientos, Cornelia Plessey pulsó el control de la puerta que los separaba de la zona de la tripulación y miró a Rob con gesto inquisitivo.

—¿A dónde vamos?

Rob, que todavía luchaba con las incómodas correas del asiento, interrumpió sus esfuerzos.

—En sólo diez minutos podría diseñar unas decentes —refunfuñó. Y cambiando de tono—: ¿Quieres decir que podemos elegir?

—Te dije antes de que viniéramos que cuando uno trabaja para Darius Regulo hay muchas ventajas. Puedo ordenar que nos dejen en cualquier lado, siempre y cuando no sea demasiado lejos del ecuador. Creo que veinticinco de latitud es lo máximo para este Remolcador.

—Eso ofrece nuevas posibilidades —Rob pensó un momento—. Todavía no estoy seguro. Lo primero que necesito es dormir: no hemos parado desde que salimos de la Tierra y estoy empezando a desfallecer. ¿Cuánto durará el vuelo?

—Aproximadamente cuatro horas.

—Es más de lo que necesito. —Vaciló—. No sé cuáles son tus planes, pero me gustaría hablar más de Regulo si tienes tiempo. Me dijiste bastante mientras veníamos, pero ahora que lo he conocido tengo más preguntas.

—Hablaremos todo lo que quieras. Es parte de mi trabajo, y tú eres mi prioridad número uno. —Se pasó una mano delgada sobre la frente bronceada y cerró los ojos un instante—. Pero, si no te importa, podríamos dormir un poco antes de hablar. Hace casi veinticuatro horas que yo tampoco duermo. ¿Qué te parece el siguiente plan? Decides dónde quieres que nos deje el Remolcador y comeremos allí. La comida que sirven a bordo no es muy buena, y además no sé cómo soportará tu estómago la caída libre.

—Mal, así que esperaré. Creo saber dónde quiero ir, pero debo hacer una llamada privada a la Tierra antes de estar seguro.

—Hay un recinto atrás con un codificador, si necesitas hablar en privado.

Ella lo observó levantarse del asiento, volviendo a maldecir por las correas, y encaminarse a la parte de atrás. Su misterio la intrigaba. Cuando Rob regresó un par de minutos más tarde parecía muy satisfecho.

—Todo arreglado. Me gustaría que nos llevaran a la parte sur de Yucatán, cerca de la frontera guatemalteca. Supongo que será a una latitud quince, más o menos, de modo que no tendrán problemas en llegar allí. Luego iremos a Camino Abajo.

La miró, esperando una reacción positiva, pero el rostro de ella no expresó nada y la mirada pareció ensombrecida. Rob temió de pronto que a Corrie no le pareciera, como a casi todo el mundo, el colmo del lujo. ¿Cuánto dinero tendría ella, con esa ropa cara y su auto aéreo? Él había supuesto que el auto pertenecía a Regulo, pero tal vez se había equivocado.

La reacción de Corrie pareció confirmar lo último.

—Está bien —dijo, pero sin ningún entusiasmo.

—¿Qué pasa? ¿Ya has estado allí?

—No, nunca. —Ella lo miró y luego pareció tomar una decisión. Sonrió y asintió—. Vamos. Iré a decirle a la tripulación dónde pensamos ir, para que vayan fijando una órbita de acercamiento y decidan cuál es el puerto más cercano para dejarnos. Tú acomódate ahí. No tienes por qué despertarte hasta que lleguemos, aunque yo sé que no puedo dormir nada a dos o tres ges y las alcanzaremos camino a la superficie. Les pediré que hagan el vuelo lo más tranquilo posible.

Rob quedó pensativo cuando ella salió del departamento y se acomodó en su litera. No había duda alguna, Corrie estaba preocupada por algo, y ese algo tenía que ver con Camino Abajo. Tal vez creyera que no merecía tanta fama. La verdad era que, eso podía decirse de casi todas las atracciones, él le enseñaría algo que haría las cosas diferentes. Cerró los ojos.

El sueño se negaba a venir. Tenía la cabeza demasiado llena de ideas. La noche anterior, amarrado a la ladera desnuda de una montaña; ahora, en caída libre en una órbita sincrónica, y con un día muy movido entre las dos noches. Cuando comenzó a caer en la inconsciencia vio ante él el rostro arrugado y gris de Darius Regulo, con los cabellos blancos y los penetrantes ojos azules. ¿Cómo era? *El sapo, horrible y venenoso, lleva sin embargo una joya en la cabeza.* Pero el horrible Regulo parecía cualquier cosa menos venenoso. Amable, astuto, muy experimentado, y un demonio en ingeniería. De alguna manera, este hecho era más importante que los demás.

—¿Qué tal? ¿Cómo has dormido?

Corrie había aparecido desde la nada, segundos después del aterrizaje.

—No muy bien. —Rob la miró admirado. Se había puesto un traje de dos piezas, con una blusa color crema pálido que resaltaba su figura y sus delicados brazos y hombros—. Ningún problema mientras estábamos bajo aceleración —dijo—. Al contrario de lo que te pasó a ti. A dos ges perfecto, pero apenas hemos llegado a cero g he empezado a despertarme a cada rato y a agarrarme de las paredes. No te olvides de que he pasado la última semana en la ladera de una montaña. En esas circunstancias una caída libre habría sido fatal.

Se restregó los ojos, se incorporó y miró por la ventanilla. Frunció el ceño.

—Eso no parece el Puerto Espacial Belize.

—Porque no lo es. —Corrie se encogió de hombros—. Los tripulantes me han notificado que no se les permite aterrizar hasta dentro de veinticuatro horas. Les dije que lo intentaran en Panamá, en lugar de hacernos esperar un día entero. Deberemos seguir viaje por aire. Pedí que nos tuvieran un avión listo a nuestra llegada. Si salimos ya, podremos estar en Camino Abajo dentro de un par de horas.

—Bien —Rob se soltó de las correas y se puso de pie. Era extrañamente tranquilizador estar otra vez en un ambiente de un g—. Me alegra comprobar que el dinero de Regulo no puede comprarlo todo, aunque al parecer puede comprar muchas cosas.

—No cambiamos los horarios de los puertos espaciales, si te refieres a eso, la FUE los tiene bajo su control. —Corrie abrió la puerta corrediza y miró la noche tropical. El sol se pondría en pocos momentos, y el aire estaba lleno de aromas secos y profundos—. Algún día espero que Regulo consiga permiso para construir su aeropuerto espacial privado, aunque no le serviría de mucho, él no puede venir a la Tierra.

Rob recordó sus últimos pensamientos antes de dormirse.

—Creo que puedes aclararme algo —dijo—, mientras volamos hacia Yucatán. Cuando entramos en la oficina de Regulo no se veía muy bien porque el nivel de luz era muy bajo. Yo supuse que él no quería que la gente le viese la cara. Pero después de hablar con él un rato me di cuenta de que no era por eso. No parece el tipo de persona que se preocupa por su aspecto. ¿Me equivoco?

—¿Regulo? ¿Creíste que era vanidoso? —Corrie estalló en una carcajada mientras Rob la miraba, algo irritado—. Perdóname —dijo— pero la idea es ridícula cuando conoces a Regulo. No le importa un bledo su aspecto personal, en lo más mínimo. ¿No sabes cómo comenzó a hacer dinero?

—Tengo una idea. —A Rob le intrigó el aparente cambio de tema—. Comenzó enviando materiales a la órbita de la Tierra desde el

Cinturón de Asteroides, ¿no? ¿Y eso qué tiene que ver con su preferencia por la oscuridad?

Habían bajado del Remolcador y pasaban por Emigración. Rob vio más pruebas del largo brazo de la influencia de Regulo. Las interminables formalidades usuales con Aduana y Admisión terminaron en segundos, sin más que una fugaz mirada a su documento de identidad y una rápida entrada en la terminal de datos. El sol descendía rápidamente en pleno crepúsculo, cuando salieron hacia el avión que los esperaba y se subieron a él.

—Tiene mucho que ver —dijo Corrie por fin mientras revisaba los controles y fijaba el rumbo—. Explica muchas cosas sobre Regulo. Te enterarás tarde o temprano, de modo que será mejor que lo sepas de entrada. Ya hay demasiados rumores sobre Darius Regulo. Lo que has dicho es cierto. Él y un par de socios capitalistas instalaron un negocio de transporte, hace más de cincuenta años. Se empezaba a explotar el Cinturón y había cuatro o cinco grupos que realizaban el transporte de materiales en el Sistema Interno. Supongo que era muy competitivo e implacable. El equipo de Regulo fue uno de los primeros en tener problemas serios...

Los asteroides grandes recibían mucha publicidad, pero eran los pequeños los valiosos. Los «Tres Grandes» del Cinturón Interior, Ceres, Pallas y Vesta, ya estaban listos para albergar colonias permanentes. Un poco más lejos había un buen puñado de otros, de más de tres kilómetros de diámetro y todos buenos candidatos para una explotación a largo plazo: Hygeia, Eufrosine, Cibeles, Davida, Interamnia. La tripulación del Alberich conocía su existencia pero los despreciaba, como a todos los que tuvieran más de un kilómetro o dos. Una cosa era encontrar planetoides ricos en minerales; trasladarlos y explotarlos era una tarea más difícil.

Darius Regulo, como socio industrial del equipo, tenía a su cargo la larga y tediosa tarea de un primer análisis y evaluación. Hizo todo tipo de exámenes: espectroscópicos, de microonda activa y pasiva, térmica infrarroja y láser. Con los datos sobre tamaño y elementos orbitales tenía todo lo necesario para una primera recomendación. Nita Lubin y Alexis Galley estudiaron su informe, le añadieron el conocimiento enciclopédico de Galley sobre precios de metales FOB en la órbita de la Tierra, y tomaban la última decisión.

Galley, cabellos grises y cejas espesas, estaba sentado frente a la consola. Parecía un viejo bibliotecario, entrecerrando los ojos para ver lo que le decía el ordenador y mascullando entre dientes números y cifras. De vez en cuando miraba al techo, como si leyera allí números invisibles.

—Es del tamaño apropiado —admitió por fin—. No hay elementos peligrosos, además. Ojalá tuviera un porcentaje de iridio más alto; eso y el porcentaje de volátiles son los factores determinantes. ¿Qué dicen las pruebas de plomo y cinc, Darius? No los encuentro.

—Son insignificantes. He decidido que podríamos considerarlos cero, a efectos de cálculo.

—¿Ah, sí? —Alexis Galley hizo un gesto de asombro—. Te agradecería que dejaras esa decisión en mis manos, hasta que tengas más años de experiencia. Ahora vamos a ver otra vez las cifras de masa.

Darius Regulo estaba de pie detrás de Galley, mirando por encima del hombro del otro, viéndolo trabajar. Si había alguien de veinticuatro años capaz de asimilar los resultados de veinte años de experiencia en minería espacial sólo mirando y escuchando, era él. Ya había aprendido que el valor real de los metales no era más que una ínfima parte de la decisión final. Pesaba más la disponibilidad de volátiles utilizados para modificar la órbita, la posición del asteroide en el Sistema y los costos de extracción.

Galley asentía para sí mismo.

—Me seduce intentarlo —dijo—. Verdaderamente has hecho un buen trabajo, Darius. —Giró en su silla—. ¿Qué opinas, Nita? ¿Lo intentamos?

El tercer miembro de la tripulación estaba en el otro extremo de la nave, mirando por la ventanilla la irregular masa de roca que se acercaba más y más al Alberich. Se restregaba la nuca y pensaba.

—No lo sé, Alexis. Hay un amplio margen de volátiles, podemos llegar con facilidad. Pero, ¿podremos hacerlo con la rapidez necesaria? —Sacudió la cabeza—. El grupo Probit ofrece una comisión del diez por ciento por los próximos cien millones de toneladas de níquel o hierro que lleguen a la órbita de la Tierra.

Galley asintió.

—Luchan contra el tiempo.

—Como siempre —dijo Lubin—. Y nosotros también. Temo que Pincus y su equipo se nos adelanten. He estado escuchando sus emisiones de radio y comenzarán a trasladar a su elegido dentro de uno o dos días. Aunque nosotros tomemos una decisión en este preciso instante, no tendremos energía para ese asteroide hasta casi dentro de una semana, y no ahorraremos tiempo en la órbita de transferencia. En todo caso, están mejor situados que nosotros para ello.

—Entonces lo tenemos difícil —Alexis Galley miró la pantalla sin verla—. Si llegamos los segundos perdemos la mitad de la ganancia. Tal vez debamos seguir buscando otro con una mejor composición.

—No nos arriesguemos —Regulo había estado escuchando la conversación con suma atención. Alexis Galley era siempre demasiado conservador, y Regulo necesitaba esa comisión mucho más que Galley o que Nita Lubin—. Hemos tardado semanas en encontrar uno tan bueno como éste. ¿Y si intentamos una hiperbólica?

Los otros dos permanecieron en silencio.

—Tiene que haber mucha reacción de masa para una hiperbólica —continuó—. Tú misma dijiste que había muchos volátiles, Nita, y ganaríamos al menos cuatro semanas en tiempo total de tránsito.

Galley miró el delgado rostro de Regulo y sus ojos pálidos y brillantes.

—Creo que ya sabes mi opinión sobre las transferencias hiperbólicas —recordó—. ¿Tengo que repetirla? Consumes algunos de los volátiles y pierdes masa de reacción en la órbita solar. Si no tienes suerte, cuando pases del perihelio necesitarás ayuda para bajar a la órbita terrestre. Y los Remolcadores que te ayuden a bajar te costarán el doble de lo que hayas ganado. No obstante —continuó, encogiéndose de hombros—, no me gusta cerrarme a las ideas, sólo porque me hago viejo. ¿A cuánto deberíamos acercarnos?

—A tres millones de kilómetros, en el perihelio.

—¿Desde el centro del Sol o desde la superficie?

—Desde el centro.

—Caramba. Sólo estaríamos a un cuarto de millón de la superficie. Demasiado cerca.

—Pero no estaremos mucho tiempo —interrumpió Nita Lubin. Se aproximó y se detuvo junto a la pantalla—. Creo que debemos hacerlo. Ya hemos hablado del tema y siempre encontramos razones para no hacerlo. Intentémoslo. No tenemos por qué permanecer junto al asteroide. Podemos separar el Alberich apenas lleguemos a Mercurio, introducirnos en una órbita a mayor distancia del perihelio y volver a conectarnos con él más tarde.

—Entonces llegaríamos demasiado tarde para encontrarla —protestó Galley—. Si volamos en una órbita mayor, tardaremos más.

—No si llevamos al Alberich en un vuelo propulsado. Alexis, estás buscando razones para evitar hacerlo —Nita Lubin parecía haber tomado una decisión. Se volvió al miembro más joven de la tripulación—. ¿Cuánto tardarás en hallar una ruta apropiada para el Alberich? Necesitamos algunas opciones.

Regulo no dijo una palabra. Metió la mano en el bolsillo, sacó una hoja de ordenador y se la alargó.

—¿Qué es esto? —Nita Lubin miró la hoja, sonrió y se la mostró a Galley—. Órbitas para el Alberich. Ambicioso ¿eh? Bien, eso no tiene nada de malo, para eso estamos todos aquí. ¿Qué te parece, Alexis? Tendríamos un perihelio de doce millones de kilómetros para la nave. No está mal. Supongo que será mejor comprobarlo por mí misma. Vosotros podríais dedicaros a ponerle los impulsores al asteroide. En principio, tendremos mucho tiempo para eso, si es que podemos hacer la transferencia en cuatro semanas, como sugiere esto.

Alexis Galley se levantó despacio de la consola y contempló durante un largo rato a los otros dos.

—Continúa sin gustarme, pero seguiré adelante. Tú has puesto casi todo el dinero, Nita, y es justo que intentemos proteger tu inversión. Pero recuerda esto: ninguno de vosotros ha trabajado nunca cerca del Sol. Yo sí. Allí el cronometraje es más rígido, no hay tanto margen de error como aquí. Si no te importa, Nita, cuando tú termines, yo también revisaré esos cálculos.

Salió de la cabina y se dirigió a donde estaban las provisiones de impulsores. Nita Lubin lo siguió con la mirada, pensativa.

—¿Sabes? Lo hace por mí, Darius. Me pregunto si no será una locura. Alexis tiene más experiencia que nosotros dos juntos.

Regulo la miró con la cabeza inclinada hacia un lado.

—¿Qué quieres decir? Pensé que estaba decidido. Escucha, no sé tú, pero yo no quiero que nos gane el grupo de Pincus, y lo hará si elegimos la transferencia de siempre en una órbita elíptica. Perderemos, no hay duda.

Había empalidecido, y le resplandecían los ojos. Nita Lubin lo miró con interés.

—Eres ambicioso, Darius, no me había dado cuenta de hasta qué punto. Bien, sigo diciendo que no es una mala idea. Yo estoy aquí para hacer dinero, y Alexis también. Ve con él y ayúdalo, yo revisaré tus cálculos.

—Están bien —dijo Regulo. Se volvió rápidamente y salió de la cabina, sin darle tiempo a Nita Lubin de añadir nada.

Las primeras etapas de la transferencia de órbita seguían el modelo clásico que Alexis Galley había iniciado hacía más de veinte años. Primero se trazaba la forma del asteroide y se fotografiaba desde múltiples ángulos. Luego venía el detalle de la distribución de masa, calculado a partir del análisis de los datos sísmicos. Eso determinaba la colocación de poderosas cargas explosivas en agujeros practicados a profundidad en la roca.

No se obtenía más que una distribución aproximada de las densidades internas. Con todo, ésa era la mejor fuente de información sobre las cantidades de amoníaco, dióxido sólido de carbón, agua y hielo de metano dentro del asteroide, la fuente de la masa de reacción que impulsaría al fragmento a la órbita de la Tierra.

Galley y Regulo estaban frente al ordenador, trabajando juntos en la colocación de los impulsores. A medida que los volátiles se consumían y se expelían en vuelo, el centro de la masa y la fuerza de la inercia de lo que quedaba del asteroide cambiaba. El ritmo de impulso debía mantenerse exacto, de lo contrario todo el planetoide comenzaría a girar bajo el par de torsión aplicado.

—¿Ves por qué me opongo a tu maldito vuelo hiperbólico? —gruñó Galley—. Cuando se envía cualquier cosa tan cerca del Sol, la velocidad de ebullición enloquece. Se pierde buena parte de los volátiles en pocas horas si vas demasiado cerca. Eso desbaratará el cálculo de centro de masa. Lo que no sucede en una transferencia elíptica, pero ahora debemos tenerlo en cuenta.

—Podemos preverlo —contestó Regulo. Su voz denotaba confianza—. Es cuestión de más cálculos. Averiguaré el flujo solar como función de nuestro tiempo en órbita, y eso nos dará el dato de ebullición que necesitamos.

—Ah, no digo que no podamos hacerlo —arguyó Alexis Galley, sacudiendo la cabeza—. Pero supone más trabajo y perderemos un día más.

—Escucha, no te estoy pidiendo que lo hagas tú —espetó Regulo. Estaba irritado—. Nada me gustaría más que encargarme yo mismo del cálculo.

El hombre de más edad lo miró con calma.

—Escucha, Darius, tranquilízate. No digo que no hagas tu parte del trabajo, incluso más. Pero no me entusiasma este plan. Sólo he volado en una hiperbólica en toda mi vida y fue en una nave médica de emergencia, con impulso ilimitado. No tratábamos de arrastrar mil millones de toneladas de roca. Es arriesgado y no vamos a meternos en ello sin pensarlo muy bien. Si vas a ajustar los cálculos, será mejor que vuelva al asteroide y revise otra vez la posición de los impulsores.

—También quisiera ayudar en eso —dijo Regulo—. Nunca he visto cómo se hace y quiero aprender... No te preocupes por los cálculos de ebullición —agregó rápido, al ver la mirada dubitativa de Galley—. Los obtendré en cuanto regresemos a la nave.

—Está bien —Galley se detuvo un momento, pero luego asintió con gesto de aprobación—. Te diré algo, Darius, nunca he tenido a un aprendiz tan deseoso de aprender cada pequeña cosa de este oficio. Ven, pongámonos los trajes. El tiempo vuela.

El Alberich estaba anclado a un cable corto, a pocos metros del asteroide. La diferencia de la órbita natural de ambos cuerpos era infinitesimal, apenas la suficiente para mantener el amarre tenso. Los dos hombres se dirigieron despacio hacia la roca, y Galley comenzó su cuidadoso examen de la superficie.

—Aquí hay un buen ejemplo —dijo un momento después, en voz alta por el teléfono del traje—. Cuando la ves te parece perfecto. Hay roca sólida para asegurar aquí un impulsor y se ven los volátiles en la superficie. Pero mira la distribución de la masa —Galley mostró en el vídeo de su traje parte de la simulación por ordenador de la estructura interior del planetoide—. ¿Ves?, los volátiles se desvanecen a pocos metros de la superficie. Ahora bien, compara con esa posición que da hacia el Sol. Allí hay una veta real de volátiles, y el amarre es igual de bueno —Galley escudriñó la superficie llena de cráteres, iluminada por los fuertes rayos del distante Sol—. Este lugar parece bueno. En esa veta hay la suficiente reacción de masa para que pueda servirnos.

Regulo estudiaba la imagen en el vídeo.

—Pensé que habías dicho que la distribución de masa era sólo una aproximación.

—Lo es —Galley rió—. A veces uno se lleva una sorpresa, pero es la mejor información que tenemos, de modo que es absurdo ignorarla a menos que veamos algo en la superficie que nos dé más datos. Ésa es la razón por la que estamos aquí —Galley se comunicó con la nave—. ¿Nita? Danos los datos de composición, por favor.

Se inclinó hacia adelante mientras leían la señal en los trajes y golpeó la roca cerca de los pies de ambos.

—Aquí hay un ejemplo de lo que te decía. Sé que hay una buena cantidad de materiales ferromagnéticos debajo de nosotros, aquí, por la fuerza de las abrazaderas de los trajes. Eso no se deduce a partir de los datos que tenemos en la nave, ¿no es cierto? No sé qué más tenemos aquí. No me gustaría echar a perder un trozo de platino sólo por hacer un agujero para colocar un impulsor.

Los dos hombres recorrieron despacio la superficie de la roca, examinando cada lugar posible con cuidado mientras Galley no dejaba de hablar de la lógica de la elección. Después de cuatro horas, Alexis Galley había elegido los siete lugares que necesitaba. Respondía con paciencia al torrente constante de preguntas de Regulo.

—Por lo general no soy tan cauteloso —dijo—. Pero éste tiene una forma extraña, demasiado largo y delgado.

—¿Temes que pueda girarse?

—Tiene tendencia a eso. Cuanto más cercana a la esfera es la forma de la roca, menos debemos preocuparnos por su inestabilidad en la rotación. Ésta es, por cierto, casi dos veces más larga que ancha. Pero da igual, con esos lugares para los impulsores no tendremos problemas, a menos que halles valores muy grandes para la masa de ebullición. Me interesaría saber cuál es la temperatura aquí durante el vuelo en perihelio. Bastante cerca de los quinientos, diría yo.

Los dos hombres habían comenzado a dirigirse despacio hacia el Alberich. Regulo notó el fácil control de los pequeños movimientos corporales y el uso casi inconsciente de los propulsores del traje que hacía Galley al controlar su posición y actitud. Hizo lo posible por imitar al otro.

—El vuelo será de verdad rápido —comentó—. No creo que pasemos más de dos semanas dentro de la órbita de Mercurio, en uno y otro sentido. El asteroide se calentará, pero no importa, y no será por mucho tiempo.

Volvió la cabeza y miró por el visor del traje al Sol. A cuatrocientos millones de kilómetros de distancia se veía pequeño y extraño, un adorno resplandeciente, dorado, en el cielo negro. Galley se había detenido y seguía su mirada.

—Ven, Darius —dijo—. Estarás harto de eso dentro de uno o dos meses. Hagamos esos cálculos y veamos los impulsores. Después, tendrás todo el tiempo del mundo para mirar el Sol. Cuando terminemos estaré más tranquilo.

4

«VIEJO TONTO ENTROMETIDO, INGOBERNABLE SOL...»

Los impulsores colocados en la superficie del asteroide habían finalizado su primera etapa de trabajo y llevaban un largo rato inactivos. No volverían a funcionar hasta que llegara el momento de desacelerar para entrar en la órbita terrestre. El Alberich, aún amarrado a la roca, caía con ella, cada vez más rápido, hacia el Sol. Habían dejado atrás Venus y Mercurio e iban de cabeza hacia el perihelio. Darius Regulo, con las abrazaderas magnéticas que lo sostenían con firmeza a la superficie del asteroide, se detuvo en su trabajo para echarle una rápida mirada a la primaria del Sistema Solar. Se había agrandado mucho desde que salieron del Cinturón de Asteroides, hasta diez veces lo que había sido su tamaño. Ahora dominaba el cielo.

—Vamos, muévelo —la voz de Nita surgió de pronto por el comunicador del traje. Habría estado observándolo en la pantalla externa—. No te quedes ahí. Desprenderemos al Alberich de su carga en menos de dos horas.

—Ya voy —respondió Regulo—. Acabo de revisar el último impulsor. Todos han superado bien el primer impulso. A menos que Alexis no esté de acuerdo con algunos de mis datos, no veo razón para cambiar ninguno de los amarres antes de volver a utilizarlos. —Miró de cerca la superficie de la roca bajo sus pies—. Diría que tenemos en la superficie la cantidad de ebullición prevista.

—Y se está calentando más que el infierno —la voz de Galley gruñó a través del circuito del traje—. Registro una temperatura de contacto de más de quinientos Kelvin, y sube por momentos. —Estaba de pie sobre la roca, cerca del punto de amarre que conectaba al Alberich con el asteroide—. Se acabó, Darius, vámonos de aquí.

—Enseguida —Regulo se inclinó para enganchar la cubierta protectora en el último de los impulsores. No era fácil fijarla sobre la superficie rugosa del asteroide, y se agachó más, frunciendo el ceño.

Hacía girar con cuidado el último acople cuando se produjo el temblor. Toda su atención se fijaba en la abrazadera, y no vio nada, pero de pronto la superficie de la roca se estremecía bajo sus pies. A pesar de estar sintiendo la vibración, sabía que era imposible. Sencillamente no hay terremotos en fragmentos tan pequeños de roca, de sólo un par de kilómetros de largo.

Se incorporó, y en ese momento oyó un chirrido largo y metálico en el comunicador de su traje. El Sol, que un momento antes estaba brillando con fiereza, se oscureció de pronto por una nube negra. Miró hacia el Alberich pero la nave también había desaparecido dentro de una resplandeciente nube blanca.

—¡Alexis! ¿Qué pasa?

Esperó. No hubo respuesta por su teléfono. Pocos segundos después vio la forma de la nave, que aparecía misteriosamente a través de la niebla. *¡Niebla!* No podía haber niebla en ese lugar, de ninguna manera. Automáticamente Regulo enfiló hacia la nave, usando los propulsores como le había enseñado Alexis Galley. Mientras avanzaba, sus ojos escudriñaban la superficie de la roca, buscando a Galley. Debía estar en algún lugar del asteroide. No había señales de él, pero antes de llegar a la mitad del camino hacia el punto de amarre de la nave, Regulo comenzó a ver un leve cambio en la forma conocida de la superficie. En el lugar donde había visto a Galley por última vez ahora había un profundo pozo, abierto en la roca misma. Un gas iluminado de pleno por los restallantes rayos del inmenso Sol salía de su interior.

El Alberich seguía amarrado a la roca. Regulo se propulsó hasta la nave y miró desolado el estado de ésta. Las placas delanteras de la nave estaban destrozadas y había un gran pedazo de roca oscura metido en la pared de la cabina principal. Miró por una ventana rota y vio el cuerpo de Nita Lubin, sin traje, flotando contra un tabique interior.

Mientras su mente luchaba por aceptar la realidad de una serie imposible de hechos, una íntima facultad tomaba nota de lo que veía y buscaba explicaciones. Miró por un instante la cara del Sol. La placa fotocromática del traje se oscureció de inmediato, de modo que no pudo ver nada en todo el universo que no fuera esa cara ancha y ardiente. El Alberich y su carga seguían cayendo hacia el Sol, a casi cincuenta kilómetros por segundo.

¿Cuáles habían sido las últimas palabras que oyó decir a Alexis Galley? *...Más de quinientos Kelvin, y sube por momentos.* Ésa debía ser la clave. Ciento treinta grados por encima del punto de ebullición del agua, casi cuatrocientos grados por encima del que necesita el metano. La superficie del asteroide se había estado calentando más y más bajo el cruel Sol, vaporizando los volátiles. La presión de los gases atrapados que se formaban había aumentado más y más... hasta llegar a un valor crítico. Parte del asteroide se había fracturado bajo la presión intolerable. Los gases en expansión habían expulsado fragmentos de la roca, hacia Alexis Galley, hacia el blanco del Alberich. Lo único que había salvado a Regulo fue la suerte, su posición en el asteroide y la distancia del lugar de la explosión.

Pero, ¿salvado para qué? Regulo miró a su alrededor con el espanto de su nueva situación. La nave estaba destrozada, lo supo apenas la vio. No había manera de que pudiera llevarlo a una órbita segura. El sistema automático de alarma se habría activado en el preciso momento en que la condición interior de la nave se volvió no apta para la vida humana. Regulo sintonizó rápidamente la frecuencia de socorro y oyó el grito electrónico de la nave que enviaba su pedido de socorro de alta frecuencia a través del Sistema. La señal ya habría activado los monitores, mucho más allá de Mercurio, pero eso no le serviría de nada. Cuando la nave estuviera más allá del Sol y entrara a las regiones más frías del Sistema Interior, otros vendrían a recoger la estructura y su valiosa carga. Sería demasiado tarde para él. En ese momento, el Alberich estaba tan lejos del alcance de ayuda externa como si estuviera plantado en la atmósfera enceguecedora del mismo Sol.

Después de los primeros instantes de pánico irracional, Darius Regulo se calmó. A pesar del horno que tenía por delante, se sintió frío y analítico. ¿Qué alternativas tenía?

El Alberich estaba allí, pero ya había calculado que el sistema de refrigeración de la nave no podría mantener una temperatura tolerable en un tránsito de perihelio de dos millones y cuarto de kilómetros. Si se quedaba con la nave, moriría quemado. Miró hacia el Sol. Ya parecía más grande que antes. En su imaginación esos feroces rayos atravesaban su insignificante traje, empujando su propio sistema de refrigeración inexorablemente hacia la sobrecarga final. Sentía el sudor que le corría por la nuca y el pecho, la protesta primitiva del cuerpo ante las condiciones cada vez peores que lo rodeaban.

Podía abrirse el traje y terminar con todo enseguida. Sería una muerte rápida y más piadosa, pero no estaba preparado para la muerte.

Regulo entró en el Alberich a través de la inutilizada esclusa de aire. Primero fue al comunicador y envió a las estaciones de emergencia una descripción breve y precisa de la situación. Agregó un resumen de lo que intentaría hacer. Luego se dirigió a los armarios de provisiones y sacó tanques de aire, propulsores, y raciones de emergencia. Pensó que a las últimas había que considerarlas como una manifestación de optimismo. Del armario de medicinas sacó todos los estimulantes que halló. Hizo un breve cálculo en el ordenador de su traje y confirmó su apreciación inicial. Debería sobrevivir al menos ocho días. Si lo lograba, habría pasado el perihelio y el Alberich volvería a estar lo suficientemente frío como para tolerarlo.

Arrastrando tras de sí las provisiones, Regulo salió de la nave y volvió despacio al asteroide. La explosión que destruyó al Alberich y mató a

Alexis y a Nita había expulsado suficiente material de la roca como para darle impulso angular. Giraba despacio sobre su eje más corto. Regulo se afirmó las provisiones contra el traje, le dirigió una última mirada a la nave siniestrada, se colocó detrás del asteroide y entró en la negra y profunda sombra. Sabía qué debía hacer. A tres millones de kilómetros, el Sol se extendería a más de veinticinco grados del cielo. Regulo debía permanecer lo suficientemente cerca de la superficie para quedar protegido por la sombra. Sería su única protección contra el rugiente horno en la otra cara del asteroide.

Se sintió más fresco apenas entró en la sombra. Sabía que era psicológico. Pasarían varios minutos antes de que la temperatura del traje bajara lo bastante como para que la diferencia fuera perceptible.

Tal como esperaba, primero tuvo que pasar varias horas probando. Si se alejaba mucho de la superficie, perdía la protección del cono de sombra. Si se acercaba mucho, debía moverse hacia afuera cuando el eje largo de la roca asimétrica giraba hacia él en su constante rotación. Planificó la serie de movimientos que reducirían al mínimo el uso de los propulsores y se dispuso a una larga y solitaria espera.

Disponía de mucho tiempo para pensar y estudiar los errores cometidos. Con el Sol tan cerca, deberían haber mantenido el asteroide girando permanentemente para que se calentara en forma gradual, dándole así la posibilidad de que el calor volviera a irradiarse hacia el espacio. Y tenían que haber puesto al Alberich a algunos kilómetros de la carga, para reducir su vulnerabilidad a los accidentes. Regulo llegó a una triste conclusión. Alexis Galley tenía razón, con toda su experiencia no había sabido manejar la órbita hiperbólica. Regulo sabía que lo aprendería… si sobrevivía.

Transcurridas las primeras doce horas, sus acciones se volvieron automáticas. Moverse siempre para mantenerse en la sombra. Comer y beber poco, debía obligarse a comer, porque se le había ido el apetito por completo. Controlar el combustible de los propulsores. Y tomar un estimulante cada seis horas. Con la amenaza del Sol tan dispuesto a tragárselo si no se ocultaba de él no podía permitirse el lujo de dormir. Pero la tentación era fuerte. Después de sesenta horas le dolía todo el cuerpo con una lujuria física que superaba todo deseo que hubiera sentido jamás. Los estimulantes obligaban a la mente a mantenerse despierta, pero lo hacían sin el consentimiento del cuerpo. La fatiga lo aplastaba, le chupaba la médula, lo desangraba.

Después de ochenta y cinco horas comenzó a tener alucinaciones. Alex y Nita flotaban allí, cerca de él, sin trajes. Sus ojos vacíos estaban llenos de reproches, y volaban hacia la luz dorada del Sol y lo saludaban y le hacían señas de que los siguiera, que dejara las sombras muertas.

Poco después de haber pasado las cien horas, se quedó dormido. La inundación de oro derretido lo despertó, estallándole en la cara. Se había salido de la sombra protectora del asteroide, y aunque el visor se había oscurecido al máximo, era inútil contra la luz asesina. Apretó los ojos con fuerza. La esfera seguía siendo visible, quemándolo con un espantoso rojo sangriento a través de los párpados.

Debía de estar cerca del perihelio. El Sol rodeado de inmensas llamaradas de hidrógeno se había convertido en una antorcha gigante. El asteroide se había metido de lleno dentro de la corona solar, lanzado hacia el punto de máxima aproximación. La luz llenaba el mundo. Regulo se retorció en la trampa, se volvió desesperado para buscar el refugio de la roca. El asteroide, las estrellas, la nave, todo era invisible, insignificante ante el poder tirano del gran crisol solar.

Instintivamente, Regulo comenzó a avanzar hacia adelante y hacia atrás, moviendo los propulsores al azar, en una búsqueda desesperada de la sombra. Al fin la encontró por casualidad, era un semicírculo oscuro como un mordisco en el disco fulgurante. Se movió hacia ella. Una vez más en la bendita oscuridad, quedó exhausto y jadeante dentro de su traje con sobrecarga.

—No —la voz le salió ronca y sofocada—. Esta vez no, maldito hijo de puta. Esta vez no. —Miró con ojos inyectados en sangre a la superficie del asteroide, como si viera a través de él la ardiente esfera más allá—. No me atraparás. Nunca. Te crees que eres el dueño de todo, pero te demostraré que no. Te venceré. Sobreviviré.

Mientras hablaba, un helado hilo de rabia le atravesaba la cabeza, limpiando la fatiga y el terror. Sabía que la cara se le había empezado a ajar y ampollar por la radiación recibida, pero alejó ese pensamiento. Lo único que le importaba era la batalla inminente. Miró a su alrededor.

A cada lado del asteroide pasaba una corriente de gases ionizados, que salían de la hirviente superficie que daba al Sol y eran arrastrados por la ligera presión. El halo que formaban desparramaba los rayos del Sol, formando una fantasmal funda de azul, verde y blanco que revoloteaba a su alrededor. Cien metros más abajo, la superficie oscura de la roca comenzaba a burbujear y humear al volverse lentamente, asándose al resplandor del Sol como una pierna de cordero en un asador. La observó con mirada fría. Debía mantenerse apartado de ella, ahora y en las próximas setenta horas. No importaba. Era una razón más por la que no podía permitirse dormirse otra vez. No volvería a hacerlo.

—Nunca encontraron ni rastro de Alexis Galley y el otro miembro de la tripulación estaba muerto, por supuesto. El veredicto fue que se trataba de un desafortunado accidente, sin culpables. Cuando trajeron el asteroide a la órbita terrestre, Regulo era el único dueño, pues los supervivientes de los equipos mineros siempre se legaban los hallazgos entre ellos por si alguno moría. Y Regulo se había quedado con la roca, de lo contrario el valor habría sido compartido con los que rescataron al Alberich.

Corrie permaneció en silencio unos minutos mientras miraba la pantalla con las últimas instrucciones para el aterrizaje en el campo de Camino Abajo.

—Eso le sirvió para financiar su primera compañía de transportes —continuó—. Fue un pionero en las técnicas de órbita hiperbólica, y redujo el tiempo de tránsito en un factor dos, pero él nunca volvió a volar en una hiperbólica. Desde entonces, lo más cerca del Sol que ha estado ha sido la órbita de la Tierra. Y no tolera ninguna forma de luz intensa. Le trastorna, le desequilibra. Es lo único que le afecta.

—No me extraña, después de lo que le sucedió —dijo Rob—. Se encontraría en un estado espantoso cuando lo encontraron.

—No tanto como podría suponerse. Una vez pasado el perihelio, lo hizo todo bien. La bitácora de ese viaje aún está en su oficina. Es interesante escucharla; yo lo he hecho. Regulo tuvo el buen sentido de olvidarse de todo lo que tuviera que ver con el Alberich hasta después de haberse tratado las quemaduras y haberse drogado para dormir veinticuatro horas seguidas. Había que tener coraje para ponerse a dormir cuando el Sol aún estaba grande y ardiente, y además, él no sabía si lo recogerían o no.

—Pero, ¿por qué no pudieron arreglarle la cara? —preguntó Rob—. Es decir, fueran como fuesen las quemaduras, podrían haber intentado injertos o regeneración para repararla. Nunca vi cicatrices como ésas, y he visto muchos accidentes muy feos en la construcción.

Corrie no respondió. Miró hacia adelante con una extraña expresión en la cara. Salieron de la nave y comenzaron a caminar juntos hacia la entrada de Camino Abajo. Rob esperó una respuesta. Al no recibirla, se volvió a ella y la observó. Corrie había palidecido, y el bronceado se había vuelto como marfil viejo, frío y sin sangre.

—¿Te sientes bien? —preguntó él—. No me he acordado de preguntártelo, pero espero que no sufras de claustrofobia.

Ella se estremeció y esbozó una sonrisa forzada.

—Un poquito. Pero estoy bien. Sé cómo es Camino Abajo y no me hará nada. Vamos, comencemos a bajar.

Caminó aprisa delante de Rob hacia los cuatro grandes ascensores parados a la entrada de Camino Abajo. Se detuvo ante el primer ascensor, el expreso rápido que descendía los treinta kilómetros hasta Camino Abajo en menos de dos minutos, como una ráfaga a través del pozo.

—No. Por ése no —Rob se aproximó a ella y la cogió del brazo cuando ella iba a oprimir el botón—. Ése no para. Vamos a tomar uno que pueda detenerse a mitad de camino. Ése del final, pasados los ascensores de carga pesada.

—¿A mitad de camino? No hay nada que ver —protestó Corrie, pero se dejó llevar por el amplio corredor hacia un ascensor más pequeño y miró en silencio a Rob manipulando el selector de profundidad. Él lo programó para que se detuviera a poco más de dos kilómetros.

—Espera y verás —contestó Rob, se le veía satisfecho y ansioso—. Hay cosas en Camino Abajo que el cliente ordinario desconoce. Cualquiera puede utilizar este ascensor, pero no interesa a casi nadie. ¿Preparada?

Corrie asintió. Comenzó el descenso. El coche se sostenía y aceleraba mediante motores lineares sincrónicos dispuestos a intervalos regulares a lo largo del pozo. A medida que Rob ajustaba la polarización del campo circundante, las paredes del coche se volvían transparentes. Amortiguó las luces internas y encendió un iluminador externo situado en el techo. Se hicieron visibles las paredes del pozo, pasando junto a ellos como una exhalación. Al descender a mayor profundidad, Rob aminoró la velocidad. Avanzaban pasando por estratos multicolores de roca: óxidos férricos rojos y plateados, el profundo azul de la malaquita, gris pizarra y el intenso verde de la esmeralda. Las capas de roca pasaban de largo a medida que caían más y más despacio. El coche se detuvo finalmente junto a una gruesa grieta de brillante roca negra. Formaba una pared continua, excepto en un punto, donde habían hecho una abertura circular de casi un metro de ancho.

—Es aquí —dijo Rob. Miró el reloj y asintió—. En cualquier momento puede aparecer. Mira por la abertura y no dejes de observar el corredor.

La ventana circular daba a una grieta horizontal de poco más de un metro de altura que se alejaba hacia las profundidades de la roca negra. Las luces del coche arrojaban sus reflejos algunos metros por el oscuro túnel. Corrie, ansiosa sin saber por qué, miró hacia la oscuridad. De pronto vio un leve movimiento en el límite de la visibilidad, en lo más profundo del corredor. Se esforzó por ver mejor. Una forma oscura pareció salir de una grieta lateral que daba al túnel principal. La forma era larga y chata, de una altura de alrededor de un metro. Corrie vio una cabeza ciega, regordeta, y cuando se le acostumbraron los ojos a la oscuridad pudo tener idea del tamaño. El cuerpo parecía infinito, y se acercaba a ellos en silencio apoyándose sobre pies planos y negros. Se acercaba más y más, arrastrándose por el túnel. Al fin Corrie pudo ver bien al animal. Se apoyaba sobre ocho pares de cortas patas y tenía la forma de un cilindro largo, con piel negra. Al final, el animal no tenía una cola sino cinco, como largos y fuertes tentáculos terminados todos en un orificio. Corrie calculó que en total mediría unos treinta metros. Como seguía avanzando, ella se apartó de la ventana.

—No tengas miedo —la tranquilizó Rob—. Es completamente inofensivo. Sigue mirando.

Corrie se volvió a él, comprendiendo de pronto.

—¡Ya sé lo que es! ¡Debe ser un Topo Carbonero!

—Así es —Rob sonreía triunfante—. Te he dicho que había algo que ver aquí abajo. He telefoneado desde la nave para asegurarme de que habría alguno cerca de Camino Abajo. Al decirme que sí, he llamado a Chernick y le he pedido que mandara a uno de ellos hacia aquí a tiempo para que lo viéramos.

Corrie lo miraba fascinada.

—Nunca he visto nada igual en toda mi vida.

—Te creo. Son muy pocos los que los han visto.

—Pero, ¿de qué viven? Sé que Chernick dice que los alimenta, pero yo creía que era una manera divertida de describir su manufactura. Parece un animal de verdad, pero no lo es, ¿no?

Rob se encogió de hombros.

—Si me defines lo que es un animal, quizá pueda responder a tu pregunta. Los Topos Carboneros comen, se mueven, se reproducen, pero no pueden funcionar sin el microcircuito de Chernick dentro de ellos. No podrían existir en la Naturaleza sin un humano que les agregara el componente inorgánico, pero muchos animales domésticos tampoco podrían sobrevivir solos.

—¿Cómo extraen el carbón? —preguntó Corrie. El Topo, tras haber llegado a unos dos metros de la ventana, retrocedía en silencio por el túnel—. ¿Y de qué vive? Cómo me gustaría verlo trabajar.

—Aquí no —Rob señaló con la cabeza a la criatura que se alejaba—, ¿ves las colas? Esos tentáculos sirven para las grietas estrechas. Con ellos pueden mascar a lo largo de una grieta de pocos centímetros de abertura. El extremo de la cabeza trabaja con las grietas grandes. Como es de esperar, los dientes se regeneran continuamente. Es un trabajo duro ése de morder carbón, pero supongo que no será muy diferente de un castor, que masca la madera. El Topo guarda el carbón molido en la bolsa de su cuerpo, y cuando está lleno lo lleva a una zona central de almacenamiento y allí lo deja.

—¿Y come como un animal corriente? ¿De qué se alimenta?

—Fundamentalmente de carbón, ¿qué esperabas? Consume alrededor de un uno por ciento de lo que extrae para su propio metabolismo, de modo que es muy eficiente. Es en cierto modo como las abejas, que comen parte del néctar y llevan el resto a la colmena. La única otra cosa que necesitan es agua, y hay provisión de agua en las zonas de almacenamiento.

Rob apoyó las manos en los controles.

—¿Lista para seguir el viaje? No hay más que ver aquí, ni en el resto del camino hasta llegar.

Corrie asintió, pero seguía mirando por el túnel, donde el Topo había desaparecido en la oscuridad.

—¿No volverá aquí a trabajar?

—Aquí no. Le he pedido a Chernick que lo enviara hacia nosotros, para verlo, pero no extraen carbón tan cerca de los pozos de Camino Abajo. Chernick refunfuñó un poco antes de acceder; ha dicho que no era considerado con el Topo, no les gusta que los aparten de su trabajo. Ahora regresa a su grieta, tal vez a dos o tres kilómetros. Chernick cambia a los Topos enviándolos a diferentes tipos de carbón. Dice que por alguna razón trabajan mejor de ese modo. Una semana con antracita, otra con bituminoso, otra con lignito. Creo que toman los diferentes microelementos que necesitan de los diferentes tipos de carbón. Se lo preguntaré a Chernick algún día, él casi piensa como un Topo.

—Pero si a los Topos no les gusta dejar de trabajar, ¿por qué aceptó Chernick enviarte uno? —Corrie se había apartado de la ventana y miraba a Rob con sus grandes ojos pálidos.

Rob pensó un momento antes de responder.

—Supongo que puedo decírtelo, aunque es algo que sólo saben dos o tres personas. Chernick cree que me debe mucho. Usa una de mis ideas patentadas en los Topos Carboneros, y dice que nunca se le habría ocurrido a nadie más que a mí. Esa idea ha hecho posible la existencia de los Topos.

Se sorprendió ante la reacción de ella. A Corrie se le iluminó el rostro de pronto con un relámpago de comprensión.

—La Araña —exclamó—. Lo que inventaste para el proceso de extrusión. Sé que Regulo ha tratado de averiguar durante años cómo funciona, y ha fallado. Es parte biológica y parte máquina, ¿no? Igual que los Topos Carboneros, que son principalmente animales y en parte electrónicos. La Araña es una máquina con un componente biológico.

Rob había visto ese relámpago de comprensión que le iluminó el rostro, y se sorprendió. Respiró hondo, se restregó la barba oscura y miró con renovado respeto esos ojos pálidos y alertas.

—Así es como la gente pica, ¿no? —preguntó con amarga ironía—. Pareces una chica de dieciocho años, y miras a todos con esos grandes ojos azules, haces preguntas inocentes. Todos quieren alardear un poco, como acabo de hacer yo, y antes de darse cuenta ya te han dicho algo importante. Bien, lo hecho, hecho está. No lo negaré, aunque era un secreto bien guardado. La Araña tiene un biocomponente clave donde lógicamente debería tener un ordenador. Sospecho que la gente de Regulo se volvió loca tratando de encontrar un microprocesador con un nivel de proceso en paralelo lo suficientemente alto, ése fue mi problema durante casi seis meses. ¿A quién vas a contárselo?

Corrie lo miró con modestia: otro de sus trucos, pensó Rob, sin dejar de admirarla.

—No se me ocurriría divulgarlo —dijo—. Pero si no te molesta, me gustaría contárselo a Regulo. Hace años que está con eso, y sabes que es demasiado orgulloso para preguntar si supone que debe ser capaz de deducirlo por sus propios medios.

—Está bien —accedió Rob, sonriendo—. Se insultará a sí mismo, pero todas las técnicas para hacer la Araña y los Topos han sido desarrolladas en los últimos cinco años. No creo que hayan llegado a sus oídos, porque la mayoría no ha sido siquiera publicada. Díselo, si quieres.

—No dirá nada —lo tranquilizó Corrie—. Lo sé. Y tampoco modificará en nada tu relación con Empresas Regulo; me comentó que necesita al hombre que inventó a la Araña mucho más que usar la Araña. Regulo compra cerebros, no aparatos. ¿Has visto el texto de su escritorio? IDEAS-COSAS-GENTE. Dice que el mundo le interesa en ese orden. Pero por otro lado reconoce que sólo la gente puede tener ideas, de modo que supongo que la leyenda puede ser también GENTE-IDEAS-COSAS.

—¿Alguna vez se lo has dicho?

—Una vez. Me contestó que la gente es interesante sólo por las ideas que puede tener.

Mientras hablaban, el ascensor había descendido. Las palabras de Corrie fueron interrumpidas por un suave impacto. Habían llegado a Camino Abajo. La caverna natural, a veinte kilómetros por debajo de la Península de Yucatán, no debía existir. Todos los geofísicos estaban de acuerdo sobre ese punto. La presión de las rocas que la rodeaban tendría que haberla cerrado de inmediato, incluso aunque un violento movimiento dentro de la Tierra la hubiera creado. Gabry-Poussin estuvo de acuerdo con ellos. Con sus mediciones sísmicas había señalado por primera vez la existencia de una gran cámara, de ochocientos metros de ancho por noventa metros de alto, en la roca basal de América Central. Luego había vuelto a revisar los datos.

En el famoso debate ante la Sociedad Geológica de Punta Arenas, Kassrov había probado sin lugar a dudas que la cámara era en teoría imposible. Al final de la exposición de Kassrov, Gabry-Poussin se había limitado a responder con una sola frase: «Su lógica es impecable, profesor, y demuestra que la geofísica necesita una nueva base teórica.»

Había mucho escrito sobre las anomalías locales de gravedad, la peculiar estructura geológica, la inexplicable inversión de la temperatura en profundidades de ocho a veinte kilómetros, la extraña profundidad subterránea de toda la región, y agregaban una explicación incompleta que fortalecía el comentario original de Gabry-Poussin. Mientras los teóricos reflexionaban, la parte práctica del mundo se había hecho cargo del asunto. El primer pozo hasta Camino Abajo había sido excavado en busca de datos científicos. El segundo, diez veces más ancho, para la explotación comercial. Era un lugar exótico, con capacidad limitada, mucho misterio y siempre con el fantasma del peligro. ¿Qué más se podía pedir para un club privado y escondrijo secreto para los más ricos del mundo?

El ascensor que habían utilizado Rob y Corrie estaba un poco apartado de la entrada principal, al final de la cámara abovedada. Tuvieron que caminar cerca de cien metros por el liso piso de basalto para llegar al punto de entrada oficial. Por encima de ellos pendían grandes candelabros centrales, que recibían energía de los generadores instalados mucho más arriba, en la superficie. Justo antes de llegar al principal punto de recepción, Rob se detuvo y se volvió a Corrie.

—No quiero cometer otro error sobre lo que sabes y lo que no sabes —dijo—. Seguramente has tenido mucha más preparación científica de la que admites, para darte cuenta tan rápido de la relación entre la Araña y los Topos Carboneros. ¿Cuál es tu especialidad?

Corrie le sonrió, con una mirada burlona en los ojos.

—No soy más que un mensajero de Regulo, eso lo sabes. Pero también soy ingeniero diplomado, mi proyecto de graduación se centraba en grandes estructuras espaciales. Y por si crees que la herencia es determinante te diré que hay ingenieros en ambas ramas de mi familia. Pero debes saber algo...

Se interrumpió en medio de la frase, y la sonrisa se le desdibujó. Contrajo los labios, mirando más allá de Rob, hacia la principal zona de recepción de Camino Abajo.

—Perdóname, Rob. Esto es lo que he estado temiendo desde que has sugerido venir a Camino Abajo, pero no esperaba que sucediera apenas llegáramos. Mira a tus espaldas. Ésa es la razón por la que no quería venir a comer aquí. Ahora ya es demasiado tarde para echarse atrás.

5

«LA LUZ DE OTROS DÍAS»

Frente a ellos, la caverna que era Camino Abajo se ensanchaba en lo que era la sala principal, de quinientos metros de ancho. A cada lado se abrían cámaras más pequeñas, conectadas con la sala principal por una serie de arcos y túneles naturales. El piso era todo de liso basalto, y llevaba en una suave curva hasta el punto más bajo de Camino Abajo, desde la mitad de la cámara principal. Rob y Corrie estaban frente a la escalera mecánica que bajaba hacia el punto central de dispersión, desde donde los clientes y sus invitados podían elegir los casinos, las cámaras sensoriales, los reservados, las habitaciones de placer, o cualquiera de los seis renombrados restaurantes a los que Camino Abajo debía su fama en todo el Sistema.

Corrie estaba inmóvil, con los ojos fijos en un pequeño grupo de gente a treinta metros de ellos. Rob siguió su mirada mientras bajaban. Había cuatro personas en el grupo, dos hombres y dos mujeres. La atención de Corrie se centraba en el rostro sonriente de la mujer más pequeña.

Era baja, quizá no más alta que Corrie. Pero, en lugar de la figura delgada de Corrie, tenía un cuerpo pleno y sensual, resaltado por el ajustado vestido de gala. Sus cabellos oscuros y brillantes, peinados hacia atrás, dejando libre la frente le enmarcaban la pequeña cabeza. Rob veía su perfil. Cuando se acercaron, reparó en la delicadeza de los pómulos bajo una piel perfecta y bronceada, la boca amplia y el iris oscuro de los ojos con su halo blanco apenas azulado. Reía el comentario de uno de sus acompañantes.

Corrie había vacilado antes de bajar de la escalera. Al llegar abajo volvió a vacilar. Mientras estaba allí parada, con Rob a sus espaldas, uno del grupo se volvió y los vio por casualidad. Volvió la cabeza rápidamente y habló en voz baja con los otros. Todos se volvieron a un tiempo para mirar a la pareja que llegaba.

Se hizo una pausa larga e incómoda, durante la cual Rob pudo observar a los otros tres del grupo. Los dos hombres eran altos y delgados, impecablemente vestidos con vistosos trajes de etiqueta. Rob tuvo la súbita y desagradable impresión de que estaba frente a un par de acompañantes sociales, y al mismo tiempo se dio cuenta de que su propia ropa no era la adecuada para un local tan pretencioso como Camino Abajo. Miró a Corrie, dándose cuenta por primera vez del buen corte y elegante diseño de su traje: ella había comprendido mejor que él cómo debía vestirse.

La otra mujer era una rubia alta, de cara delgada, mejillas rojas y delicados brazos. Aunque las dos mujeres llevaban vestidos largos y tornasolados, la impresión que daban era muy diferente. El traje de la mujer alta era como una funda que envolvía a un adorno frágil y delicado. El de la otra era como el envase de una llama en movimiento.

Finalmente la mujer de piel más oscura quebró la tensión entre los dos grupos.

—Cornelia, querida mía. Jamás habría esperado encontrarte en este lugar. ¿Qué te ha impulsado a probar los placeres de Camino Abajo?

Su voz sorprendía: era profunda y más grave de lo que se esperaba. Había vuelto a sonreír, dejando ver unos dientes pequeños e iguales de un blanco resplandeciente. Rob miró instintivamente sus sienes y el costado del cuello. Las cicatrices estaban allí, pero el trabajo había sido soberbio. Las marcas eran apenas visibles, de modo que con maquillaje era difícil decir si se había realizado una operación de rejuvenecimiento.

Rob seguía mirando, incapaz de controlar su curiosidad. La mujer parecía vibrar y latir con una energía y una vitalidad artificiales, mientras que su piel parecía resplandecer debajo de la superficie. Entonces la miró a los ojos otra vez, y tuvo el primer indicio de otra cosa. La pupila de uno parecía apenas más grande que la del otro. Le miró las manos. Allí estaba, el leve temblor característico, y había una tenue línea de sudor en el labio superior. Rob sintió una pizca de compasión.

—Perdóname, Senta —el tono de Corrie era rígido e incómodo al tomar a la otra mujer de la mano—. Sabía que siempre vienes aquí, pero pensaba que no había muchas probabilidades de encontrarnos. He venido porque me han invitado. —Se volvió a Rob—. Quiero presentarte a un amigo —la voz sonó ronca—. Senta, te presento a Rob.

—Encantada de conocerte —tomó una mano de Rob entre las suyas y la inspeccionó, mientras él no decía una palabra. La piel de ella ardía—. Muy bien —dijo ella al fin—. Ahora permíteme que te presente a mis amigos. Howard Anson.

El más alto de los dos hombres le hizo una cortés inclinación de cabeza a Rob, cuya mano seguía prisionera de Senta. Luego, sorprendentemente, le dirigió un grosero guiño y una sonrisa burlona.

—Éstos son Eiro y Lucetta Perion —continuó la mujer.

Los otros dos miraron a Rob confusos, era obvio que ellos sabían algo que él ignoraba, y eran menos hábiles que Howard Anson para ocultarlo o aceptarlo. Senta parecía no darse cuenta de sus reacciones.

—No es tu tipo —le dijo a Corrie, soltando por fin la mano de Rob—. Es muy agradable. —Lo miró a través de sus largas y espesas pestañas—. ¿Cómo has dicho que se llama?

A pesar de saber lo que ella era, Rob sintió la atracción sexual que emanaba de la mujer frente a él. ¿Cuántos años tendría? Cincuenta por lo menos, suponiendo que había sufrido sólo un tratamiento de rejuvenecimiento. La cara y el cuerpo seguían siendo los de una mujer de veinte, cubierto del sutil olor a deseo de una mujer madura y experta. Era la naturaleza reforzada por otro factor. El aspecto de esos ojos oscuros y el temblor de las manos eran inconfundibles. Senta, hermosa, sensual y obviamente rica, era una adicta a la taliza.

La droga había sido probada y utilizada ampliamente durante los cinco años siguientes a su descubrimiento. Parecía el instrumento ideal, la respuesta a los sueños de los psicólogos. Un paciente podía volver a vivir, con todos los detalles, sus experiencias anteriores.

Rob ya la había visto en funcionamiento. Con el estímulo correcto, la regresión era instantánea y total. No conseguía que el paciente recordara la escena original, sino que volvía a vivirla tal como había sucedido. Se volvían a oír las conversaciones, escenas que se repetían en la memoria, como viejos mensajes vueltos a emitir en el cerebro estimulado. El paciente repetía las palabras exactas a medida que los estímulos auditivos y visuales entraban en cortocircuito y eran reemplazados por los recuerdos.

¿El instrumento perfecto para la investigación psicológica? No tanto. La taliza había sido muy cara para un uso rutinario. Entonces los Laboratorios CGG produjeron un sucedáneo. La nueva taliza, más barata, debería haber sido idéntica a la otra, pero producía una adicción total, irreversible y despiadada, tras una sola dosis completa.

Una vez adicto, el uso regular era indispensable. Si se retiraba la taliza más de dos semanas, los síntomas de abstención terminaban en una muerte lenta y desagradable, pues una sinapsis clave del cerebro descargaba señales eléctricas al azar a través de la altamente organizada y delicada corteza cerebral. La mente y la razón era lo primero en desaparecer. Luego venía la pérdida de todo control físico de las funciones orgánicas y por fin el colapso del sistema nervioso autónomo.

Cuando se descubrieron los efectos secundarios, la taliza de CGG fue rápidamente prohibida en todo el Sistema. Demasiado tarde. Con una importante inversión en equipo, se podía producir la droga sencilla y económicamente. La producción, venta y uso ilegales aumentaron pronto hasta el punto de que todas las otras drogas que producían adicción perdieron importancia, y el sueño del traficante se volvió realidad. Pues la taliza ofrecía algo que gran parte del mundo parecía necesitar: un éxtasis en el cual el consumidor sentía una gloriosa sensación de satisfacción, de paz interior, más fuerte que el hambre y el dolor, capaz de aliviar cualquier pena.

Howard Anson había seguido la exhaustiva inspección que Rob había hecho de Senta. Alcanzó a ver su expresión y le hizo un gesto casi imperceptible con la cabeza. Había pena y compasión en su rostro. Rob comenzó a sospechar que Howard Anson podía ser algo más que el mariposón que él creyera a primera vista. Le devolvió el gesto y se volvió a Senta, mientras ella, con el ceño fruncido, le decía:

—Vamos, no quiero robárselo a Cornelia. ¿Por qué no me dice su nombre?

—Desde luego —contestó Rob con suavidad. Miró dentro de los ojos oscuros—. Rob Merlin.

Se dio cuenta de que Corrie estaba rígida a su lado, y de que Howard Anson había fruncido el ceño. Rob se concentró en la piel de la frente de Senta, que parecía arder debajo del bronceado. Se habría dado una dosis haría unas dos horas y estaba pronta para un refuerzo.

—Le va —Senta tomó otra vez la mano de Rob y la aferró entre las suyas—. ¿Y cómo diablos conoció a Cornelia? Rara vez permite que el placer interfiera con su trabajo.

Rob miró a Corrie, pero ella no lo miró.

—Supongo que soy parte de su trabajo —dijo él por fin—. De eso hemos venido a hablar.

—¿Trabaja usted para Darius Regulo? —El temblor de sus manos se hacía más evidente, y pasaba de las manos de ella a las de él. Necesitaría el refuerzo de taliza en pocos minutos, o perdería el éxtasis por completo. Rob vio que Howard Anson le miraba las manos también y que estaba incómodo—. Bueno, Cornelia —siguió Senta, volviéndose a Corrie—. Debo admitir que me has sorprendido. Al parecer encuentras compañeros de trabajo más interesantes en Atlantis. ¿Qué tal está Darius?

El tono de voz era ligero, pero había algo que sugería otra emoción, una lo suficientemente fuerte como para resquebrajar la sensación de bienestar y confianza que proporcionaba un trance de taliza.

—Como siempre —el tono de voz de Corrie no expresaba felicidad—. Sigue siendo el Rey del Cielo, sigue ocupado rehaciendo el Sistema Solar.

—¿Y sigue «ganando poco», supongo? —Senta miró a Rob abriendo los grandes ojos—. Darius siempre ha estado dispuesto a conformarse con el dos por ciento, siempre y cuando sea el dos por ciento de todo el Universo.

—Tú conoces a Regulo mejor que yo —interrumpió Corrie—. Pero no creo que éste sea el lugar más apropiado para hablar del tema. Tenemos pedida mesa en el restaurante, y estoy segura de que tú necesitas ir a un reservado.

Rob oyó el acento especial sobre la palabra «reservado». Corrie también sabía lo que le estaba pasando a Senta.

—Tiene razón, Senta —la voz de Howard Anson era una agradable voz de tenor. Hablaba por primera vez—. Debemos ir a un reservado y ya sabes lo que ocurre aquí con las reservas en el restaurante. Todo funciona al segundo. Si estos muchachos no llegan a su mesa a tiempo, la comida no será mejor que en cualquier otro lugar del Sistema. Se perderán una experiencia única. Debemos irnos cada cual por su camino.

Senta asentía. Había soltado las manos de Rob y parecía muy absorta en sus pensamientos.

—Un momento, ya nos vamos. Quería despedirme de Cornelia y de su amigo Rob Merlin... Merlin... Merlin...

El rostro había cambiado de pronto y fue el escenario de una docena de expresiones diferentes. Deleite, miedo, satisfacción sexual, la sonrisa de la seducción y el hielo del dolor aparecieron uno tras otro en su rostro. La taliza ejercía su alquimia especial. Dentro de la cabeza de Senta, más allá de cualquier posibilidad de control consciente, la sinapsis se había hiperactivado, cambiaba y reconectaba los canales del pensamiento en respuesta a un súbito estímulo.

Senta salía de su primer éxtasis y necesitaba un refuerzo, pero aún estaba en ese estado en el cual cualquier estímulo podía llevarla al pasado. Pasadas las primeras emociones, su rostro se fijó en una expresión de profunda preocupación, y una mueca de desdicha le fruncía la frente.

—Merlin... Merlin los tiene —dijo. Parecía hablarle a alguien alto; miraba con atención un rostro invisible—. Así es, Gregor Merlin. Acaba de decírmelo Joseph, por el vídeo. No tiene idea de cómo han llegado allí, pero está seguro de que están en los laboratorios.

Calló, escuchando sus voces interiores. Los otros la miraban sin hablar. Era evidente que los compañeros de Senta sabían lo que le sucedía. Rob notó con un estremecimiento que la cara de Senta había cambiado hasta en su esencia, la madurez había desaparecido, dejando como resultado a alguien mucho más joven y más vulnerable. Corrie había tendido la mano hacia Senta, pero la apartó sin tocarla cuando Anson le hizo un rápido gesto para detenerla.

Tras unos momentos de silencio, Senta asintió a su interlocutor invisible.

—Sí, son dos. No, no estaban vivos, no había aire en la cápsula. No sé si Merlin sabe de dónde provienen, pero debe imaginárselo. Le dijo a McGill que había hallado a dos Duendes, ése es el nombre que les da, en una caja de medicinas que le habían devuelto. Le mandó uno al otro hombre, Morrison y ahora va a tratar de...

Dejó de hablar y tosió. El pecho le empezó a subir y bajar al ritmo de una trabajosa respiración y le volvieron los espasmos a la cara, una pantalla de expresiones cambiantes. Venía desde muchos años atrás, tras su breve visita al pasado. Howard Anson la abrazó, sosteniéndola y tranquilizándola, en el momento en que los grandes ojos oscuros volvieron a enfocar el presente.

—Vamos, Senta —articuló con suavidad.

Mientras ella se dejaba llevar, comenzó a guiarla por el corredor de paredes azules hacia los reservados de Camino Abajo. Después de una mirada fugaz e insegura en dirección a Rob, la otra pareja comenzó a seguir a Anson sin intentar siquiera una despedida de cumplido. Antes de doblar por el corredor, Anson se volvió y le dirigió una mirada de disculpas a Rob y Corrie.

—Estará bien en unos minutos —dijo. Miró a Senta con ternura. Ella se recostaba temblorosa contra su hombro—. Vayan, coman y no se preocupen. Ahora que han visto lo que es, nadie les convencerá de probar la taliza, ni siquiera una dosis parcial. Y lo que acaban de presenciar no es la peor parte, en absoluto.

Rob movió la cabeza con tristeza mientras los otros desaparecían de la vista.

—Ya lo había visto entre la gente de la construcción. Tiene razón, lo que acabamos de ver no es lo peor. Tendrías que ver a alguien que sufre síntomas de abstinencia y no puede conseguir una dosis. ¿Tienes idea de qué era eso de lo que hablaba? Tengo la impresión de que uno de los hombres, Howard Anson, sabía qué le ocurría a Senta.

Corrie se encogió de hombros. Sus pálidos ojos estaban atemorizados, pero se controlaba muy bien.

—Yo nunca lo había visto, sólo había oído hablar del efecto de la droga. Pero ya sabes cómo funciona la taliza. Estaba reviviendo algo de su pasado. Habrá conocido a alguien con tu nombre, hace mucho tiempo. Al pronunciarlo ella, ha sido el detonante para la regresión. —Miró por el corredor, como si quisiera seguir al otro grupo, pero no lo hizo—. Será mejor que vayamos al restaurante. Ya es tarde.

—Pero ha nombrado a Gregor Merlin —señaló Rob—. Ése era mi padre. Y ha añadido que se lo había dicho Joseph. Ya sé que es un nombre corriente, pero cuando nos encontramos con Joseph Morel en la estación, me comentó que había conocido a mi padre. Me preocupa un poco tanta coincidencia.

A la entrada del restaurante indio —escogido por Corrie— los había recibido una figura vestida de blanco que los acompañó en silencio hasta la mesa. Como todo en Camino Abajo, la intimidad se conseguía con sólo apretar un botón. Los inhibidores de sonido y vista entraron en funcionamiento, protegiendo las palabras y actos de Rob y Corrie de las mesas vecinas. Alrededor de la mitad de los clientes usaban los inhibidores, los otros habían ido allí a hacerse ver. Encontrarse con celebridades era uno de los atractivos de Camino Abajo. Corrie activó los inhibidores y quedaron los dos en una habitación silenciosa de paredes blancas. Los discretos camareros humanos parecían acercarse a través de las paredes sólidas cuando venían a ofrecer sus discretas sugerencias y recomendaciones a los dos comensales. El restaurante tenía capacidad para unas cuatrocientas personas, y había al menos seis veces esa cantidad de personas atendiendo a las necesidades de los clientes en cuanto a comida, vino y estimulantes.

Cuando ocuparon sus asientos, Corrie inclinó la cabeza hacia el extenso menú escrito a mano. Todo en Camino Abajo se realizaba con las manos, ni siquiera en la cocina se usaban robots. Rob no veía los ojos de Corrie, pero el tono de ella pareció artificialmente indiferente cuando habló.

—No es una coincidencia, Rob. Senta dijo que conoce a Regulo muy bien, y eso es cierto. Muy bien. Durante mucho tiempo, hace varios años, fueron amantes, hasta que se hizo obvio que él no podría vivir mucho más en la Tierra. No sé por qué Senta no lo siguió, pero él cree que ella no soportaba la idea de dejar todo lo de la Tierra. Necesita a sus amigos, que le dan seguridad. Conoció a Joseph Morel en la época en que vivió con Regulo, y si él trató a tu padre, no es de extrañar que Senta también lo haya conocido.

—No te cae nada bien, ¿verdad? —dijo Rob. Quería hacer reaccionar a Corrie y sacarla de su humor remoto y rígido. Tuvo un éxito sorprendente. Ella levantó la cabeza y lo miró un largo rato con esos ojos intensos y preocupados, tan inesperados como siempre en ese rostro oscuro.

—Al contrario, Rob —la voz sonó ronca—. Me habría ido con ella ahora, pero sé que ella no querría. Por ella no voy a los lugares donde puedo encontrarla. Antes creía que no me quería cerca para que sus amiguitos no supieran lo vieja que es. Ahora creo que tal vez sea que no quiere que vea lo que le está haciendo la taliza, que no quiere apenarme. No te la he presentado con su nombre completo. Es Senta Plessey, mi madre.

Corrie volvió a mirar el menú.

—No nos hemos visto mucho en los últimos diez años —prosiguió en voz baja—. Más culpa mía que de ella, supongo, yo elegí vivir fuera de la Tierra. En realidad no sé por qué no he intentado verla más, aun cuando nuestras vidas sean tan diferentes. —Otra vez volvió a levantar los ojos con una mirada suplicante—. Si no te molesta, Rob, quiero cambiar de tema. Y no quiero hablar de trabajo, tampoco. A menos que *debas* hablar de Darius Regulo esta noche, preferiría que lo dejemos para mañana. Nada de Tallos-de-habichuela, nada de Atlantis, nada de taliza. Quiero un poco de tranquilidad.

Una vez en su habitación en el hotel en la superficie que alojaba a los clientes de Camino Abajo que preferían pasar la noche arriba, Rob tuvo dificultades para conciliar el sueño. Apenas Corrie lo mencionó, él percibió el fuerte parecido entre las dos mujeres. Había una evidente similitud de rasgos, y el cuerpo de Corrie era la versión más delgada y más joven del cuerpo de Senta. Era obvio de dónde había heredado Corrie ese rostro perfecto y la gracia de movimientos. Fueron los ojos los que lo habían despistado. ¿Dónde había encontrado Corrie esos asombrosos ojos azules en lugar de los ojos castaños oscuros de Senta?

Sus pensamientos fueron interrumpidos por el timbre de la puerta. Miró el reloj. Eran más de las tres de la mañana, hora local, pero eso no significaba nada. Los clientes de Camino Abajo provenían de todo el Sistema. Probablemente fuera Corrie. Habían estado juntos casi hasta la una y media, y la cena había durado casi cuatro horas. A ella le había costado bastante tiempo recuperarse del perturbador encuentro con Senta Plessey, pero la atmósfera tranquila y una cocina increíble habían contribuido a conseguirlo. Rob había realizado un gran esfuerzo para no hablar de los antecedentes y del imperio de Darius Regulo. Su problema principal había sido Camino Abajo. Algo en el lugar lo había puesto nervioso, se imaginaba que oía como crujidos provenientes del techo y de las paredes de la gran caverna, como si las profundidades de la tierra se resintieran por la cavidad innatural en sus entrañas. Insistió en volver a la superficie apenas terminaron la comida.

Como el timbre de la puerta volvió a sonar, se levantó, se envolvió en una bata y fue a abrir. Quería, e incluso estaba casi seguro, que fuese Corrie. Ella había rechazado su ofrecimiento de compañía cuando por fin llegaron a la superficie, pero lo había rechazado con una sonrisa y una mirada interesada.

Era el acompañante de Senta, Howard Anson. Rob lo miró sorprendido. Anson seguía vestido con su traje de etiqueta. Rob volvió a notar lo bien que le sentaba la ropa a la esbeltez de Anson, y la perfección del corte que hablaba con discreción de dinero.

—Sé que es tarde —Anson habló sin rodeos—. En cualquier otra ocasión habría esperado hasta la mañana. Pero no sabía dónde encontrarlo, y mañana salgo para una reunión de negocios en Varsovia.

—Adelante. No me había dormido todavía —Rob cerró la puerta y le indicó una silla al otro—. Me extraña que sea un hombre de negocios —dijo, sonriendo—. Al parecer se quiere hacer pasar por un convincente parásito social.

Anson rió. Como la voz, la risa también era de tenor y agradable.

—Ésa es parte de la explicación de mi éxito, ser un obrero e imitar a un zángano. Pero soy como usted, una abeja trabajadora. Tengo un Servicio de Informaciones. La mitad de mi clientela y casi todo el negocio sale del uno por ciento más adinerado del Sistema.

—¿Es usted el dueño del Servicio Anson de Informaciones?

El otro asintió.

—Me maravilla —continuó Rob—. Es el mejor. Yo he usado sus servicios más de una vez. ¿Cómo decidió vivir de eso? No tengo ni idea de lo que tiene que estudiar una persona para poder especializarse en la venta de información.

—No podía hacer otra cosa —dijo Anson, encogiéndose de hombros—. Cuando tenía veinte años me hallé en una situación extraña. No me interesaba ningún tema en particular, pero tenía una memoria increíble que me permitía recordar casi cualquier cosa. Hace cien años habría trabajado en la televisión, haciendo trucos de memoria, como repetir cifras de quinientos dígitos después de oírlas sólo una vez. Puedo hacerlo, no me pregunte cómo funciona, pero funciona. O diciéndoles a los telespectadores quién salió tercero en la carrera de los cinco mil metros en las Olimpiadas de 1928. Me llevó un par de años darme cuenta de que era un dinosaurio. A la gente le impresionaba lo que yo sabía, pero todo podía corroborarlo en dos segundos por medio de un terminal conectado a los bancos centrales de datos. Nací demasiado tarde. Entonces decidí que había aún un lugar donde podía hacer algo único. Toda la información está en los ficheros, pero los índices siguen siendo un caos, están retrasados veinte o treinta años con respecto a la información. Así que me aprendí el sistema de índices. Puedo agregar nuevos catálogos a mi lista mental, al instante, de modo que sé cómo obtener información que está ahí, aunque esté mal indexada.

—Por eso recurrí yo a sus servicios —dijo Rob—. Estaba convencido de que la información que necesitaba estaba en algún lado, pero no pude hallarla partiendo de las palabras clave que acepta un terminal.

—Usted es una excepción, mucha gente ni lo intenta —Anson se reclinó en la silla—. Si fuera lo suficientemente rico y perezoso, ni siquiera se tomaría la molestia de recurrir al terminal. Me diría qué necesita y eso sería todo. No es barato. Cobro mucho, incluso para su nivel de vida.

Rob levantó las cejas.

—¿Y cuál es mi nivel?

—Ha ganado muchísimo dinero con los contratos para la construcción de puentes —Anson le dirigió una sonrisa tranquilizadora—. No se enoje, sería un tonto si tuviera un Servicio de Informaciones y no lo utilizara en beneficio propio. Después de dejar a Senta y a los Perion revisé lo que sabía de usted. Fue fácil, porque ya lo tenía registrado como cliente.

—Me lleva mucha ventaja —dijo Rob. Su expresión dejaba ver algo de irritación—. Yo no tengo un Servicio de Informaciones, de modo que no sé quién es usted, ni por qué está aquí. ¿No le parece que me debe una explicación por llamar a mi puerta a las tres de la mañana?

—Perdón —Anson le hizo un gesto conciliador a Rob, invitándolo a sentarse en la silla frente a él—. Tiene mucha razón. Debía haberle dicho de inmediato a qué venía, en lugar de contarle la historia de mi vida. No sé por qué, pero todos tenemos un deseo irresistible de hablar de nosotros mismos, y cuidado con el hombre que no lo posee, siempre intenta ocultar algo. —Sonrió, dejando ver dientes fuertes e iguales—. He venido porque estoy preocupado, y creo que puede ayudarme. Cuando me haya escuchado, puede decirme que no es asunto suyo, y tendré que aceptarlo. Pero creo que sí puede ser asunto suyo. Suyo y de Senta Plessey.

Rob estaba sentado sin moverse, observando la expresión de Anson. El otro estaba mucho más preocupado de lo que daba a entender su actitud informal.

—Adelante —dijo—. Ese encuentro con Senta no ha dejado de dar vueltas en mi cabeza.

—Lo imaginaba. Habrá notado que le tengo mucho cariño a Senta —Anson volvió a encogerse de hombros—. Cariño es poco. Es más que cariño. Teme volverse pobre y vieja, y vive destrozada por esa maldita droga, pero no es su culpa. Usted la ha visto bajo los efectos de la taliza.

Cuando no está drogada, no tiene esa confianza en sí misma. Es muy vulnerable y tiene mucho miedo.

—Esa versión es más favorable que la que oí de labios de Corrie. Me parece difícil pensar bien de una mujer que no quiere ver a su propia hija.

Anson negó con la cabeza.

—No es tan sencillo. Hay problemas por ambas partes. Después de todo, fue Corrie la que se marchó a trabajar a Atlantis, cuando no era más que una niña. Desde luego no fue idea de Senta, se opuso por completo. No creo que lleguemos a ningún lado intentando comprender la relación entre las dos esta noche, yo lo he intentado durante años y no lo he conseguido.

—Estoy de acuerdo. Pero aún no me ha dicho a qué ha venido. Si no quiere hablar de Corrie, ¿de qué quiere hablar?

—¿Sabe cómo funciona la taliza? Entonces sabe lo que le estoy diciendo si le comento que Senta es adicta desde hace por lo menos doce años. Yo la conocí durante once de esos doce años, y hace casi diez que vivimos juntos. Le he oído unos dos mil de esos retornos al pasado, como el que presenciamos esta noche. Nunca se sabe cuál será el detonante. Puede ser algo que ve, o dice, u oye. ¿Se ha dado cuenta de que ella no reaccionó esta noche cuando usted le dijo su nombre, sino cuando ella lo repitió?

—He visto adictos a la taliza. No me está contando nada nuevo. —El rostro de Rob no mostraba expresión alguna, pero su atención estaba fija en Anson.

—Pero quizás esto sí sea nuevo —Howard Anson había abandonado la máscara de elegante encanto. Ahora hablaba con fría seriedad—. Usted ha oído y visto a Senta responder al estímulo de su nombre esta noche, cuando entró en trance. Lo que no sabe es que no es la primera vez que lo hace. He visto lo mismo muchas veces. Lo que quiero saber es si ustedes se conocían. En ese caso, ¿cuándo fue y dónde?

—No nos habíamos visto nunca —Rob captó la expresión escéptica de Anson—. Estoy seguro. No nos conocíamos, la habría recordado. Cualquier hombre la habría recordado. En todo caso, ella no ha respondido al estímulo de mi nombre, sino al de mi padre, Gregor Merlin. Ése es el nombre que ha pronunciado, la habrá oído. Por eso estoy tan intrigado, y por eso estoy aquí sentado hablando con usted a estas horas de la noche. Mi padre murió hace mucho tiempo, poco antes de que yo naciera.

—Su padre —Anson exhaló un profundo suspiro—. Y usted tiene veintisiete años ahora, según mi archivo.

—Veintisiete y medio —dijo Rob con solemnidad.

—¿Entonces piensa que Senta revive algo que pasó hace casi treinta años? —Anson se tironeó del cuello para aflojárselo, estropeando la línea perfecta del traje rojo brillante—. ¿Se da cuenta de la trascendencia de eso? Los adictos a la taliza por lo general reviven primero los recuerdos más recientes. Debe de tratarse de una experiencia muy intensa si vuelve a ella con tanta frecuencia a pesar de los años transcurridos. Escuche, Merlin ¿usted sabe si su padre tuvo algo que ver con Joseph Morel y Darius Regulo?

—Hasta esta noche habría dicho que no. Pero ahora no estoy tan seguro. Mi madre murió antes de que yo naciera, como sabrá por sus archivos, de modo que nadie me lo puede verificar. He conocido a Regulo hace poco, y no dijo nada de haber conocido a mi madre o a mi padre —Rob permaneció en silencio un momento, con expresión inescrutable, y los ojos fijos en la lejanía—. Joseph Morel es otra cosa. Mis padres trabajaban en los Laboratorios Antigeria en Christchurch, desarrollando tratamientos para rejuvenecimiento. Joseph Morel me dijo que conoció a mi padre, pero sólo porque estudiaron juntos en Alemania. Morel trabaja para Regulo, pero no sé qué hace para él. Existe una posibilidad de que haya habido una relación más estrecha de la que no sabemos nada. Pero sigo sin entender su interés en esto, o qué pueden aportar todos estos hechos tan viejos.

—Lo único que quiero es ayudar a Senta —la actitud de Anson ya no tenía nada del zángano social—. Los tratamientos para curar la adicción a la taliza no dan resultado. Tal vez se descubra algo dentro de algunos años, tal vez no. Por el momento, la única manera de tratar a un adicto es debilitar los estímulos que lo llevan hacia el pasado, ya sea tratándolos directamente con Lethe o una droga similar, o evitar mencionarlos. Es difícil evitarlos si uno no sabe que lo son. ¿Le parece razonable?

—Sí —Rob asintió—. Usted cree que Morel, Senta y yo, o con mayor probabilidad, mi padre, están relacionados dentro del cerebro de Senta. Lo que hemos presenciado esta noche sustenta esa teoría.

—Usted, Morel, Senta y algo más. Algo que no entiendo. He oído a Senta nombrándolo de diferentes maneras: los Duendes, como esta noche, o los Enanos, o una palabra que suena a iniciales, los XPs, los Expes, creo. Nunca ha quedado claro qué son —Anson se inclinó hacia adelante, con expresión adusta—. Puedo decirle una cosa más, y es algo que jamás oí directamente, lo deduje por fragmentos que Senta ha dicho en diferentes momentos bajo los efectos de la taliza. Sea cual fuere la relación entre esos nombres, Senta no la tiene en su mente consciente. Y es algo terrible. Está oculto en lo más profundo y sólo aparece cuando está en trance de taliza.

Rob parecía escéptico, a pesar de la sinceridad evidente y la desesperada convicción de Anson.

—Ya puede imaginarse que todo esto me resulta muy extraño. Aunque fuera cierto, ¿qué podría hacer yo?

—Puede venir conmigo a ver a Senta, en privado. No ahora —agregó, al ver la expresión de Rob—. La próxima vez que le vaya bien. Creo que usted puede tener otros datos capaces de producir recuerdos diferentes en Senta. No sé cuáles, yo he probado algunos sin llegar a ningún resultado. No podremos ayudar a Senta hasta que sepamos más acerca de lo que la preocupa, pero habrá alguna palabra clave que haga salir todo a la superficie. Yo creo que usted posee el conocimiento adecuado, no necesariamente en su mente consciente, claro.

La voz de Anson era suave y persuasiva, pero no podía disimular el ruego implícito. Senta Plessey tenía al menos alguien que la apoyaba y permanecería a su lado en las buenas y las malas épocas. Después de un rato Rob asintió.

—No sé si funcionará, pero lo intentaré. No por usted, ni por Senta sino por mí. —Tenía el ceño fruncido y una expresión que le envejecía—. Desde que tengo uso de razón me ha intrigado la muerte de mis padres. Me crió una hermana de mi madre y ella juraba que sus muertes fueron demasiado seguidas para ser una coincidencia. No sé qué dicen sus registros, pero mi padre murió en un incendio en el laboratorio, y mi madre en un accidente de aviación. Lo extraño es que las dos muertes ocurrieron con una diferencia de dos horas, a miles de kilómetros de distancia. Nunca hubo pruebas, pero el accidente del avión pudo haber sido sabotaje. Mi tía siempre lo creyó así. Yo me lo he preguntado durante veinte años. Ya ve adónde me llevan las palabras de Senta de esta noche.

Anson se puso de pie.

—Sí. Tal vez pueda ayudarlo. Revisaré todo lo relacionado con sus muertes.

—¿Algo que sucedió hace más de veintisiete años?

—Por supuesto —Anson sonrió—. Se sorprenderá de lo que podemos averiguar. Es parte del servicio, y por eso cuesta tanto. No en este caso. Naturalmente, no cobraré nada.

Rob miraba a Anson con curiosidad mientras el hombre se dirigía a la puerta.

—Dígame, Anson, ¿cuánto de esto es por Senta y cuánto para saciar su curiosidad? Sospecho que hay que tener una mente muy especial para dirigir un Servicio de Informaciones, y no me refiero a la memoria de esa mente.

Anson pareció reflexionar. Se restregó el puente de la nariz y abrió las manos.

—Ojalá lo supiera. Aunque le diga que todo esto es por Senta, sé por experiencia que un misterio como éste siempre me atrae. Tal vez usted pueda ayudarnos a todos, incluso a sí mismo. ¿Cuándo le parece que podrá encontrarse con ella?

—Pensaba en ello mientras hablábamos. Podríamos hacerlo enseguida, pero no creo que sea buena idea. Dentro de unas dos semanas subiré otra vez a ver a Regulo a su base. Eso me dará una idea mejor de cómo es, y de cuáles son sus operaciones. Puedo enterarme de algo que sirva para provocar los recuerdos de Senta. A menos que usted tenga alguna objeción, creo que podríamos esperar a mi regreso, a ver qué podemos encontrar.

Anson pareció decepcionado.

—Eso significa un retraso de un mes.

—Probablemente. Pero sea lo que fuere, ha esperado al menos veintisiete años. Creo que otro mes no cambiará las cosas.

Anson se detuvo, con la puerta abierta a sus espaldas.

—Tiene razón. Supongo que puede esperar unas semanas más. El problema es que no sé si yo puedo, estaba tan ansioso por venir a verlo esta noche, después de habernos encontrado en la entrada de Camino Abajo. No sé por qué me afecta tanto. A veces pienso que sería mucho más feliz como un gigoló común y corriente; no me molesta que la mayoría de los amigos de Senta crean que soy uno de ésos.

«No creo que pudiera soportarlo», pensó Rob mientras cerraba la puerta. Los gigolós no le dan vueltas a los problemas hasta las cuatro de la mañana. Howard Anson era otra cosa: una avispa disfrazada de zángano. Había pocas personas así en el mundo; cuando uno conocía a alguno había que disfrutarlo y cultivar su amistad. Senta Plessey era una mujer afortunada. Intentó imaginársela cómo habría sido treinta años atrás, pero la imagen no aparecía. Cuando por fin quedó dormido, era el rostro de Corrie el que le sonreía desde dentro de su cabeza.

6

UN VIAJE A ATLANTIS

Pasaron tres semanas, y no dos, antes de que Rob hubiera realizado el análisis y diseño del Tallo y dispusiera de tiempo para otra reunión. El material de referencia había sido más voluminoso de lo que esperaba, y sus primeras ideas sencillas para la construcción no habían resultado factibles. Por otro lado, tuvo tiempo de considerar cambios de diseño en la Araña. Con algo de ingenio, no sería difícil extruir cable de silicio a la velocidad requerida por Regulo. En términos generales, Rob estaba satisfecho de los adelantos alcanzados cuando Corrie vino a decirle que Regulo había llamado para averiguar el estado del trabajo.

—Está ansioso por ponerse en movimiento, y quiere saber cuándo estarás en condiciones de hablar con él —dijo ella.

Estaba en el asiento de la ventana, en el apartamento de Rob, mirando la espléndida vista del Río Bay. Regulo le había recomendado permanecer cerca de Rob y apresurarlo, como prioridad número uno, y ella había estado mirando por encima de su hombro mientras Rob esbozaba diferentes planes para la construcción del garfio espacial. Rob ya iba a decirle que desapareciera por una semana, cuando se dio cuenta de que sus comentarios eran a la vez constructivos y útiles. Corrie lo dejaba solo por las tardes, pues era fanática de un intenso entrenamiento físico. Al verla sentada en el asiento de la ventana, vestida con una mallita de gimnasia, Rob se dio cuenta otra vez de cuán fácil era verla como una mujer frágil. Tenía la esbeltez tan común en aquellos que pasaban mucho tiempo en entornos de baja gravedad, pero sin duda había tono en los músculos largos y lisos de los brazos y las piernas, y él sabía por experiencia personal lo fuerte y firme que era.

—¿No podrías darle a Regulo lo que quiere con una videollamada? —continuó ella, mirando las nubes que cubrían el océano.

—No. Podría explicarle muchas cosas, sí, pero prefiero ir personalmente. —Seguía ocupado en la terminal—. ¿Cuánto se tarda en comunicar con Atlantis?

—Bastante —Corrie se desperezó y se puso de pie—. Regulo se ha alejado un poco más en las últimas semanas. La última vez que tomé su posición estaba a dos millones de kilómetros de la Tierra. Eso significa trece segundos, sin contar los retrasos de las estaciones de repetición, y suponiendo que podamos utilizar una transmisión directa.

—Es demasiado. Demasiado para mí, y no me imaginó a Regulo sentado esperando con silencio de un cuarto de minuto durante toda la conversación. Su tiempo es demasiado valioso. ¿Podrías arreglarlo para irnos mañana?

—Sí, claro. El tiempo de viaje será de dos días con la nave que tenemos.

—Está bien. Puedo enviarle algunos de los datos de diseño a Regulo, incluso antes de salir. Tendrá en qué ocuparse, estudiando mis anotaciones. También podría mandarle mi lista de lo que creo pueden resultar los problemas clave.

Una de las cosas que a Rob le gustaban de Corrie era su ausencia de complicaciones. Se limitó a asentir y decir:

—Prepara tus cosas. Lo dispondré todo para salir de aquí a primera hora de la mañana y estaremos en el puerto al mediodía.

Luego, rumbo a Atlantis en una de las naves de la flota privada de Regulo, Rob volvió a maravillarse ante la riqueza y la influencia del otro. En todas las etapas del viaje, las esperas usuales habían desaparecido: todas las conexiones entre el avión, el cohete y la nave de ultraespacio; todas las cuestiones de pasajes y finanzas; todas las formalidades de salida. Nada de esto apareció. Si el envío de materia prima de la Tierra y la Luna, y el de productos terminados hacia todo el Sistema, funcionaba con esta eficiencia, entonces Regulo se merecía cada pedacito de su dos por ciento. Con razón las autoridades de la Tierra y la Federación Unida del Espacio, enredadas en reglamentos e ineficacias burocráticas, no podían competir con Regulo. Corrie había comentado algunos de los intentos que habían hecho por controlarlo, pero Regulo siempre estaba dos pasos más adelante, y por encima de todo, las autoridades y la FUE necesitaban de verdad el eficiente servicio que sólo Empresas Regulo parecía capaz de proporcionar. El respeto de Rob por los talentos del anciano había crecido.

—Falta alrededor de una hora para llegar —dijo Corrie en respuesta a la impaciente pregunta de Rob.

Hacía rato que habían dejado atrás a la Luna, y se alejaban del Sol. Atlantis estaba justo fuera del plano de la elíptica.

—Pronto estaremos lo bastante cerca como para establecer contacto visual —prosiguió ella—. Deberíamos tener mucha luz de retrodispersión desde este ángulo, de modo que será fácil de ver.

Rob estaba sentado frente a la pantalla de delante, con el amplificador electrónico al máximo. No se veía nada, salvo grandes cantidades de ruido ambiente, que producían sobre la pantalla el efecto de una tormenta de nieve.

—Estamos a menos de veinte mil kilómetros, según los datos del radar —se quejó él—. Si esa cifra de un diámetro de dos kilómetros es correcta, debería mostrar más de veinte segundos de arco. Tendríamos que estar viéndolo con esta amplificación, ¿dónde está, entonces?

Corrie frunció el ceño mirando la pantalla en blanco.

—Podemos captar cualquier cosa hasta un segundo de arco con ese juego de cámaras. Y acabo de confirmar la posición: vamos directos hacia Atlantis. Seguro que Regulo y Morel están jugando con el albedo otra vez. En el exterior de Atlantis hay un material con reflectancia variable, de modo que pueden absorber la radiación solar de manera selectiva, limitándose a las gamas de largos de onda más adecuadas para el interior. ¿Por qué no miras por la banda térmica infrarroja?

Rob la miró sorprendido.

—Lo intentaré, pero pensé que esos materiales de albedo variable todavía eran sólo teoría. Es una tecnología fantástica. Déjame ver lo que obtenemos con el explorador de diez a catorce micrómetros. La imagen no será buena, pero tal vez captemos algo así como bultitos.

Movió el selector de canales, mientras Corrie miraba por encima de su hombro.

—Regulo no deja que este tipo de cosas siga existiendo sólo en la teoría —dijo—. Si hay alguna manera de llevarlas a la práctica, lo hace. El otro día me preguntó si podías hacer que la Araña extruya materiales a alta temperatura. No sé qué está buscando, pero sospecho que tú lo averiguarás cuando lleguemos a Atlantis.

—A mí también me lo preguntó —dijo Rob, tratando de sintonizar la pantalla—. Es sólo cuestión de utilizar los materiales apropiados para la boquilla de extrucción, es fácil. Ah, ahí está.

Miraron la pantalla, donde había aparecido una elipse pequeña y borrosa.

—No puede ser eso —negó Corrie—. La imagen que debemos recibir es una esfera.

—Lo sería en la parte visible del espectro. Recuerda que la miramos por infrarrojos. Atlantis estará rotando, y el lado que no recibe los rayos del Sol está más frío. Por eso parece sesgado. —Rob miraba con interés la imagen del asteroide—. ¿Así que tiene dos kilómetros? ¿Cuánto cobrará Regulo para hacer uno igual para alguien?

—El precio es lo de menos. No lo haría. —Corrie vio su mirada escéptica—. En serio. No porque quiera ser el único, aunque creo que sí. Pero éste fue una suerte. Jamás habrá otro igual.

—Jamás es mucho tiempo. ¿Por qué piensas que es único?

—Lo verás por ti mismo cuando lleguemos. Regulo lo encontró hace unos treinta y cinco años, cuando hacían la primera inspección completa del Cinturón. Nadie más se dio cuenta de la importancia del descubrimiento, y entonces él compró los derechos por una insignificancia. A casi todos los demás les pareció inútil, ¿a quién le serviría algo con esa composición? Todo el exterior era granizo, más de lo que puede usarse para los volátiles de un ajuste de órbita, y había un gran yacimiento de metales, muy puro, justo en la mitad, donde sería muy difícil tener acceso.

—Entonces no valdría la pena hacer túneles y explotarlos. Supongo que no, habiendo tantos otros candidatos alrededor, con más metales y menos agua.

—Eso es lo que decidieron casi todos los mineros. Regulo recubrió todo el exterior con un plástico negro de alta temperatura, comenzó a hacerlo rotar y lo dejó en una hiperbólica. Luego lo recogió del otro lado, ya bien lejos del Sol.

Rob estaba ocupado con la interfaz de la calculadora. Tras unos segundos levantó la mirada y sacudió la cabeza.

—No creo que resultara. No puedes derretirlo con un solo vuelo.

—Yo no he dicho que lo hiciera. Ordenó que su equipo lo recogiera cerca de Mercurio, y lo colocó en una órbita troyana con el planeta. Él no quiso acercarse tan cerca del Sol. A medida que seguía el proceso de derretido, hizo que un grupo de minería confirmara un primer análisis de los metales y analizara el centro con más detalle. Fue mucho más fácil después del derretido parcial. Le llevó cinco años convertir el hielo en agua, y luego utilizó parte de ésta para llevarlo más afuera. Regulo se encontró con ellos cerca de la Tierra, y comenzó la instalación de los sistemas hidropónicos. Para entonces, algunos comenzaron a darse cuenta de lo que estaba haciendo.

—¿Y ahora se mantiene solo?

—Completamente. Regulo dice que con un par de meses de aviso, Atlantis puede sobrevivir a una nova, se limitaría a moverlo a un lugar seguro lejos del Sol.

—Pero exagera.

—Claro que sí —Corrie rió, echando la cabeza hacia atrás.

Rob vio de pronto el parecido con Senta Plessey. ¿Podría responder alguna vez a las preguntas de Howard Anson después del viaje a Atlantis?

—Pero tiene derecho a exagerar un poquito —continuó diciendo Corrie. Rob volvió la atención a ella con un esfuerzo—. Está orgulloso de ese trabajo —dijo ella—. Dice que es la única persona en todo el Sistema a la que se le pudo ocurrir.

Miró a Rob con la cabeza hacia un lado.

—¿Sabes? Os parecéis en cierto sentido. Los dos estáis convencidos de que sois las dos únicas personas inteligentes en el Sistema.

—¿Y?

—Y Caliban es muchísimo más inteligente que los dos juntos —rió—. Más inteligente que Joseph Morel, además.

—¿Caliban? ¿Quién diablos es Caliban?

—¿No te ha hablado de él Regulo? Entonces tendrás una linda sorpresa. Espera y ya verás.

Corrie estaba más alegre y voluble que de costumbre. Rob no consiguió sacarle nada más. Respondió a todas sus preguntas con respuestas crípticas, evasivas, mientras la nave los llevaba más y más cerca de Atlantis.

Tras el trabajo de Regulo, el asteroide se había convertido en una esfera de agua de menos de dos kilómetros de ancho. La había rodeado de una membrana contenedora de un plástico resistente y flexible, que hacía las veces de trampa para el calor solar. La esfera de agua estaba atravesada por veinte aberturas forradas de metal que servían de puntales para la estructura y al mismo tiempo permitían el acceso desde el exterior del asteroide hacia la esfera central de metal donde se hallaban el sector habitacional y los laboratorios. Había otra entrada a la biosfera central de doscientos metros, por medio de las troneras que conectaban las habitaciones con la esfera de agua. A medida que se acercaban, Rob vio el resplandor plateado del equipo propulsor pesado colocado cerca del borde exterior de cada abertura de acceso. Todo el inmenso conjunto rotaba despacio alrededor de su centro de masa. Unas pequeñas toberas de posición ubicadas en varios puntos sobre la superficie mostraban cómo se controlaba la velocidad de rotación.

—Creí que era broma eso de escapar de una nova —dijo Rob—. Pero ya no estoy tan seguro de que sea broma. Hay propulsores por toda la superficie, y parecen grandes. ¿Sabes qué aceleración puede darle?

Corrie estaba ocupada con el comunicador, sintonizándolo para la llegada.

—No mucha —contestó—. Hay mucha energía, pero el factor limitador es la fuerza de las aberturas de apoyo y la membrana alrededor de la esfera de agua. Absorben la tensión cuando aceleramos. El interior es casi todo agua líquida, a pesar de las aberturas de apoyo y las estructuras interiores. Se necesitan propulsores gigantescos para una aceleración importante. Atlantis tiene una masa de alrededor de cuatro billones de toneladas, y hay que moverlo. Por lo general, no intentamos ni siquiera una centésima de g. Nos movemos, pero lleva tiempo.

Se acercaban lentamente a una de las aberturas de acceso, conjugando su ángulo al del asteroide. De cerca, la superficie tenía un acabado mate y liso, de modo que Atlantis era visible sólo como una masa negra que ocultaba el luminoso campo de estrellas de atrás.

—Con razón no lo captaba en la pantalla —comentó Rob—. La superficie está a plena luz del Sol pero no hay la menor retrodispersión de radiación, no la suficiente para ver.

—Debería de haber muy poca a longitudes de onda visibles —dijo Corrie. Estaba sentada cerca de él, esperando el acoplamiento final—. Morel lo diseñó así. Han hecho de la esfera de agua una comunidad autosuficiente de plantas y animales. Usa toda la luz que puede obtener para la fotosíntesis. Por eso Regulo y Morel la cubrieron con materiales de albedo variable, nada se refleja como luz visible y todo el calor sale por el lado opuesto al Sol.

Rob escudriñaba con impaciencia por la tronera lateral, esperando poder ver el interior.

—¿Me estás diciendo que no veré nada en absoluto desde aquí, entonces? —preguntó.

—Así es. Espera a estar dentro, entonces verás muchas cosas. Hasta puedes nadar por el interior si quieres. —Rió como si se tratara de una broma privada—. Aunque dudo que quieras hacerlo. Yo jamás lo he hecho. Debería advertirte de algo: prepárate para una cena a base de pescado. Regulo importa algo de comida cuando tiene ganas, pero le hace ver a los recién llegados que tiene un sistema ecológico completamente cerrado en Atlantis. Nuestra zona en el centro forma parte del equilibrio general; nuestros desperdicios reprocesados vuelven a la esfera como alimento. Claro que se pierde un poco de masa al moverse alrededor del Sistema, pero Regulo la reemplaza de vez en cuando sacándola de otros asteroides.

—¿Atlantis tiene fuentes de energía interior? Grandes, quiero decir, para la energía y la luz.

—Hay un par de plantas de fusión y Regulo habla de agregar un núcleo de energía. ¿Por qué?

—Pensaba en lo que dijiste: que Regulo odia al Sol. Con esto, no depende de él. Podría obtener la luz para la fotosíntesis en la esfera de agua de sus propias fuentes de energía, y en ese caso podría apartarse del centro del Sistema tanto como deseara, justo más allá del Halo, si le valiera la pena.c

—Ha hablado de eso, pero necesita saber qué se está investigando, en el Cinturón y en la Tierra. De no ser por eso, creo que podría llevar muy lejos a Atlantis, hasta inclusive dejar el Sistema. —Hubo un pequeño choque, que se sintió en el piso de la nave—. ¿Lo has notado? Estamos acoplados. Ahora podemos entrar, a Regulo no le interesan los procedimientos de acceso complejos. Nadie que no sea bienvenido a Atlantis podría llegar hasta aquí. Regulo verificó la identificación de la nave con la Nómina de Sistema de Naves cuando aún estábamos a cien mil kilómetros de distancia.

Se puso de pie y salió de la cabina principal. La velocidad de rotación de Atlantis era baja, apenas lo suficiente como para darles una levísima noción de peso. La nave se había acoplado a la superficie exterior del asteroide, en el «ecuador» más alejado del eje de rotación de la esfera. Una conexión umbilical flexible llevaba a la abertura de acceso. Se había conectado automáticamente apenas la nave se acopló. Cuando entraron por la abertura principal, unos deflectores la sellaron a sus espaldas. A los treinta segundos la atmósfera en el interior había subido a cuatrocientos veinte por centímetro cuadrado, rica en oxígeno e igual a la de la nave que acababan de dejar. Rob siguió a Corrie, que avanzaba con facilidad por la ancha y oscura abertura que llevaba a la esfera central de metal. A medio camino, ella se detuvo ante una segunda esclusa y se quitaron los trajes. Cuando estuvieron listos para continuar, Corrie llevó a Rob a un lado del tubo.

—Creo que te puedo mostrar algo que no le irá a la zaga a tus Topos Carboneros —presumió—. Te he dicho que Regulo y Morel construyeron todo un mundo acuático aquí, y ésta es una de las escotillas de observación. Verás lo mismo en toda la esfera interior. Mira eso.

Señaló un panel transparente de unos dos metros de ancho a un lado de la cámara. Rob fue hacia él y miró hacia afuera. Tardó algunos segundos en acostumbrarse a la escala y la distancia de lo que veía. Luego farfulló sorprendido y se inclinó más sobre el panel.

El agua que llenaba el interior de Atlantis era muy clara. Vio, hasta una distancia de al menos cien metros, un interior verde y umbrío, lleno de inmensas y abundantes plantas acuáticas. Se desparramaban alrededor de una compleja rejilla de sostén en forma de series simétricas de estructuras esféricas, como conchas concéntricas. Entre las esferas de vegetación, allá lejos en la luz amortiguada, se veían apenas unas formas que se movían. En colores del arco iris giraban, cruzaban, se paseaban perezosamente entre las cortinas de flora flotante. En lo más apartado, en el límite de la visión, Rob creyó ver el contorno borroso de algo mucho más grande, una forma irregular y oscura que se destacaba contra un fondo verde azulado más claro. Mientras lo miraba, la forma se alejó aún más y se confundió con la lujuriosa vegetación.

Se volvió a Corrie.

—Esto parece ecología de agua dulce, pero juraría que veo otras formas que sólo viven en agua salada en la Tierra. ¿Es agua dulce, salada o algo nuevo?

—Es agua dulce. No fue fácil hallar una masa de sal en el lugar y el momento precisos. Luego hallaron depósitos de sal en algunos de los asteroides, pero para entonces ya estaban decididos con respecto a casi todas las formas biológicas. —Corrie comenzó otra vez a guiarlo hacia la estructura central—. Tienes razón con lo de la mezcla de formas de vida. Ése ha sido uno de los intereses de Morel. En los últimos veinticinco años ha desarrollado animales marinos que puedan soportar la transición de agua salada a dulce, y ya verás el éxito que tuvo cuando veas mejor la esfera de agua. No fue sencillo. Morel debió practicar mucha ingeniería genética antes de quedar satisfecho con casi todos los animales.

Habían llegado a la compuerta que marcaba el final de la abertura de acceso. La traspasaron.

—Te llevaré hasta la oficina de Regulo, luego se supone que debo ir a ver a Morel en el sector de biología. Nos veremos más tarde, para comer. Seguro que Regulo ha planificado una comida sofisticada para alardear sobre lo más moderno de su granja marina. No será tan bueno como Camino Abajo, pero estoy segura de que te sorprenderá.

Lo llevó por un corredor curvo que seguía la pared exterior de la esfera central. Había tan poca gravedad que los pies apenas tocaban el piso. Rob siguió su ejemplo, usando las manos para, apoyándolas contra las paredes, impulsarse hacia adelante. Ante una gran puerta corrediza a la izquierda del pasillo, Corrie se detuvo, le indicó que entrara y siguió avanzando por el corredor. Tras un momento de vacilación, Rob estiró la mano y pulsó el control de la puerta.

7

CÓMO CONSTRUIR UN TALLO-DE-HABICHUELA

De algún modo Regulo había amueblado el estudio con exactamente las mismas cosas que Rob había visto en la habitación en la que se habían reunido por primera vez. No había manera de confundir el extraño escritorio con su tapete rosado, las pantallas en las paredes, las cámaras de vídeo y las terminales. La alfombra de color rojo oscuro era la misma y la luz interior estaba a su usual nivel amortiguado. Sólo la gravedad era notoriamente diferente, muchísimo más baja que en la estación sobre la órbita terrestre. Atlantis no podía tener una velocidad de rotación muy alta.

Regulo estaba sentado ante el gran escritorio. Observó a Rob mirar a su alrededor, estudiando su reacción.

—Ya ves, no estoy mejor que una tortuga vieja —dijo, sonriendo—. Me gusta llevar la casa a cuestas. Cuesta dinero, pero para mí vale la pena. Ven y siéntate, Merlin. Y bienvenido a Atlantis.

Rob se dirigió a la silla que le indicaba el anciano y se sentó. Su peso sobre la silla era apenas perceptible, poco más que una fracción de kilo. Miró a Regulo, conmovido otra vez al ver el rostro estragado con sus rasgos corroídos. Luego apartó ese pensamiento. Regulo tenía una alta pila de documentos frente a sí, y una curiosa expresión de alegría contenida en sus ojos brillantes.

—Recibí tu trabajo sobre el diseño del Tallo —dijo de pronto—. ¿Estás listo para hablar del tema, o necesitas tiempo para situarte?

Regulo no tenía la menor intención de entrar en cortesías sobre lo largo del viaje sobre la Tierra. A Rob le gustaba. Quería ir al grano tanto como Regulo. Asintió.

—Bien —Regulo le dio una palmadita a la pila de material que tenía frente a sí—, saqué mis viejos trabajos de los archivos. Todo se hizo hace mucho tiempo, antes incluso de que pudiéramos producir en masa cables de grafito para carga pesada, no digamos el material de silicio que tenemos ahora. Ya lo verás —Rob estaba inclinado hacia adelante en su asiento—, pero primero me gustaría oír lo que tienes que decirme. ¿Piensas que podrías construirme el Tallo?

—Podría construirlo. —La voz de Rob sonó confiada mientras le presentaba al otro sus notas sobre el diseño—. Ésa es la menor de mis preocupaciones. En primer lugar, puedo acelerar a la Araña. Doscientos kilómetros diarios de extrusión de cable, o incluso más, no constituyen ningún problema. Sustituiré el grafito por el silicio, ése es un cambio insignificante. De esa forma tendremos un cable de carga capaz de llevar doscientos millones de newtons por centímetro cuadrado. He diseñado un diámetro de dos metros en el extremo inferior, pero ésa es una variable fácil. Como supongo que usted también lo habrá calculado, habrá un poco de ahusamiento al subir, pero muy pequeño; sólo un cinco por ciento más grueso en la altitud sincrónica que en el lastre del suelo.

Regulo asentía, con los ojos fijos en Rob.

—¿Qué carga llevará con ese diámetro?

—Más de la que necesitaremos. Alrededor de setecientos millones de toneladas, en el extremo inferior. No creo que quiera arrastrar hasta la órbita o llevar a la Tierra más de algunos cientos de miles de toneladas cada vez. No creo que necesitemos ni una décima parte, pero intento seguir su consejo de pensar a lo grande.

Darius Regulo seguía asintiendo, feliz, bebiendo las palabras de Rob. Estaba en su elemento.

—Comencé el diseño con una base de diámetro de un metro cuando lo hice. De cualquier modo, deberá darnos más capacidad de la que pensamos utilizar, pero he averiguado que cuando uno tiene una capacidad, se las arregla para utilizarla. —Sus ojos parecían capturar y enfocar la luz difusa de la habitación, brillando como los de un gato y mirando a Rob a través de la penumbra—. Hasta el momento, parece que pensamos igual. ¿Cuáles son los problemas que mencionaste?

—Cuatro son fundamentales, pero sólo dos de ellos se refieren a la ingeniería —Rob consultó sus notas, se reclinó en el asiento y comenzó a enumerar con los dedos—. En primer lugar, ¿dónde lo construiremos? Lo normal sería comenzar en una órbita sincrónica, extrusionar cable simultáneamente hacia arriba y hacia abajo, para mantener un equilibrio entre el cable de arriba y el de abajo, haciendo que la fuerza de la gravedad y la centrífuga sean iguales. Sospecho que usted sabe tan bien como yo que no se puede hacer de esa manera, pues la estructura es inestable hasta que no se la amarra firmemente a la Tierra, con un gran lastre para equilibrarla más allá de la órbita sincrónica. Si comienza a construir a partir de una geosincrónica, cuando tenga un buen largo de cable hacia arriba se hará inestable, y habrá pequeños desplazamientos en la posición que crecerán exponencialmente. De modo que ése es el primer problema: no puede construirlo en una órbita sincrónica, como querríamos. ¿Dónde, entonces?

»El problema número dos es otra vez el *cómo* construirlo, que también involucra otras cuestiones. ¿De dónde sacamos la energía y los materiales? He calculado que haremos algo con una masa de alrededor de tres mil millones de toneladas, o de un cuarto de ello, si volvemos a su diseño de un diámetro de un metro de largo. Es mucho material, y no sé si se da cuenta de cuánta energía se necesita para hacer funcionar a la Araña. ¿De dónde la sacaremos?

Regulo miró el escritorio.

—Espero que me des las soluciones, no te contrato para que me cuentes las dificultades —era difícil saber si su comentario era serio.

—Le daré las respuestas —dijo Rob—. Pero permítame primero terminar de exponer los problemas. Otra cuestión de ingeniería. Debemos amarrar el Tallo en el extremo inferior, y necesitaremos algo de unos mil millones de toneladas para darle la tensión que necesitamos. ¿Qué hacemos con los terremotos? Deberemos asegurarnos de alguna manera de que el amarre no pueda soltarse por ningún desastre natural, y debemos ocuparnos también de las tormentas, aunque estoy convencido de que eso podemos manejarlo con el control local del tiempo. Lo verifiqué con la Central Meteorológica, y aceptarían asumir la responsabilidad, pero los terremotos son otro tema.

»Un problema más y termino. Tenderemos mil millones de toneladas de cable desde el ecuador hasta más allá de la órbita sincrónica, y también le pondremos trenes, vagones de pasajeros y vagones de carga todo a lo largo, hacia arriba y hacia abajo. ¿Qué haríamos si el Tallo se quebrara, allá arriba cerca de la órbita sincrónica?

—Podemos incluir amplios factores de seguridad.

—Contra hechos naturales, podría ser —Rob negó con la cabeza—. No es eso lo que me preocupa. ¿Y los sabotajes? Suponga que a algún loco se le ocurre poner una bomba de fusión. Tendremos un látigo de mil millones de toneladas abriéndose camino alrededor del ecuador. ¿Se imagina lo que puede hacer cuando llegue a la atmósfera? Tendrá más energía elástica acumulada de lo que quiero pensar, y caería desde unos treinta mil kilómetros.

Rob hizo una pausa y miró a Regulo, que no parecía nada desconcertado ante la idea de un Tallo partido. Miraba el techo y tamborileaba pensativo sobre la pila de papeles.

—¿Propones eso como un problema de ingeniería?

—No —Rob se inclinó hacia adelante—. No tengo una solución ingenieril contra el sabotaje, pero sigo creyendo que este punto decide si construiremos el Tallo o no. Debemos convencer a otros de que vale la pena correr el riesgo. ¿Cómo les vendemos la idea de que los beneficios recompensan con creces los riesgos?

Una significativa sonrisa de puro placer apareció en el rostro de Regulo. Las palabras de Rob parecían encantarle.

—Eres la persona adecuada para este trabajo, Merlin —dijo—. Has puesto el dedo en la llaga. Quiero ver tus soluciones a los problemas de ingeniería, pero el mayor problema será conseguir los permisos, ¿no? ¿Es eso lo que me estás diciendo?

—Por supuesto. Sucede lo mismo con todo gran proyecto de ingeniería, de algún modo hemos de convencerlos de que deben permitirnos continuar con la idea, incluso con ese mínimo riesgo de sabotaje.

Regulo se había inclinado sobre el escritorio y rozó con la mano una parte de la superficie.

—Si no tuviera respuesta para eso, no te habría llamado. ¿Ves esa leyenda?

Señaló con un delgado dedo la resplandeciente superficie del escritorio, donde había aparecido en rojo la leyenda ya conocida: LOS COHETES NO SIRVEN.

—Esa frase es cierta por cuatro o cinco razones diferentes, debes elegir la que más te sirva como argumento. Hablé de los riesgos de esto con la gente de control del medio ambiente en la Tierra. Les dije que debemos hacer una elección básica. Podemos continuar con la contaminación química y radiactiva, año tras año, si seguimos usando los cohetes. O podemos buscar un sistema que no implique ninguna contaminación, con mínimas posibilidades de accidente. —Regulo rió y movió la cabeza—. No estaban seguros, y ya sabes que lo más fácil para un burócrata es decirle que no a todo. Entonces les anuncié que las posibilidades de accidente aumentaban o disminuían según la bondad de sus procedimientos de seguridad y vigilancia. Eso les puso en un aprieto. No iban a admitir que lo que hacen en la actualidad es algo inferior a lo perfecto. En cualquier caso, aquí está nuestro permiso.

Sacó un documento de la pila de papeles.

Rob lo miró asombrado.

—¿Un permiso para construir el Tallo?

—Para construir tres, si quiero. Ya que pides, ¿por qué no pedir mucho? Sugiero que pensemos en el primero con Quito como punto de amarre, allí es donde tengo las mejores franquicias.

Regulo de pronto miró hacia un lado, a las cámaras de televisión que apuntaban al escritorio. Pareció satisfecho con lo que vio y volvió la atención una vez más a Rob.

—Ahora bien, en ésta te he ayudado. ¿Qué tal si me das soluciones para los otros problemas? ¿Cómo vas a construirlo?

—Comencemos con *dónde*; éste es un punto fundamental. —Rob miró sus notas un momento y se las guardó en el bolsillo—. Debemos realizar la construcción lejos del campo de la Tierra, y debemos elegir un punto estable que no quede demasiado lejos. Propongo que vayamos a L-4, donde hay un equipo de trabajo para apoyarnos si hay necesidad. Además, allí hay un satélite de energía solar bastante interesante, y lo necesitaremos para operar la Araña, a menos que usted tenga otra idea. —Miró a Regulo, esperando deliberadamente un momento antes de hacer su siguiente comentario—. Entonces moldearemos todo de un tirón. El cable de carga, los motores impulsores sincrónicos todo a lo largo de éste para subir y bajar los vagones, y cables superconductores para alimentar a los últimos con energía.

—¿La Araña puede hacer todo eso? —Regulo dejó ver su sorpresa por primera vez desde que comenzara la conversación.

—Eso y más —Rob se sentía mejor. Hasta ese momento de la reunión, parecía que Regulo había pensado en todo y había mejorado todo lo que Rob proponía—. No sé si Corrie ya le ha comentado que la Araña tiene un gran componente biológico —continuó—. Es mucho más adaptable que cualquier máquina, de modo que cambiar el plan de fabricación a medida que se extrusionan los materiales no es nada del otro mundo. La quería flexible en diseño originalmente, para que pudiera manejar cosas como soportes ahusados para puentes sin necesidad de detenerse a reprogramar. Todo eso servirá en este caso.

—Ah, sí, Cornelia me lo comentó —Regulo se restregó la cara con una mano llena de venas—. ¿Te contó que trabajamos en eso durante mucho tiempo y no se nos había ocurrido que tuviera un sistema combinado? Creo que es hora de que vaya a hacer un curso de actualización sobre los últimos descubrimientos.

—Al parecer se las arregla bastante bien —Rob no sabía si Regulo hablaba en serio o no—. No he logrado superar sus diseños, por lo que parece. Déjeme seguir. Podemos llegar a un punto en el que tengamos cien mil kilómetros de cable de carga, con cables de energía e impulsión agarrados a él, cerca de L-4. Necesitaremos algo más, sin contar con un satélite de energía y eso es equipo estándar. Debemos tener un lastre, y grande. Proporcionará la tensión en el cable de carga y equilibrará el amarre. No podemos fijar el lastre hasta no haber hecho contacto con el amarre, de modo que volará alrededor de la Tierra en su propia órbita. Ahora bien, yo hago bajar el Tallo y lo curvo para que haga contacto con el punto de amarre, en Quito, si lo quiere allí. Deberemos curvarlo para que entre en la atmósfera en un acercamiento en espiral desde L-4. El lastre saldrá hacia arriba y se conectará con el extremo del cable precisamente en el mismo momento en que el extremo del amarre entre en contacto con el suelo, y será mejor que no fallemos el amarre, porque en ese caso se disparará como una honda, más allá de la Luna. Sólo Dios sabe dónde puede terminar. Verifiqué la sincronización, y no creo que tengamos problemas. La inercia trabajará en ambos sentidos: hay tiempo de hacer cosas, pero cambiar el rumbo o la velocidad es casi imposible a menos que haya mucho tiempo para trabajar.

—No fallaremos. Estaré allí para amarrarlo yo mismo si debo hacerlo, digan lo que digan los médicos.

El rostro de Regulo rebosaba determinación. Rob se preguntó qué dirían los médicos. El anciano parecía peor que la primera vez que lo había visto. ¿Hasta qué punto el cuerpo de Regulo estaba cubierto con la espantosa deformidad que le estropeaba la cara?

—Está bien, muchacho, ¿cuáles son tus otras preocupaciones? —preguntó Regulo, interrumpiendo los pensamientos de Rob—. Estoy de acuerdo contigo, el vuelo desde L-4 o L-5 solucionará casi todos los problemas de estabilidad. Siempre preferiré una situación con estabilidad dinámica a una con estabilidad estática, siempre. ¿Qué sugieres para el sistema de transporte en sí? ¿Cuántos vagones, de qué tamaño, de qué velocidad?

—Lo estoy diseñando para seiscientos: trescientos para subir y trescientos para bajar. Habrá un sistema continuo de impulsión, a partir de un equipo de motores sincrónicos lineales que recorran el Tallo todo a lo largo. He pensado para cada vagón una carga nominal de cuatro mil toneladas. —Rob sacó las notas y las miró otra vez—. Tal vez quiera pensarlo, ver si está de acuerdo. Si le parece bien, tendremos una capacidad de transporte de unas doscientas cuarenta mil toneladas al día, como máximo. Parece mucho, pero es completamente insignificante comparada con la masa del Tallo. A largo plazo, deberemos mantener un buen equilibrio entre los movimientos hacia arriba y hacia abajo o se afectará la estabilidad, pero no hay por qué preocuparse sobre la base diaria. Como verá con esos números, con separaciones iguales entre los vagones tendremos una velocidad de unos trescientos kilómetros por hora. Es respetable para un viaje a través de la atmósfera, pero no tanto como para provocar incomodidad.

—Un momento —Regulo levantó la mano antes de que Rob pudiera continuar—. Hasta el momento hemos venido siguiendo las mismas líneas de diseño. Mira mis cálculos, y verás que se parecen notablemente a los tuyos. Pero si quieres un cable de carga de dos metros de diámetro, entonces sugiero que tengamos una carga mayor. ¿Por qué mantener tan bajo el peso de los vagones?

—Es su dinero —dijo Rob, encogiéndose de hombros—. Si quiere gastar más, no hay problemas con el diseño. Puedo aumentar la carga, pero he medido la capacidad de transporte para que encaje con un sistema de quince gigavatios, porque eso es lo que tendremos con un satélite de energía. Podemos usar un par o incluso uno hecho a medida, pero el costo total aumentará.

—No te preocupes de eso. Pensemos en una capacidad diaria de carga de un millón de toneladas, hacia arriba o hacia abajo. No tiene sentido estropear las cosas por unos centavos. Nunca se sabe, algún día puedo querer subir algunas toneladas de sal hacia aquí. Cornelia dice que se está cansando del gusto del pez de agua dulce.

Rob lo miró con atención. El rostro de Regulo estaba tan arruinado que no era posible leer nada en él. Después se encogió de hombros.

—Un millón de toneladas. Bien. Lo diseñaré para esa cantidad. Todo lo demás queda igual, excepto el tamaño de los vagones de carga. Creo que los vagones de pasajeros deben ser pequeños, eso nos dará un servicio más flexible. Lo adaptaré para que haya más, y que corran con mayor frecuencia. Déjeme terminar con otro problema antes del mayor de todos. Terremotos. Propongo una solución realmente sencilla. En lugar de un amarre complicado, sugiero que apilemos mil millones de toneladas de roca al final del Tallo. No importará cuánto se mueva la tierra, tendremos toda el ancla que necesitemos.

—Hecho. Las soluciones simples por lo general superan a las otras —Regulo volvió a tamborilear sobre la pila de papeles—. Yo he pensado lo mismo, no tiene sentido hacer las cosas difíciles si se puede hacerlas fáciles. Muy bien, ¿cuál es tu otro problema? Hasta ahora va todo bien.

—Materiales —Rob sacó otra hoja con cálculos de entre sus notas—. Necesitamos unos miles de millones de toneladas de silicio y metales, y las necesitamos en determinado lugar, cerca del lugar en L-4 donde tengamos la construcción principal. ¿Dónde los conseguiremos? Confío en que usted me conteste a esa pregunta; es obvio que no pueden venir de la Tierra.

—Es justo —Regulo estiró la mano y tomó la hoja de manos de Rob.

Luego de estudiarla un momento, se volvió al panel de control situado a un lado del escritorio y comenzó a alimentarlo con una serie de datos.

—¿Qué te ha contado Cornelia sobre el sistema de ordenadores de Atlantis? —preguntó.

—Nada en absoluto —Rob pensó de pronto en el misterioso comentario de Corrie mientras venían en camino—. A menos que el ordenador sea Caliban.

—¡Caliban! —Regulo levantó las espesas y blancas cejas—. Caramba, qué idea tan loca. Aunque cuando estoy aquí sentado y pienso en eso, no parece tan loca —rió—. No, Caliban no es el ordenador. Conocerás a Caliban más tarde. Al ordenador le llamamos Sycorax, y ese nombre idiota se lo puso Joseph Morel, no yo. Bueno, no voy a ponerme a hablar de eso. Hace unos cuarenta años decidí que cualquiera que quiera ser un buen ingeniero debe tener el mejor sistema de ordenadores que pueda comprarse. Sigo opinando lo mismo, y he construido el ordenador que controlo desde aquí a partir de aquel momento. Traje el procesador central a Atlantis hace unos veinte años, y hay bancos de datos satélites y procesadores periféricos en muchos lugares más, en la Tierra, en la Luna, en el Cinturón y en las explotaciones mineras, en satélites de los sistemas de Júpiter y Saturno.

Mientras Regulo hablaba, una larga tabla de datos había comenzado a aparecer en una gran pantalla a un costado de la habitación. Regulo la miró un momento; introdujo más palabras y la tabla comenzó a cambiar a toda velocidad.

—Ésa es información de salida de Sycorax —dijo Regulo—. No me preguntes dónde se guarda el banco de datos. Lo único que puedo decirte es que debe de estar en algún lugar de Atlantis, pues de lo contrario el tiempo de respuesta habría sido más largo. Los datos a los que tenemos acceso con mayor frecuencia se guardan aquí; el resto se diseminan por todo el Sistema. ¿Reconoces esa tabla?

Rob la miró unos segundos.

—Parece una lista de los asteroides más grandes. No sé qué significan los otros valores, ¿diámetros y elementos orbitales, quizás?

—Eso es lo primero. ¿Te ha dicho Cornelia cómo gané mis primeros millones? Comencé explotando asteroides, y Empresas Regulo sigue haciéndolo. No se puede hacer dinero en este oficio sin buena información, eso lo aprendí hace cincuenta años, del primer socio que tuve. Sycorax mantiene un registro de datos sobre cada cuerpo del Sistema Solar, de los que conocemos. Hay cosas en el Halo que aún no hemos podido identificar. Los ficheros de datos que poseemos tienen elementos orbitales, tamaño, composición y una posición que rectificamos cada vez que es necesario. Nos dicen el costo de explotación de cada asteroide, y el valor de los materiales enviados a cualquier punto del Sistema. Para mantenerse en el liderazgo en este negocio se necesitan dos cosas: mejor información que los demás y voluntad de conformarse con un pequeño porcentaje de ganancia. ¿Te parece que las cifras que me has dado son ajustadas?

Rob miraba admirado la compleja información que se desarrollaba en la pantalla.

—Son mis primeros cálculos. Sólo son aproximados. Debemos contar con un buen margen, digamos que necesitaremos tres mil millones de toneladas de silicio, y más o menos la misma cantidad de metales. Podemos arreglarnos con mucha variedad en la mezcla de los metales, siempre y cuando tengamos una buena cantidad de hierro y carbono.

—Es una buena aproximación —Regulo estaba ocupado en el terminal, entrando las especificaciones—. Ahora veamos qué nos dice Sycorax. Puede llevar uno o dos minutos. Los archivos aún están clasificados según el sistema antiguo: carbónicos, silíceos, ricos en metal y de composición mixta. Nosotros queremos una mezcla y una mezcla específica, de modo que hay que hacer una selección concreta. También he pedido el menor costo de transporte a L-4, así que no tendremos mucho donde elegir. Podríamos también hacer la explotación en el lugar y no en el Cinturón. —Se reclinó en el asiento—. Hablando de minería, sigo muy interesado en una versión de la Araña que pueda manejar materiales a altas temperaturas. ¿Has trabajado en eso?

—Sí, es fácil. Todavía no me ha dicho para qué la quiere.

Regulo lo miró con aire de astucia.

—Otra idea que he tenido. Sabes cómo explotamos los asteroides, ¿no? Seguimos haciéndoles agujeros, como ratas. No me gusta y quiero alternativas. ¿Cuánto cobrarías por el uso de otra Araña durante un par de años?

—Diez por ciento de los beneficios sobre el resultado final —dijo Rob sin vacilar. Rió—. Ya ve, estoy aprendiendo de usted. Pero no le alquilaría la Araña si no tengo la seguridad de que la manejará alguien competente.

—¿Qué te parece Sala Keino?

—¿Trabaja para usted? —Rob pareció intrigado—. Regulo, él sabe más sobre grandes estructuras espaciales de lo que yo podría aprender en diez años. ¿Por qué no le construye él el Tallo? Quiero decir: yo quiero trabajar en este proyecto, pero él tiene experiencia.

—No en el uso de la Araña ni en construcción en la Tierra. Yo estoy seguro de que ésos son los dos elementos más importantes de la operación, la extrusión de los cables y el amarre. No te preocupes por Keino, hará otra cosa para mí. Quiero que se dedique a desarrollar un método mejor de minería para asteroides y estará ocupado con eso por un tiempo. Terminemos con esto.

En la pantalla aparecía por fin una breve lista de sólo cuatro objetos.

—Cualquiera de ésos debería servirte —continuó Regulo—. Al parecer no hay mucha elección. Son todos de un par de kilómetros de ancho, todos con una mezcla razonable de silicio, metales y carbono, y todos tienen volátiles suficientes para la transferencia. No veo problemas en colocarlos en la órbita de la Tierra. No te preocupes por cómo llegarán allí, tengo mucha experiencia en ese tema. —Estiró el brazo y apagó la pantalla—. ¿Algún otro problema sobre el que debamos hablar ahora? Si no los hay, sugiero que nos concentremos en los detalles. Revisemos tus notas y las mías, a ver si hay diferencias. Las habrá, pero me asombra que estemos tan de acuerdo hasta el momento.

Regulo se inclinó hacia adelante y tomó su pila de papeles. Permaneció en silencio unos segundos, mirándolos. Su siguiente pregunta sorprendió a Rob, que seguía pensando en el diseño del Tallo.

—No estarás planeando ningún compromiso permanente, ¿verdad, Merlin? En la Tierra, quiero decir.

—La verdad, no —dijo Rob, tras un primer momento de confusión—. Aunque no entiendo qué puede importarle eso.

El viejo lo miró intrigado.

—Tal vez no. Pensaba en que el Tallo nos exigirá a los dos un año de duro trabajo; tal vez más. Podría resultar problemático que estuvieras ligado a un hombre o a una mujer de allá.

Hurgaba entre los papeles frente a él. A los pocos momentos, se los alcanzó a Rob. No se dijo nada más sobre el tema, pero Rob sintió que la explicación de Regulo a su pregunta había sido poco convincente. Se esforzó por olvidarla y volver a concentrarse en el trabajo, cuando comenzaron la segunda etapa del diseño del Tallo.

8

EL ENCUENTRO CON CALIBAN

El comedor principal de Atlantis estaba situado en la parte exterior de la esfera de metal que formaba el corazón del asteroide. Había sido diseñado por Darius Regulo como la vitrina de toda la zona de vivienda, y las comodidades fueron pensadas con ese propósito. Unos paneles corredizos de metal cubrían la pared exterior. Detrás de ellos, y visibles para los invitados al oprimir un botón dispuesto en la larga mesa, había unas paredes transparentes que daban al mundo acuático. Regulo los había mantenido completamente cerrados durante toda la comida, pero Rob no podía resistir mirarlos e imaginar lo que ocultaban.

La sesión de trabajo con Regulo se había desarrollado con una asombrosa rapidez. Cada uno parecía comprender el pensamiento del otro apenas era concebido, antes de ser expuesto en palabras. Rob se sentía orgulloso de su propio talento en los últimos años; pero no estaba acostumbrado a verlo igualado o superado por el de otra persona. Al final de la sesión casi no podía creer cuánto campo habían cubierto juntos, ni la comprensión que ahora tenía Regulo de todos los detalles de su trabajo de diseño.

En esto había estado pensando durante la cena, por lo que casi no saboreó la extraña comida. Eran sólo cuatro en el gran comedor: Rob, Regulo, Corrie y Joseph Morel. A medida que se servían los diferentes platos, todos miraban a Rob, esperando ver su reacción. Había más variación de la que Rob había esperado al saber que todo provenía de las granjas acuáticas de Atlantis.

—Tenemos que darle las gracias a Joseph por esto —dijo Regulo, observando a Rob probar un pedazo de carne, fruncir el ceño sorprendido y volver a comer otro pedazo—. Trabajó durante años para conseguir un pez de agua dulce que tuviera sabor a buena carne de vaca. Ha engañado a más de uno con él, y tienes que probar el queso que se servirá después. Es tu obra maestra, ¿verdad, Joseph?

Morel asintió sin expresión. Su rostro liso y colorado seguía impasible, sin denunciar ningún sentimiento. En varias ocasiones durante la comida, cuando Rob miraba a Regulo o a Corrie, sentía la mirada fría y atenta que le clavaba Morel, sentado a su izquierda. Pero cuando Rob dirigía la vista hacia él, los ojos fríos y grises siempre estaban mirando a la mesa o a uno de los otros. Rob tomó nota mental de agregar una pregunta a la lista que estaba preparando para el Servicio de Informaciones de Howard Anson.

—Casi todo lo que ves aquí es obra de Joseph —continuó Regulo, cuando la comida llegaba a su fin con fruta de gusto y textura similar a la piña tropical—. Yo me ocupé de la ingeniería básica de Atlantis y decidí dónde estaría la zona de habitaciones, la construimos a partir del yacimiento que había en el centro del asteroide original. Fue un problema interesante en cuanto al uso de materiales. Joseph hizo todo el resto, el diseño de los laboratorios, y el equilibrio de la esfera de agua. No es sencilla la ecología allí, en absoluto. Tienes que verlo todo, ya que estás aquí.

Morel permanecía en silencio, pero los labios carnosos y rojos se fruncieron en lo que podía interpretarse como señal de desagrado.

—Me gustaría ver más de la esfera de agua ahora —dijo Rob—. La vi muy fugazmente cuando entrábamos con Corrie por la abertura de acceso, y me pareció fascinante. ¿Pueden abrirse los paneles?

Darius Regulo miró a Morel.

—Me ha preguntado por Caliban, y creo que Cornelia ha estado bromeando con ese tema también. ¿No querrías traerlo? —Volvió a dirigirse a Rob—. Caliban es el orgullo y el deleite de Joseph, pero no te tendremos en suspenso más tiempo. Enciende las luces de afuera, Corrie, y abriremos los paneles.

Casi no fue necesario bajar las luces de adentro. Regulo las mantenía a un nivel apenas suficiente para verse entre ellos y ver la comida. Cuando los grandes paneles se abrieron Rob vio que daban a una espesa jungla submarina, iluminada por el apagado y distante resplandor de la luz solar y de las lámparas que había bajo el agua. Corrie tocó un interruptor y la escena se transformó gracias a poderosos faros montados en la pared exterior de la cámara.

La lámina de material detrás de los paneles deslizables era perfectamente transparente. Se veían a la perfección las capas de vegetación fijas a las rejillas de sostén. Los bancos de peces en movimiento pasaban y se dirigían hacia ellos, atraídos por la luz.

—¿Dónde está, Joseph? —gruñó Regulo—. Tráelo para que Merlin lo vea. Creía que la luz lo haría venir.

—Depende de lo que estuviera haciendo cuando se han encendido las luces —dijo Morel. Sacó del bolsillo de la camisa un pequeño comunicador plano. Mirando hacia la tranquila escena acuática, oprimió dos de las teclas. Después de unos segundos oprimió una tercera—. Se está haciendo el duro —dijo—. He tenido que aumentar el incentivo. Mirad hacia la izquierda, me parece que le he dado suficiente.

Rob miró rápidamente a los otros tres. El rostro de Corrie estaba sereno, con un tranquilo interés. La expresión de Regulo era imposible de adivinar detrás de esa arruinada máscara de carne, pero los ojos parecían calmos. Sólo Joseph Morel parecía experimentar una fuerte emoción. Se pasaba la lengua por los labios con una expresión de reprimida satisfacción en el rostro, mientras manejaba el pequeño comunicador. Estaba tenso y a la expectativa. De pronto, aflojó la tensión y se reclinó en el asiento. Lejos, al borde de la zona iluminada, algo se movía entre la fronda.

—Ahí viene —murmuró Regulo—. Merlin, mira cómo se desvanece una de tus ilusiones. Tú piensas que yo soy quien está al frente de todo esto, pero te equivocas. Te presento a Caliban, el verdadero amo de Atlantis. El resto de nosotros estamos atados a su pequeña región ahí en el centro, dentro de la esfera de agua. Caliban es el que domina todo lo demás.

Una sombra enorme y negra se acercaba despacio, empujando a un lado la densa vegetación. Era la misma masa irregular que Rob había vislumbrado en el breve momento en que miró cuando entraba por la abertura de acceso a Atlantis. Ahora, mientras se acercaba, pudo empezar a comprender su verdadero tamaño. Había un conglomerado de brazos rodeando un tronco central inmenso. A medida que la criatura se acercaba, Rob intentó contarlos. Vio nueve o diez, dos de ellos mucho más largos que el resto. Ninguno de los brazos estaba extendido por completo, pero supuso que los más grandes medirían unos treinta metros de largo, y salían del cuerpo y de la cabeza. Ésta era de un par de metros de ancho, con un ojo inmenso y fijo a cada lado, situado de tal manera que el animal no podía tener visión binocular. El tronco y los brazos más largos eran de un color gris verdoso profundo y se confundían con la tonalidad más clara de los ocho brazos más cortos.

—¿Sabes lo que estás viendo? —preguntó Regulo—. No encontrarás muchos como éste en la Tierra.

—Es una especie de calamar —dijo Rob—. Pero nunca había oído hablar de uno tan grande. ¿Ése es Caliban?

—Así es —la voz de Morel sonó clara y precisa—. No es sólo una especie de calamar. Es el *Architeuthis princeps* mismo, el mayor invertebrado conocido. El que inspiró las leyendas de los monstruos marinos de Escandinavia, y la de la serpiente marina también, supongo.

El calamar gigante se había acercado hasta la pared transparente. Apoyó cuatro largos y chupadores tentáculos contra el vidrio. Rob vio que el gran cuerpo se flexionaba con el esfuerzo. La superficie del panel se movió, aunque muy poco, bajo la presión.

—Además es fuerte —observó Regulo—. Más fuerte de lo que crees.

—Está cambiando de color —dijo Rob, mirando la barrera que los separaba de la criatura que se movía bajo la fuerza de los grandes brazos.

—Ah, sí, siempre hace eso —Regulo siguió mirando con toda tranquilidad cómo la piel del calamar se oscurecía, hasta llegar a un negro uniforme—. Son los cromatóforos de su capa exterior. Puede cambiar a muchísimos colores. Sólo se pone negro cuando está enojado. Creo que Caliban odia a Joseph más que a cualquier otra cosa o cualquier ser en Atlantis.

—Es un ingrato —dijo Morel secamente—. En buena ley debería estar más que agradecido, debería adorarme como a un dios. Soy su creador. Antes de que empezáramos a trabajar en él no era más que cualquier otro cefalópodo; algo más inteligente desde luego, que cualquier otro invertebrado, pero sólo eso. Ahora... —apretó la boca roja, tan incongruentemente pequeña en su rostro carnoso—. Debería estarme agradecido.

Rob había contenido el aliento. No podía evitar la sensación de que la inmensa bestia que les miraba del otro lado de la ventana rompería el escudo que los separaba y les atacaría con esos brazos musculosos. Además estaba el pico, en medio de la gran cabeza... Intentó tranquilizarse. Regulo conocía demasiado bien cuál era la resistencia de los materiales para creer que pudiera haber un peligro real.

—¿Quiere decir que Caliban es inteligente? —preguntó—. ¿Que ha creado algo con lo que puede comunicarse, algo que puede pensar?

—Es una buena pregunta —Regulo había observado la expresión de alarma en los ojos de Rob con no disimulado regocijo—. Obviamente, no habla, y a pesar de todos esos brazos, jamás hemos podido interesarle en la escritura. Yo no estoy seguro de que sea inteligente.

—Regulo bromea —Morel no parecía muy divertido—. La comunicación con Caliban es, claro, un procedimiento complejo. Caliban está conectado electrónicamente con Sycorax, y el ordenador le envía una corriente de señales, sin cesar. A cambio, él produce una modulación que vuelve al ordenador, y a veces esa señal de retorno tiene cambios significativos. Sycorax decodifica el resultado, lo cifra en un mensaje y lo convierte en información para nuestros terminales.

—Una jerga sin sentido, la mayoría de las veces —murmuró Regulo—. No negaré que Caliban hace algo con la señal, y Sycorax nos da una versión interpretada. Pero si es Caliban o Sycorax el que le da sentido... he aquí la cuestión.

—Sin embargo, no niegas que la combinación demuestra inteligencia —replicó Morel—. No es inteligencia humana, por supuesto, y no es fácil de comprender. No lo niego. Sólo afirmo que Caliban posee algún tipo de proceso de pensamiento de alto nivel.

—Está bien —Regulo movió el brazo, sin ganas de seguir discutiendo—. Ya sé que consideras los mensajes de ese animal como una especie de oráculo. —Se volvió a Rob—. Cuando hayas venido más veces, Merlin, te darás cuenta de que Morel jamás hace nada que Caliban no haya aprobado. ¿Verdad, Joseph?

—Por supuesto —Morel estaba adusto—. Es una lástima que no todos tengamos el sentido común de seguir la misma política.

Regulo rió.

—No le hagas mucho caso, Merlin. Está enojado porque Caliban aconsejó que no te contratáramos para el proyecto del garfio espacial. No pudimos averiguar por qué, y después de la sesión de hoy yo estoy más convencido que nunca de que hice bien en desoír su consejo. Tú eres quien debe construirnos el Tallo, por más que Caliban diga lo contrario.

Rob seguía mirando la inmensa forma de Caliban, que permanecía inmóvil junto a la ventana.

—¿En qué zona de la esfera de agua vive? —preguntó.

—¿En qué zona? —Regulo se restregó la cara y miró el gran ojo que, a treinta centímetros de distancia, los miraba a través del panel—. ¿Has oído el chiste del hombre al que le regalaron un gorila? Vivía en un apartamento pequeño. Le preguntaron «¿Y dónde duerme el gorila?» «Ah, donde quiere». Éste es el *Architeuthis princeps*, lo más alto de la escala. Caliban es el rey de la esfera de agua, es su mundo y va y viene y hace lo que quiere.

—A menos que lo llame —Morel palmeó el comunicador que aún tenía en la mano—. Entonces Caliban reconoce un amo.

—No lo creo —Corrie habló por primera vez desde que el animal había aparecido junto a la ventana—. Yo también he leído mucho sobre los cefalópodos, Joseph. Son grandes, rápidos y feroces y el más feroz es éste. Debes tener cuidado. Caliban sabe muy bien de dónde le llegan esos golpes eléctricos que le obligan a venir aquí o a irse. Lo sabe muy bien, mírale los ojos.

El platillo amarillo pálido pegado a la ventana, sin párpados y resplandeciente, no tenía interés por nada excepto Morel. Seguía cada movimiento que éste hacía, en especial cuando colocó los dedos sobre el comunicador otra vez.

—Espero que me conozca y que sepa lo que soy para él. —El tono de Morel era soñador, con un deje de otra cosa, un deje de placer sensual. No apartaba la vista de Caliban y oprimió otras dos teclas del comunicador. Hubo una súbita convulsión de los grandes tentáculos, oscurecida casi de inmediato por una nube de descarga color sepia proveniente de la bolsa de tinta que el animal tenía al final del tronco. Cuando se despejó, Caliban se había ido, de regreso a las profundidades de la esfera de agua.

Su recuerdo permaneció. Rob no podía apartar el pensamiento de esos brazos. Ni siquiera durante las sesiones de trabajo con Regulo, cuando trabajaban toda la noche, sobre los detalles del Tallo, en lo más profundo del cálido vientre de agua de Atlantis, a salvo hasta del poder del mismo Sol.

Hubo un encuentro más con Joseph Morel antes de que Rob dejara Atlantis para volver a la Tierra a iniciar el trabajo práctico de planificación de la construcción. Había seguido la pared exterior de la zona de habitaciones, maravillado por la extraña flora y fauna de la esfera de agua e intentando ver de nuevo a Caliban. Había recorrido la mitad del camino alrededor de la esfera central pasando por las zonas de mantenimiento y las esclusas de salida que llevaban desde el interior lleno de aire al mundo acuático. Persiguió lo que le pareció la sombra de un gran tentáculo, moviéndose entre la verdosa oscuridad hasta que no pudo continuar: había una puerta cerrada con un sello rojo alrededor.

Rob estaba de pie frente a la puerta, preguntándose adónde llevaría, cuando apareció Morel, sin hacer ruido, a sus espaldas.

—¿Qué está haciendo aquí? —A pesar de la voz suave, Morel habló con brusquedad. Rob se volvió.

—Quería ver otra vez a Caliban antes de irme, pero no puedo pasar de aquí.

—No puede estar aquí —Morel estaba tenso, y se pasaba la lengua por los labios—. Éstos son los laboratorios. Está prohibida la entrada a todos, excepto a mí y a mi personal.

—¿En qué están trabajando? ¿Sigue modificando las formas de agua salada? Me preguntaba cómo lo hace. No he visto que se intente en la Tierra.

Morel vaciló, abrió la boca para hablar, pero no dijo nada.

—No es fácil —dijo por fin—. Algunas de las formas que hemos estado usando durante mucho tiempo aún necesitan ser modificadas. Por esta razón mantenemos los laboratorios cerrados. Hay fusión de ADN constantemente. No queremos que se repita lo ocurrido con el grupo de Laspar en Tycho.

Rob asintió. Miraba las manos de Morel. Las tenía apretadas, y los nudillos estaban blancos por la presión.

—Yo creía que aquí había menos peligro —dijo—. Al fin y al cabo en Atlantis tienen un medio ambiente aislado.

—Menos peligroso para el resto de la raza humana, quiere decir —precisó Morel sonriendo sin alegría—. No lo considero de ese modo. Y dudo que Laspar lo hiciera en los últimos dos días antes de obtener las salamandras y de que las salamandras lo agarraran a él. El bienestar de la especie en su conjunto es algo que uno pierde de vista, si es una persona normal. Sólo los tontos se arriesgan cuando se trata de experimentos de recombinación como los que hacemos aquí.

Comenzaba a relajarse un poco, pero estaba todavía demasiado tenso para una conversación tan informal. ¿Qué le había dicho Howard Anson a Rob? «Sea cual fuere la relación entre esos nombres, es algo terrible.» Y uno de esos nombres había sido el de Joseph Morel.

—¿Cuánto hace que trabaja en esos experimentos? —preguntó Rob, manteniendo un tono de voz lo más indiferente posible.

No hubo duda. Morel se puso tenso otra vez; se mordió el labio inferior un rato antes de responder.

—Este tipo de investigación ha sido el trabajo de casi toda mi vida —respondió por fin—. Hace muchos, muchos años que me dedico a él. —Se volvió bruscamente para mirar por la ventana a la sombra verde y tranquila del fondo—. Así que le interesa Caliban. Es un interesante objeto de estudio. Uno de mis éxitos más antiguos. Comencé a percibir su potencial hace ya más de treinta años, cuando noté unas reacciones suyas inexplicables en los primeros experimentos. No intentamos la comunicación hasta mucho después. Incluso al principio, sentí que cualquier cosa que hiciéramos debería ser probablemente por medio de una interfaz de ordenador, somos demasiado diferentes para una comunicación directa. Excepto en lo básico —Morel había vuelto a sacar el comunicador del bolsillo y lo mantenía cerca del pecho. Oprimió dos botones iguales de uno de los costados.

—¿Lo está llamando? —preguntó Rob.

Morel asintió.

—A través de Sycorax. Es extraño, nuestro trabajo con él fue mucho más rápido después de hacerle las modificaciones que le permitieron vivir en un medio de agua dulce. —Miraba otra vez por la ventana—. Caliban estará ante las pantallas, en la esfera de agua. No le gusta dejarlas una vez que se ha instalado. ¿Sabe usted que Caliban ve todo lo que recibimos a través de cualquiera de las conexiones de vídeo? No sólo aquí en Atlantis, sino en todo el Sistema. Estoy centrando su atención en esa pantalla.

Morel señaló la cámara dispuesta en la pared por encima de sus cabezas. En ese momento Rob recordó las otras cámaras, en la oficina de Regulo, en la nave usada por primera vez por Corrie para recogerlo, y en el Remolcador. Pensándolo bien, no recordaba ningún momento en el que no hubieran estado bajo alguna especie de vigilancia. Si Caliban podía recibir toda esa información, su capacidad de gestión de datos debía de ser enorme.

—¿Cómo le transmite las señales? —preguntó—. Si no recuerdo mal, las frecuencias de radio no atraviesan el agua.

—Muy cierto. Usamos ultrasonido, y láser de comunicación. Las señales sonoras son recibidas por cristales piezoeléctricos dispuestos en la piel de Caliban, y convertidos en impulsos eléctricos. Van directas al cerebro. La velocidad del láser es mucho más alta, pero podemos enviar órdenes más fuertes con el ultrasonido. —Se encogió de hombros—. Todo el sistema es bastante primitivo. Algún día habrá que modernizarlo.

En la esfera de agua, la forma oscura de Caliban se acercaba, despacio, por entre las sombras de la vegetación. A pesar de su tamaño, el movimiento era grácil y ligero.

—¿Y cómo envía Caliban sus mensajes? —preguntó Rob, sin poder apartar los ojos del calamar que se acercaba más y más.

—Por medio de paneles de exhibición dispuestos en las paredes interiores de Atlantis. Todas sus respuestas llegan por intermedio de Sycorax, por supuesto, para ser procesadas antes de llegar a nosotros. —Morel miraba con cariño al animal que se acercaba—. Resultan difíciles de entender, por eso Regulo dice que Caliban es mi oráculo. La manera en la que Caliban y Sycorax piensan juntos, no es nuestra manera de pensar. Lo hacen con elementos no aristotélicos en su razonamiento. Creo que cualquier estudiante serio de lógica formal aprendería mucho si pudiera examinar los procesos inferenciales de Caliban durante uno o dos años.

Rob empezaba a sospechar que Morel no se iría de allí mientras él no se moviera. Asintió y comenzó a dirigirse hacia la puerta sellada.

—Estoy seguro de que tendré oportunidad de estudiarlo con mayor detalle la próxima vez que venga. Es monstruoso, ¿verdad? Usted está acostumbrado a él, pero a mí no me gustó nada ver cómo se apretaba contra la ventana la otra noche.

Morel sonrió, la primera manifestación de verdadero placer desde el comienzo de la conversación.

—Es muy fuerte, más incluso de lo que parece. Yo no le aconsejaría entrar en la esfera de agua estando él dentro.

—No tengo la menor intención de hacerlo, pero supongo que alguien entrará. ¿Cómo recogen el alimento de las granjas acuáticas?

—Caliban es controlable. Puedo enviarle impulsos eléctricos con el comunicador, y apuntar directamente a los centros de dolor o placer en su cerebro. No hay peligro en la esfera de agua cuando estoy yo para manipularlo. Debemos usar ese control a veces para otras cosas. Cuando se niega a dar información sobre problemas que me interesan, me obliga a estimularlo para que responda. Pero no dude de que lo desagrada.

«*No* —pensó Rob—. *Pero a ti sí te agrada, amigo mío. He visto la expresión que te aflora en la cara cuando piensas en eso. Te regodeas con sólo pensarlo. Gracias a Dios que no tienes electrodos conectados a mi cerebro*».

Se volvió para irse, dirigiéndose a la zona de habitaciones. Se sentía intranquilo por lo que acababa de ver. Joseph Morel se quedó de pie junto a la ventana, mirando al inmenso Caliban que lo contemplaba a su vez lleno de odio desde la esfera de agua. Si Rob estaba pensativo, al parecer Morel no lo estaba menos.

9

«ARRANCA DE LA MEMORIA UNA OCULTA TRISTEZA, EXTIRPA LAS AFLICCIONES ESCRITAS EN LA MENTE»

—Bueno, a primera vista no parece haber nada nuevo —Howard Anson, delgado y elegante, se apoyaba con displicencia en el respaldo de una silla alta. Como de costumbre, parecía recién salido de un costoso instituto de belleza—. En resumen, te gusta Regulo, y Corrie te gusta todavía más, no te cae bien Morel y te has encontrado con una ostra descomunal. No sé cómo todo esto puede afectar a Senta.

Rob Merlin, sentado en un sofá frente a él, se veía pálido y cansado a la luz dorada del atardecer romano. Tenía los ojos enrojecidos y ojeras. El viaje de regreso había sido pesado, con poco sueño y mucho para hacer.

—¡Sí, una ostra! —dijo—. Si vieras a Caliban, cambiarías el tono. Siento mucho respeto por ese calamar. Los cefalópodos más inteligentes no están más cerca de las ostras que tú de un ornitorrinco.

Anson sonrió, impertérrito.

—Son moluscos, ¿no?

—Lo son, pero ahí termina todo el parecido. Caliban es grande, y feroz, y me siento inclinado a compartir el juicio de Morel, aunque él me desagrade. Hay inteligencia dentro de la cabeza de ese decápodo. Si hubieras visto cómo intentó entrar en el comedor y arreglar cuentas con Morel. Me pregunto qué le habrán hecho a Caliban para que pudiera sobrevivir en un medio de agua dulce. Nada agradable, seguro.

—Si quieres una respuesta a esa pregunta, tal vez pueda averiguarlo. —A Anson, como siempre, le parecía innecesario tomar notas—. Podría ser la explicación de por qué Caliban odia a Morel. He averiguado mucho sobre ese individuo durante tu ausencia. La relación con tu padre parece poco importante, aunque he confirmado que Morel y Gregor Merlin fueron estudiantes en la misma época en Göttingen. Estudiaron técnicas de rejuvenecimiento y de prolongación de la vida juntos durante un par de años. Ésa es la única relación personal, pero al parecer se mantuvieron en contacto después de que Morel dejara Alemania. —Anson miró a Rob con atención, con una mirada inteligente en sus ojos perezosos—. Escucha, te has exigido mucho. Tienes un aspecto horrible. Para que te repongas deberíamos esperar otro día antes de trabajar con Senta.

Rob negó enfáticamente.

—No puedo permitírmelo. Dentro de dos días volveré al espacio. Ya tenemos terminado el diseño final para el Tallo, y el próximo paso será realizar los planes de fabricación en L-4. Me espera un año difícil, sin descansos, de lo contrario no podremos cumplir con los plazos que le he prometido a Regulo. No he dejado mucho margen de tiempo, y el que tengamos lo necesitaremos para los retrasos de producción.

—En realidad, no creo que sea por tu promesa a Regulo. Quieres estar presente: eso es lo que te impulsa.

Rob se encogió de hombros: era difícil contradecir las palabras de Anson. Desde la última vez que se vieran, había trabajado mucho. Primero el viaje a Atlantis, luego le absorbió el diseño del Tallo. Había modificado la Araña para que operara en el espacio libre; había enviado a Regulo una segunda versión equipada para extrusión a altas temperaturas, para que se la pasara a Keino, que estaba en el Cinturón, y había comenzado a contratar gente para el proyecto principal. Los resultados de las primeras llamadas los sorprendieron. Un alto porcentaje de la gente que había trabajado con él en otros proyectos aceptó de buen grado seguirlo a trabajar fuera de la Tierra y colaborar en el proyecto Tallo-de-habichuela. Luego dejó de sorprenderse. Como a Rob, a los demás también les entusiasmaba la inmensidad del proyecto. Nadie que amara trabajar en grandes proyectos de construcción podía resistir la atracción de un puente trescientas veces más largo que cualquiera construido hasta ese momento en la Tierra. Había conseguido que la mayoría firmaran contrato casi sin hacer referencia al dinero. Y si los planes de Regulo para la minería de asteroides incluían a Rob, podría haber aún más proyectos de esta envergadura para todos ellos, tanto en el Cinturón como en el Sistema Exterior. El entusiasmo de Regulo por los proyectos espaciales parecía ser contagioso.

—Muy bien —Anson se incorporó—. Si te vas a quedar ahí con la mirada perdida, traeré a Senta. Está esperando a ver si queremos trabajar.

—Perdón —Rob sacudió la cabeza y se sentó más erguido—. Es el cansancio, eso es todo. Me abstraigo y me pongo a pensar en otras cosas. Tenías razón. Me he exigido mucho. Regulo no ha comentado una palabra sobre los plazos. Creo que intento convencerme a mí mismo de que soy tan inteligente como él. Has dicho que me gusta; sería más apropiado decir que le respeto. Su cerebro funciona de una manera diferente a como funciona el cerebro de cualquier persona que haya conocido. Tendrías que escucharle cuando se pone a hablar de diseño en ingeniería. Con razón ha llegado a la posición que ocupa. ¿Sabías que controla más de la mitad de las naves que se mueven en los Sistemas Interior y Medio?

—Sesenta y ocho por ciento —dijo Anson, con un suspiro—. Sí que estás cansado, Rob. Dirijo un Servicio de Informaciones, ¿recuerdas? Si buscas datos, yo soy la persona apropiada. —Se detuvo frente a la puerta, con la mano en el picaporte—. Tengo que pedirte algo. Sé paciente con Senta, por favor. Se ha mantenido con la dosis mínima que puede soportar desde hace unas semanas, para poder tolerar una dosis grande cuando se lo pidiéramos. En este momento se siente muy frágil.

Rob asintió. Había visto muchos adictos a la taliza y sabía lo que esto significaba. La abstinencia de la droga habría sido una lenta y continua tortura para Senta Plessey; y, sin embargo, se había prestado gustosa sólo para permitirles llevar a cabo el interrogatorio. Lo cual dejaba un punto muy en claro: Senta sentía por Howard Anson lo mismo que él por ella.

Rob se quedó a solas unos minutos. Cuando comenzaba a preguntarse qué estaría sucediendo, los otros dos entraron. Senta era una mujer diferente de la que Rob conociera en el ámbito social de Camino Abajo. Sus bronceadas mejillas se veían ajadas, y los brillantes ojos castaños, apagados y doloridos. Hasta los cabellos oscuros parecían haber perdido el brillo, y le caían desordenados a ambos lados de la cara. Al entrar miró a Rob y se esforzó por esbozar una sonrisa. Él se acercó a ella y le tomó las manos. Estaban frías y ásperas.

—La última vez que me vio yo estaba en mi mejor momento, o en el peor —reconoció. La voz sonó ronca e insegura—. No recuerdo qué me dijo, ni lo que hicimos. Siempre ocurre igual cuando regreso a la realidad. Quizás esta vez pueda recordar mejor. Después, digo.

Pronunció la última palabra como una amenaza de fatalidad.

—Escuche, Senta —dijo Rob, sin soltarle las manos—. No sé cómo decirlo, pero cuando recuerda cosas estando en trance de taliza, ¿sufre?

Senta no lo miró. Se había vuelto y fijaba la mirada en un frasquito con un fluido transparente que Anson había sacado del bolsillo. La expresión de su cara hizo estremecerse a Rob por la intensidad de deseo que vio en ella. Comprendió que nadie que hubiera visto una vez a un adicto a la taliza se aficionaría a ella.

—¿Sufrir? —La voz de Senta sonó distante e indiferente—. Depende de lo qué recuerdo. Es tan doloroso como lo fue la experiencia, ni más ni menos. No podría ser de otra manera. Pero esto..., esto es más insoportable que los recuerdos —le tembló la voz—. Howard, por favor, no esperes más.

Anson echaba una onza del líquido, medido con cuidado, en un pedazo de algodón. Tapó el frasco, se acercó a Senta y comenzó a restregarle el algodón con firmeza en las sienes, primero de un lado y luego del otro.

Transcurridos unos veinte segundos, volvió a repetir la acción, mirando a Senta a los ojos. Estaba rígida e inexpresiva. Diez segundos después, ella exhaló un profundo suspiro y los párpados comenzaron a agitarse en movimientos breves y espasmódicos. Enseguida Anson le envolvió una tela oscura bajo la frente, para cubrirle los ojos y con toda delicadeza, la hizo sentar en el sofá.

—Howard —Rob habló deprisa y en voz baja, sin apartar los ojos de la cara de Senta—. ¿Tenemos que hacerlo así? ¿No hay otro método que nos permita averiguar lo que queremos que Senta nos diga sin que deba drogarse, alguna manera de formularle las preguntas correctas? Si la taliza puede hacerla recordar, de alguna manera ella tiene la información almacenada.

—Ojalá pudiera hacerse así —Anson seguía observando a Senta con atención, al parecer esperando una reacción clave—. La información ya no está en su mente consciente. Se lo he preguntado muchas veces cuando no estaba drogada, y no recuerda nada, en absoluto. No sé si le dieron una gran dosis de Lethe con un condicionamiento, o si es ella la que rechaza el recuerdo porque es muy doloroso. Lo único que sabemos a ciencia cierta es que está enterrado a profundidad. Y sabemos que está allí; cuando un trance de taliza la arrastra hasta esa experiencia, se asusta más que ante cualquier otra vivencia de su memoria. Hay algo relacionado con Morel, Merlin y los Duendes que la aterroriza.

—Reconozco que Morel es capaz de asustar a cualquiera —Rob recordaba la expresión en los ojos grises del asistente de Regulo cuando manejaba el comunicador que le permitía controlar a Caliban—. A mí también me preocupa. Pero, ¿Senta no...?

Se interrumpió. Anson le había hecho un brusco ademán para que se callara. Senta se había inclinado hacia adelante y comenzaba a respirar agitada.

—Unos segundos más —dijo—. Tiene la venda sobre los ojos, para que no reciba ningún estímulo visual. Si oye cualquier palabra ahora, tendrá el mismo efecto. Debemos evitar que entre en un recuerdo que no sea el que queremos.

Se sentó en el sofá junto a Senta, mirándola con atención. Rob quedó impresionado. Mientras la miraba, las mejillas de Senta iban perdiendo su aspecto ajado y recuperaban el color que él había visto en Camino Abajo. La boca volvía a curvársele otra vez en una delicada y misteriosa sonrisa.

—Aquí estoy, Howard —exclamó—. Me siento bien. ¿A qué vamos a jugar? —rió, con una risa profunda, y se acomodó entre los mullidos almohadones del sofá. Su actitud era ya coqueta y llena de una explícita promesa sexual. Anson le dirigió a Rob una rápida mirada de impotencia, y luego se inclinó hacia el oído de Senta.

—Joseph Morel —articuló con toda claridad. Hizo una pausa tras pronunciar el nombre—. Gregor Merlin. Joseph Morel y Gregor Merlin. Repite esos nombres, Senta, repítelos.

Le miró aturdida.

—Joseph Morel. Gregor Merlin. Sí, sí. Ya sé. Pero, Howard, ¿cómo tú...?

La voz se iba debilitando. Una vez más, su cara mostraba un desfile de expresiones: temor, alegría, ansiedad, compasión, lujuria. Cuando se le estabilizó la mirada, inclinó la cabeza a un lado y asintió, luego pareció escuchar con atención.

—Merlin... Merlin los tiene —pronunció por fin. Miraba hacia arriba, con el ceño fruncido y una expresión de confusión y preocupación en el rostro—. Así es, Gregor Merlin. Acaba de decírmelo Joseph, por vídeo. No tiene idea de cómo han llegado allí, pero está seguro de que están en los laboratorios.

—A la mierda —dijo Anson mordiéndose el labio y mirando a Rob—. Esto es lo que me temía. Es lo mismo que ya habías oído. Es lógico, porque he dicho casi las mismas palabras. Ahora me temo que deberemos esperar a que pase toda la escena.

Senta escuchaba lo que le decían unos acompañantes invisibles, hasta que por fin asintió.

—Sí, son dos. No, no estaban vivos, no había aire en la cápsula. No sé si Merlin sabe de dónde provienen, pero debe imaginárselo. Le dijo a McGill que había hallado a dos Duendes, ése es el nombre que les da, en una caja de medicinas que le habían devuelto. Le mandó uno al otro hombre, Morrison, y ahora va a tratar de hacerles una autopsia completa. Ya sabe lo que les ha pasado, pero no...

Le cambiaba la cara, se convertía otra vez en un crisol de todas las emociones humanas. Antes de que el cambio fuera completo, Howard Anson se inclinó sobre ella, dispuesto a volver a hablarle. Rob levantó la mano, oponiéndose.

—No continúes, Howard —lo interrumpió—. ¿No has visto su cara? Sufre muchísimo cuando entra en esa parte de su pasado.

—Lo sé, Rob —los gestos de Anson eran adustos, sin rastros de las poses del hombre frívolo—. A mí tampoco me hace gracia. Pero debemos averiguar qué es para poder destruirlo. Ahora no digas nada o podríamos hacerle perder el hilo. —Había vuelto a inclinarse sobre ella—. Senta, otra vez. Repite esos nombres conmigo. Morel, Merlin, Duendes, Caliban, Sycorax. ¿Me oyes? Repítelos, Senta.

Incluso antes de que él terminara de hablar, la reacción había comenzado. Era evidente que no necesitaba otro estímulo. Sus rasgos comenzaron a retorcerse y contorsionarse, a ser una caricatura de su belleza: el rostro deformado por expresiones grotescas, las venas del cuello hinchadas. Finalmente su cara mostraba un horror creciente. Por un instante, abrió la boca y la cerró sin decir una palabra.

—¿Los has matado? —dijo por fin. Comenzó a mecerse adelante y atrás en el sofá, con las manos apretadas sobre la falda—. No lo creo. No puede ser verdad. No hablas en serio. —Hubo un silencio, luego agregó—: Dios mío, es cierto. Estás loco, tienes que estar loco. No comprendes lo que has hecho, ¿verdad? Y todos esos inocentes. Has matado a todos esos inocentes. ¿Por qué lo has hecho?

Se hizo un silencio más largo, mientras Rob Merlin y Howard Anson se miraban serios. La expresión de Howard indicaba que oía esas palabras por primera vez.

—No me importa qué estaban haciendo —continuó Senta Plessey—. No cambia nada. Nada puede justificar que los hayas matado. Gregor Merlin era amigo tuyo, ¿no? Hace años que lo conocías. Mucho tiempo.

Anson dirigió a Rob una mirada de intensa satisfacción y compasión a la vez, mientras Senta volvía a caer prisionera de las voces interiores. Pocos segundos después, comenzaron a deslizarse lágrimas por debajo de la venda. Sacudía la cabeza.

—Es inútil que me digas eso, Joseph —dijo—. Sé que me mientes. No intentes engañarme. He visto la información que se ha grabado para Caliban. Oí las órdenes que le diste, pero no sabía qué querían decir. Dijiste que quemara el edificio y pusiera la bomba. —Quedó en silencio por un momento, y luego volvió a murmurar algo, pero casi no se la oía—. «Quema el edificio y pon la bomba.» Pero, ¿por qué? ¿Por qué? Nada podía justificarlo, nada. Dijo que ya estaban muertos cuando llegaron allí, así que no pudieron haberles dicho nada, ni a él ni a su esposa. No sé qué eran esos «Duendes», pero eso no cambia las cosas.

Volvió a quedar en silencio, y luego negó con la cabeza con firmeza.

—No, no lo haré. Si no me dices la verdad, Joseph, lo averiguaré yo sola. Iré a Christchurch, y visitaré los laboratorios. Alguien sabrá algo.

Después se inclinó hacia adelante, escuchando otra vez con atención. Se hizo un silencio tan largo que Rob estaba seguro de que Senta había pasado a otra fase del trance. Miró a Howard e iba a decir algo cuando el otro hombre le hizo callar con un ademán. Senta se había sacudido con una nueva emoción, y se había llevado las manos a los ojos.

—Que Dios se apiade de ti. No te das cuenta de lo que me estás diciendo. Es inhumano. Si me estás diciendo la verdad, no puedo quedarme aquí. Tengo que irme, tengo que salir de aquí —sollozaba abiertamente, y se le quebraba la voz—. No puedo quedarme. Tienes que ir a decírselo, explicar lo que has estado haciendo. Diles que ha sido una locura, que no eras consciente de lo que suponía. Alguien debe decir la verdad. Te das cuenta, ¿no? No podré perdonártelo nunca.

Una vez más guardó silencio, sólo se oía el terrible sonido de sus ahogados sollozos. Mientras Rob Merlin y Howard Anson esperaban, mirándose, el tono cambió. Poco a poco se convirtió en una tos ronca, profunda.

—Se está recobrando. —Anson se acercó a Senta y le quitó la venda de los ojos—. Necesitará estar sola unos minutos. ¿Te molestaría pasar a la otra habitación? —Vio la mirada de Rob—. Está bien. No es peligroso dejarla sola ahora. No querrá que la veas en este estado cuando regrese al presente. Ve y déjame, que yo haré lo que pueda por ella. Estaré contigo enseguida.

Rob pasó junto a Anson, entró en el dormitorio y cerró la puerta. Se dirigió a la ventana y miró los rosados y amarillos de la vieja ciudad. Era casi el crepúsculo, una hora tranquila, silenciosa. Oía las campanas de las iglesias, allá lejos, por encima de los techos de las casas. En el gran edificio a tres kilómetros al oeste, se estarían celebrando los servicios vespertinos como sucedía desde hacía dos mil años. El aire de la ciudad era claro y tranquilo. Y en algún lugar, en algún lugar lejos de la Tierra, el hombre que había asesinado a sus padres, que había hecho de Senta Plessey una mujer destrozada, que impedía a Rob hallar placer alguno en la escena que se presentaba ante sus ojos, vivía en libertad.

Rob permaneció inmóvil. Pocos minutos después se abrió la puerta a sus espaldas y entró Howard Anson.

—Ya está bien —dijo—. Quiero que se acueste un rato, luego vendrá. —Respiró hondo—. Con razón ha vivido siempre atormentada por ese recuerdo. Esta última sesión ha sido más fructífera de lo que esperaba. Las informaciones que he ido obteniendo mientras investigaba la muerte de tus padres me daban mala espina, pero los recuerdos de Senta superan cualquier sospecha.

Rob seguía de espaldas.

—¿Lo interpretas como yo lo hago? —preguntó en voz baja. Tenía el cuerpo como helado y miraba rígido hacia la ciudad—. Fue asesinato. Los dos fueron asesinados. El incendio en el laboratorio y la bomba en el avión, la bomba que casi me mata a mí también. Cinco minutos más y yo también habría muerto. —Se miró las manos, reviviendo los meses y años de operaciones—. Y, sin embargo, todavía tiene que haber más que no hemos oído.

Anson asintió.

—Mucho más. Para empezar, no tenemos idea de por qué sucedió. No sabemos quiénes son los Duendes, no sabemos qué tienen que ver con Morel y Caliban. Me ha parecido entender que Morel era responsable de la muerte de tus padres, pero no tenemos pruebas, podemos estar interpretando mal las palabras de Senta. A mí me cuesta creer algunas de las cosas que ha dicho. —Se restregó la mandíbula—. Aún no tenemos respuesta para esas preguntas, y en cierto sentido tenemos más dudas que antes. Mi opinión es que debemos seguir investigando.

—Yo creo que ya tienes información suficiente para ayudar a Senta. Sabes que ella se siente indirectamente involucrada en varios asesinatos, no sólo en los de mis padres. Había más gente en el avión. ¿Puedes utilizar lo que sabes para borrarle algunos de sus recuerdos? Deja que yo siga averiguando otras cosas; tienen más que ver conmigo que con Senta. —Rob comenzaba a comprender la relación entre Anson y la mujer atormentada que estaba en la otra habitación. Había una dependencia mutua que hacía de la atracción física algo casi insignificante—. No involucremos más a Senta en esto —prosiguió—. Dime lo que has averiguado sobre Joseph Morel y yo continuaré a partir de ahí.

—Podría aceptar lo que sugieres, por ella. Pero Senta no. —Anson se apartó con brusquedad de la ventana y fue a sentarse en la cama—. Querrá llegar al final, hasta estar segura de haber hecho todo lo posible para aclararlo. Te diré todo lo que he averiguado sobre Morel, pero relacionar mis datos con lo que acabamos de saber por Senta es otra cuestión. Yo no veo la conexión. —Se inclinó hacia atrás, apoyando la cabeza contra la pared y cerró los ojos—. La infancia y los primeros años de la carrera de Morel no ofrecieron dificultad. Hay buena documentación y es un caso que he visto cientos de veces, tenemos archivados muchos casos similares. Un padre de personalidad fuerte que presiona al niño desde que éste tiene un año. La madre en un papel secundario, sin voz ni voto en la educación de Morel. Un prodigio en la escuela, y va a la universidad a los trece años. Allí, apartado de todo lo que no fuera el trabajo, y no es extraño, pues un niño de trece años no puede tener relaciones sociales con chicos cinco o seis años mayores que él. Ningún amigo, ni siquiera tu padre. Sólo eran compañeros de estudio. Como era de esperar, Morel hizo una carrera brillante. Su primer ensayo sobre la longevidad y el rejuvenecimiento fue publicado antes de que cumpliera veinte años, y se convirtió en un clásico.

Howard Anson volvió a abrir los ojos y miró a Rob.

—Desde ese momento la cosa empieza a cambiar. Lo normal hubiera sido desarrollar una carrera de investigación en la universidad, ascendiendo sin pausa hasta llegar a ser una autoridad respetable. Siempre habría sido una persona algo introvertida y aislada, pero eso es frecuente entre los científicos. Sus amigos habrían sido otros especialistas en el mismo campo de investigación, en todo el Sistema.

—Pero no fue así.

—Pudo haberlo sido, pero surgió otro factor que rompió el modelo. Morel conoció a Darius Regulo.

Anson se interrumpió cuando se abrió la puerta a su izquierda y por ella apareció Senta. Estaba blanca como el papel, hasta los labios no tenían color, pero los movimientos eran resueltos y había firmeza en su rostro. En un impulso, Rob se dirigió a ella y la tomó de las manos. Estaban otra vez tibias, pero no con el ardiente calor y temblor causados por la taliza. Ella le sonrió, la primera sonrisa verdadera que Rob le había visto. Era la sonrisa de Corrie. Volvió a reparar en cuánto se parecían las dos, y se preguntó cómo no se había dado cuenta desde el primer momento.

—¿Cómo se encuentra? —le preguntó—. No nos lo debió permitir, ni siquiera para que yo pudiera conocer algo de mi pasado.

Ella negó con la cabeza, sin dejar de sonreír.

—También es mi pasado, ¿sabes? Soy tan curiosa como tú. Desde que he salido del trance he estado ahí sentada preguntándome qué habéis averiguado. Espero que haya sido bastante. —Se pasó la lengua por los labios, más seria—. Si necesitamos más información, estoy dispuesta a repetirlo.

—Ahora no —dijo Anson—. Te perjudicaría, y no creo que convenga hacer nada más hasta haber investigado lo que tenemos. Nos has dicho cosas que no habíamos oído antes. Rob y yo necesitamos ver adónde nos conducen, y tardaremos todavía algún tiempo.

Le contó a Senta un resumen de lo que les había dicho bajo la influencia de la droga, repitiendo las palabras tal como ella las había pronunciado, sin una alteración. Rob le envidió semejante memoria. Cuando terminó la miró, expectante. Ella se encogió de hombros.

—No recuerdo nada a nivel consciente. En lo que a mí respecta, lo oigo por primera vez. Gracias a Dios por su misericordia. No querría vivir con eso todo el tiempo. Algo espantoso ocurrió en esa época, y al parecer Joseph Morel es un asesino.

—¿No tienes idea de lo que quería ocultar? —preguntó Rob—. A mí no me cae bien ese hombre, pero ni siquiera alguien como él asesinaría sin motivo.

—Es lógico, pero no se me ocurre nada. —Senta se mordió el labio inferior, que ya había recuperado su rojo natural, pensativa. Seguía pálida, pero le estaba volviendo el color—. Quizás intentara ocultar otro asesinato. ¿Qué pensáis hacer ahora?

—Yo intentaré seguir investigando —dijo Anson—. Rob se irá a trabajar en el Tallo, de momento no puede hacer mucho. No debemos apresurarnos si queremos hacer las cosas bien. Supongo que no importa esperar un poco más. No quiero parecer alarmista, pero todavía puede resultar peligroso. Si alguien estuvo dispuesto a matar hace veintisiete años para mantener un secreto, es más que probable que vuelva a matar por la misma razón.

—Si es Morel, no podría hacerlo desde Atlantis. —Senta se volvió a Rob—. Si vuelves allá, cuídate. No puede enterarse de que lo has averiguado, pero ya sabe que eres el hijo de Gregor Merlin.

—Me cuidaré, no os preocupéis —dijo Rob—. Y no os creáis tan seguros aquí. Es capaz de causaros molestias aunque no esté aquí, puede contratar gente para hacer cualquier cosa. No os arriesguéis, y mantened los ojos bien abiertos.

—Estaré alerta —dijo Anson—. No conozco a Joseph Morel, pero me he formado una idea de él, y no es muy buena. Es muy inteligente y tiene mucha experiencia.

—¿Cuántos años tiene ahora? —preguntó Rob.

—Sesenta. Se hizo un rejuvenecimiento, pero incluso así, parece más joven de lo que debiera. Creo que ha seguido sus propias técnicas de prolongación de la vida. He visto una foto suya y le echaría cincuenta o cincuenta y cinco años, pero estoy seguro de su edad, tengo una copia de su partida de nacimiento. Tenía veintitrés años cuando Regulo fue a verlo por primera vez, poco después de haber rechazado una cátedra en Canberra. No sé qué le ofreció Regulo, pero bastó. Se fue a trabajar a sus laboratorios y no se ha movido de allí en todo este tiempo, treinta y siete años.

—¿Trabajando en rejuvenecimiento? —preguntó Rob—. Pudo haber comenzado con eso, pero sé que hace otras cosas en Atlantis. Por ejemplo, está Caliban.

—Caliban —Senta se estremeció, como si un resto de taliza aún actuara sobre ella—. Un nombre en el que no había pensado en mucho tiempo. Cuando conocí a Morel, no hablaba de otra cosa. Ha estado trabajando con ese animal durante treinta años. Ya entonces decía que le haría hacer cosas que un calamar no había hecho jamás, solía enseñarle trucos.

—Sigue haciendo eso y aún más —dijo Rob—. ¿Así que ya tenía a Caliban con él cuando estaba en la Tierra?

Senta frunció el ceño y las cejas formaron un solo trazo sobre los grandes ojos.

—Algunas de estas cosas me resultan muy difíciles de recordar. Parecen difusas, como si le hubieran ocurrido a otra persona. Estoy segura de que ya tenía a Caliban en ese tiempo, pero no sé si fue en la Tierra o fuera de ella. Sin duda alguna fue hace treinta años, entonces fue tres años antes de que Regulo trasladara todas sus instalaciones fuera de la Tierra. De modo que Morel seguramente estaba trabajando en Caliban aquí, en la Tierra.

—¿Quiere eso decir que Regulo ha vivido en el espacio tanto tiempo? ¿Veintisiete años? —El rostro de Rob dejaba ver su sorpresa—. Creía que hacía mucho menos que se había ido, cuando empezó a envejecer. Y ésa es otra cosa que aún no comprendo. Se supone que Morel es un gran experto en rejuvenecimiento, una de las mayores autoridades en el Sistema. Y Regulo es inmensamente rico, de modo que por falta de dinero no será. ¿Por qué no se ha hecho tratamientos de rejuvenecimiento? Sé que algunas personas se niegan por razones religiosas, pero dudo que ése sea el motivo de Regulo, su dios es la ingeniería. Si para eso contrató a Morel, ¿por qué no lo utiliza? ¿Y por qué anda con esas cicatrices, en lugar de hacerse injertos y tratamientos de rejuvenecimiento?

—¿Cicatrices? —Senta lo miraba con el ceño fruncido—. ¿Qué cicatrices? Yo no recuerdo ninguna cicatriz.

—Será parte de los recuerdos que has olvidado —dijo Rob. Se había puesto de pie y se paseaba frente a la ventana—. Tiene cicatrices en toda la cara. Tienes que haberlas visto, le quedaron del vuelo solar que hizo hace cincuenta años. Corrie me lo contó. ¿Eso también lo has olvidado? Su rostro es una pesadilla.

Senta Plessey sentada en el sofá, guardó silencio tanto rato que Rob temió un nuevo ataque causado por su adicción. Parecía haber entrado en otro trance, con el rostro intrigado y pensativo. Por fin, asintió.

—Creo que sé lo que ha sucedido —dijo—. Has estado atando cabos de una manera lógica, y todo parece tener sentido. Pero falta un dato. Cornelia omitió un hecho importante.

—No bromees —dijo Anson en voz baja.

—No bromeo —Senta le palmeó la mano a Anson, sin apartar los ojos de Rob—. Mi memoria tiene lagunas pero de esto estoy segura. A Regulo le quedaron algunas cicatrices de una aproximación muy cercana al Sol, pero se las quitaron. Sí se las quitaron poco después de su regreso a la Tierra. No quedó rastro alguno. Cuando conocí a Regulo era un hombre atractivo. Rob, ¿no te ha dicho Cornelia por qué Regulo no puede hacerse ningún tratamiento de rejuvenecimiento?

—No. No sabía que no pudiera. Creo que comencé a preguntarle sobre el rejuvenecimiento y las cicatrices una vez, después de conocer a Regulo, pero algo nos interrumpió y nunca tuve respuesta. Me había contado por qué a Regulo no le gustan las luces brillantes, y yo supuse que las cicatrices eran una secuela de la misma experiencia. Nunca volvió a hablar del tema.

—Y me imagino por qué —Senta asentía con la cabeza—. ¿Alguna vez oíste hablar de las enfermedades llamadas *Cancer crudelis* y *Cancer pertinax*?

Rob negó con la cabeza.

—¿En qué consisten?

—No sé qué significan las palabras —dijo Senta. Howard Anson la interrumpió.

—Cáncer cruel y cáncer persistente —dijo—. Es una traducción literal. Perdón, Senta, pero cuando se tiene una mente acumuladora como la mía, hay que ponerla en funcionamiento cuando se puede.

Ella le sonrió con gesto tolerante.

—Y te es muy útil, Howard, no tienes por qué justificarte. La cuestión es, Rob, que son dos formas de cáncer, como habrás adivinado.

—¿Viejas enfermedades? —preguntó Rob—. Supongo que matarían gente en otras épocas, como las demás formas de cáncer.

—Ésa es la diferencia —Senta se inclinaba hacia adelante, más animada—. No son viejas enfermedades. Aún existen. Son poco comunes, pero son las únicas dos formas de la enfermedad que todavía no se sabe cómo curar, y las dos son mortales. Darius Regulo no tiene cicatrices por el vuelo solar. Lo que tiene es *Cancer pertinax*. Es la forma menos común, y es una enfermedad muy lenta. Pero no se la puede detener, ni es reversible. Hace ya casi cincuenta años que la tiene. Lo matará al fin, a pesar de los tratamientos y las operaciones. La tenía ya cuando lo conocí, y comenzaba a notarse. Ésa fue la razón fundamental por la cual debió irse de la Tierra, su organismo no soportaba la gravedad cuando el cáncer se afianzó. Dudo que Darius viva hasta los noventa años. La enfermedad es doblemente mortal. Aparte de los efectos directos y de la desfiguración que causa, tiene efectos colaterales que inhiben los resultados de cualquier tratamiento de rejuvenecimiento del paciente. Los tratamientos no tienen resultado cuando el paciente ha contraído la enfermedad.

—Pero eso significa que perderá más de la mitad de su vida —Rob pensó de pronto en la mente poderosa y fértil de Regulo aprisionada dentro de esa cara arruinada en ese cuerpo debilitado—. ¿Se da cuenta de que es una tragedia espantosa? No me refiero a una tragedia personal, aunque lo es, claro, sino una pérdida para todos. Regulo es uno de los grandes hombres de este siglo. Y jamás le he oído quejarse de su enfermedad, a lo sumo dice que se cansa con facilidad, y todavía tiene una energía increíble cuando se pone a trabajar en un problema que le interesa.

—Ah, pero tendrías que haberle conocido hace treinta años —dijo Senta. Le sonrió a Anson—. No me interpretes mal, Howard, pero hace treinta años, antes de que la enfermedad lo atrapara del todo, Darius era un superhombre. Tenía la energía de diez personas normales, para el trabajo o para la diversión. Casi daba miedo. Nunca he encontrado a nadie con la mitad de sus ganas de vivir, y he conocido a casi todos los dínamos, los hombres y mujeres que hacen funcionar el Sistema. Sé que piensas que ahora es algo extraordinario, y estoy segura de que lo sigue siendo, pero no es más que la sombra de lo que fue. Su enfermedad lo está matando, poco a poco.

—¿Y no hay tratamiento para eso? —preguntó Rob—. ¿Ni siquiera para retardar los efectos?

—No, no hay tratamientos para el *crudelis* y el *pertinax*. —Senta negó con la cabeza—. Ésa es una de las más grandes ironías. Joseph Morel descubrió un tratamiento para el *Cancer crudelis* que ha resultado efectivo en todos los casos probados. Se utiliza, y se conoce con el nombre de tratamiento Morel. Pero se equivocó de enfermedad. Regulo sufre de *Cancer pertinax*, y el tratamiento de Morel no sirve para ése. Intentó varias formas, pero cuando las drogas fueron usadas en humanos, produjeron efectos mortales a largo plazo. Hay una sutil diferencia entre las dos formas de la enfermedad. Estoy segura de que Morel sigue trabajando en ellas, pero por lo que me dices sobre la apariencia de Regulo, no ha habido grandes adelantos.

—No menospreciéis a Morel tan rápidamente —dijo Anson. Estaba recostado en la cama, mirando el techo—. Vi su historia y no es tan sólo inteligente, es brillante. Y en un aspecto es como Regulo, o como tú, Rob, por lo que he visto. Cuando comienza a trabajar en una idea, no se detiene hasta haber hallado lo que busca.

—A mí me dio la misma impresión —dijo Rob, encogiéndose de hombros—. No sé cómo trabaja Morel, pero yo lo único que hago es seguir las cosas que me interesan, me lleven a donde me lleven. Tal vez por eso no me gusta Morel. Queremos perseguir objetivos diferentes, mientras que Regulo y yo nos interesamos en casi las mismas cosas.

—¿Has visto su escritorio? —le preguntó Senta. Él asintió—. Ya lo tenía hace treinta años —prosiguió ella—. Por aquel tiempo comenzó a poner esas extrañas leyendas en el escritorio. Decía que estaba construyendo su filosofía. Me gustaría ver lo que tiene ahora, comprobar si ha cambiado algo en estos treinta años.

Negó con la cabeza, mirando hacia atrás, a su pasado, pero esta vez sin el poder de la droga.

—¿Cómo era? *Los cohetes no sirven.* Ése fue el primero que puso. Comenzaba a construir Atlantis. Yo entonces no me di cuenta de que su intención era convertirlo en un mundo privado, un mundo en el que pudiera retirarse y dejar que el resto del Sistema hiciera lo que quisiera. Y ahora después de todo este tiempo, ahí tenéis el Tallo, su réplica a los cohetes. Howard tiene razón: Regulo no se da por vencido así como así. —Miraba a Rob con una expresión diferente, viendo en él algo que no había visto antes—. Ten cuidado, Rob. No exageres. Es bueno tener metas, pero es malo permitir que se conviertan en obsesiones. Darius es adicto a algo tan fuerte como la taliza. No puede soportar perder. Que no te pase lo mismo.

Rob frunció el ceño. Senta estaba poniendo el dedo en la llaga.

—Trataré de no hacerlo, sé a qué te refieres, pero siempre he hecho todo lo mejor que he podido. No será fácil cambiar.

—Lo sé. —Tomó la mano derecha de Rob entre las suyas y le pasó un dedo con suavidad por la superficie—. No intentes compensar con creces esto, Rob. Hace ya mucho que has demostrado ser tan bueno como cualquiera que tenga manos naturales. Hablé con Cornelia ayer, y dice que no has parado de trabajar desde que conociste a Regulo. No olvides que el trabajo también puede ser una adicción y una forma de escape.

—No exageraré. —Rob notó que las manos de Senta habían vuelto a temblar otra vez. Estaban mucho más calientes que las suyas—. Corrie y yo nos tomaremos un descanso esta noche, iremos a Nápoles a pasar un día, antes de dirigirnos a Quito, al Control de Amarre. Sé que respetas a Regulo, pero ahora comprendo que hay algunas cosas de él que no te gustan. ¿Qué te parece que Corrie trabaje con él? Algunas de las tareas que le encomienda son bastante extrañas, como por ejemplo decirle que vaya a buscarme y me lleve a la órbita a conocerlo. Son demasiadas responsabilidades para su edad. ¿Fuiste tú quien se la presentaste a Regulo?

Rob estiró el brazo y tocó a Anson en los riñones. El otro se incorporó, miró a Senta y enseguida metió la mano en el bolsillo.

—Ven, querida —dijo—. Es la hora de un sedante. Gracias, Rob.

Senta no había oído las palabras de Anson. Miraba a Rob asombrada.

—No sé a qué os habéis dedicado tú y Cornelia todo el tiempo que habéis pasado juntos. ¿Ella no te ha contado nada de sí misma?

—¿Qué ocurre? —preguntó Anson. Había levantado el brazo desnudo de Senta y apoyaba un inyector de vapor contra él—. No estaba prestando atención. ¿Qué le ha dicho Corrie a Rob?

—Lo que no te ha dicho es lo que me sorprende. —Permitió que Anson la llevara hacia la cama—. Rob, hay cosas que no ves, tan absorto estás en tu trabajo. Regulo y yo vivimos juntos más de cinco años. ¿Qué supones que estuvimos haciendo durante ese tiempo? ¿Diseñar cohetes? Cuando veas a Cornelia esta noche, mírala bien. Mírale los ojos, y la forma de la cabeza. Es hija mía y usa mi nombre, pero es hija de Darius también. Yo la crié, pero no pude mantenerla en la Tierra. Apenas tuvo la edad suficiente, se fue a Atlantis. ¿No te contó nada de eso?

Rob la miraba azorado.

—Ni una palabra. Tal vez le pareció tan evidente que no creyó necesario aclarármelo, y ahora me doy cuenta, ahora que me lo dices. Corrie me comentó que había visto las leyendas en el escritorio de Regulo durante años y años, la primera vez que hablamos. Me pareció extraño, porque ella parece muy joven, pero no pensé más en el tema. Y me confesó que nunca te había visto utilizando la taliza. Howard me dijo que hace doce años que eres adicta. Eso significa que Corrie tendría apenas catorce años. No entendía por qué nunca te había visto, a menos que se hubiera ido a Atlantis antes, y no podía haberse ido tan joven a trabajar. Pero todo tiene sentido si se fue a vivir con su padre. He sido un tonto, claro.

Senta asentía con la cabeza; pero mientras Rob hablaba, los ojos de ella habían comenzado a perder foco. Cuando la inyección le hizo efecto, Howard Anson la recostó con delicadeza contra la almohada.

—Algún día, Rob —dijo con pena—, dentro de muy poco, descubriré quiénes fueron los hijos de puta que convirtieron a Senta en una adicta a la taliza. Nunca estuve seguro de que lo hubiera hecho por voluntad propia, y ahora estoy convencido de que pretendían provocarle amnesia; pero les ha salido el tiro por la culata: recuerda exactamente lo que ellos quisieran que olvidara, de lo arraigado que quedó. Debemos averiguar quién lo hizo. Te darás cuenta de que yo también tengo mis obsesiones.

—¿Vas a intentarlo otra vez, a ver qué recuerda Senta?

—No lo sé. Es obvio que aún no lo sabemos todo, pero no podemos usar una dosis tan fuerte muy a menudo, los efectos posteriores son terribles. Seguiré investigando el pasado de Morel; tú busca alguna prueba mientras estés en Atlantis. Pero sigue el consejo de Senta. Ten cuidado. La he oído hablar de Joseph Morel, y le tiene terror. Que él no sospeche lo que quieres hacer.

—Tal vez sea algo tarde ya —Rob se puso de pie—. Ya sospechó algo la última vez. Tendré cuidado. Pero debemos continuar. Debo saber quién mató a mis padres y por qué lo hizo. Hay otra cosa que quiero que averigües mientras estoy ausente. Investiga informes sobre cualquier cosa que pueda ser un Duende; en la Tierra o fuera de ella.

Howard Anson sacudió la cabeza.

—Lo intentaré, Rob, pero no sé por dónde empezar. ¿Qué es un Duende? No tienes idea de todas las referencias que hay en los archivos sobre la «gente pequeña». Ni siquiera sabemos si los Duendes son pequeños. Deberé hurgar entre montañas de material sobre enanos, elfos, y todo otro tipo real o imaginario de seres casi humanos.

—Lo sé. Si no tuviera una fe extraordinaria en tu talento, Howard, ni te lo mencionaría. Pero creo que ya sabemos que los Duendes son pequeños. Senta ha dicho que había dos Duendes en una caja de medicinas; esas cajas, por lo general, son de menos de un metro de largo. Supongo que ya habrás comenzado a buscar datos sobre los Expes, el nombre que habías oído otras veces.

—Hace ya mucho tiempo. No encontré la menor alusión. Pero volveré a intentarlo. Me llevará bastante tiempo y costará mucho.

—No pienses en el dinero. Tengo bastante. —Rob se detuvo ante la puerta, volviendo la mirada hacia la forma silenciosa que estaba sobre la cama—. Otra pregunta, antes de irme. Me dijiste que Senta le tenía pánico a la pobreza, y que viene de un medio pobre. Ahora parece tener todo el dinero que desee. ¿Sabes de dónde lo obtiene? Si es tuyo, está bien, y no quiero ser indiscreto.

—Sí que lo sé. —El tono de voz de Anson fue más amargo que nunca—. Nunca ha recibido nada de mí, no ha habido necesidad. Tiene crédito ilimitado. Rastreé el código en nuestros archivos, y todo termina en un único número. Todo lo que gasta Senta se carga en la cuenta central de Empresas Regulo.

10

EL NACIMIENTO DE OUROBOUROS

La ciudad de Quito quedaba a menos de cincuenta kilómetros al sureste. Desde el lugar de las excavaciones ya no se veía. Inmensos cúmulos de tierra y piedra rota rodeaban el pozo por completo, ocultando el paisaje de alrededor a cualquiera que estuviera dentro del cráter.

El paisaje se había empobrecido. No crecía nada en las escarpadas laderas de las pilas de roca, ni en el cavernoso interior del pozo con sus paredes de metal. Rob estaba de pie a unos treinta metros del borde, mirando el paisaje pelado de alrededor, muerto.

—Espero que todo esto valga la pena —le dijo al hombre que estaba junto a él—. Desde luego habéis excavado. Sabes que debemos llegar al punto exacto y luego mantenerlo abajo cuando comience a tirar. De lo contrario, perderemos todo.

El otro era un hombre pequeño, de piel oscura, y se sentía a sus anchas en el aire enrarecido de la montaña. La sonrisa que dirigió a Rob fue resplandeciente, y dejó ver los dientes separados.

—No es mi responsabilidad —dijo, con la familiaridad de una larga relación—. Bajarlo hasta el punto exacto es tu trabajo. Yo hago agujeros, nada más. Ven y mira el fondo de éste. Es inmenso, el más grande que he hecho.

Rob se dejó llevar hasta el borde del pozo. Medía poco más de cuatrocientos metros de ancho, y su borde era circular y liso. Los lados eran suavemente verticales. Rob le echó una mirada y dio un paso atrás.

—Me basta, Luis. No me gustan mucho las alturas.

—¡No me digas! —Miró a Rob de modo desafiante—. ¿Intentas que me lo trague, cuando Perrazo me ha contado que escalaste tú solo el Himalaya? ¿Y eso no es alto?

—Es distinto. Tenía la cabeza puesta en subir la montaña y bajarla. Aquí no se ve más que la bajada. Siempre me he preguntado cómo podías sentirte tan cómodo, trabajando en alturas así. —Dio otro paso rápido para mirar desde el borde, y retrocedió con la misma rapidez—. Desde aquí parecen más de cinco kilómetros. Ni siquiera veo el equipo de excavación, y son máquinas grandes.

—Las más grandes que encontré. Terminaremos en un par de meses. —Luis se acercó hasta el borde mismo del pozo y se inclinó. Asintió satisfecho por lo que vio y escupió hacia las profundidades—. Ésta es la parte más fácil, ¿no? Cuando haya entrado y tengamos que volver a colocar la roca, entonces comenzaremos a sudar. Será difícil de amarrar. ¿Estás seguro de que no puedes darme más tiempo? Dos mil millones de toneladas y menos de cinco minutos para llenar el pozo... es mucho pedir. —El tono confiado de la voz desmentía sus palabras mientras seguía inclinado sobre el borde, mirando hacia abajo.

—Lo harás, Luis. —Rob miraba hacia arriba, como por encima de ellos, viendo algo que descendía en los ojos de su imaginación—. Hemos construido un hongo al extremo del Tallo. Se ensancha hasta unos trescientos cincuenta metros en la parte de abajo, de modo que no te será difícil verlo llegar. Viajará a menos de cien kilómetros por hora en el tramo final. Puedes comenzar a meter la roca apenas el extremo final pase el nivel del terreno. Tendrás tiempo suficiente. Pensándolo bien, no sé por qué te pagamos tanto dinero, es como regalarlo.

—Está bien —Luis reía, sin dejar de mirar hacia adentro del pozo—. ¿Por qué no lo haces tú solo, eh? Entonces a mí me tocaría la parte más fácil, quedarme sentado allá en el Control Central y ver cómo trabajan los demás.

—¿Fácil? ¿Dónde te piensas que van a presentarse las dificultades? Tú podrás sentarte aquí lleno de una fe ciega; yo seré el que deba preocuparse por la estabilidad, durante todo el recorrido.

El otro se encogió de hombros.

—¿La estabilidad? La calculaste hace meses. Te vas a quedar allí sentado mirando, y me dices que te vas a preocupar. Dime qué vas a hacer.

Rob sonrió. Los dos hombres se habían gastado esta misma broma muchas veces.

—Estaré allí sentado tratando de controlar cien mil kilómetros de serpiente viva, nada más. Y de agregar el lastre en el otro extremo. ¿Qué te parecería si fallásemos? Caería todo aquí, en Quito, sobre tu regazo.

—Eso no pasará, ¿verdad? —Luis se volvió e inclinó la oscura cabeza a un lado; el tono de duda, sustituyó al de broma. Sus pies estaban a pocos centímetros del borde de la excavación.

—Apártate de ahí, Luis, y te contestaré. A ti no te preocupa, pero a mí me pone nervioso. No me costaría encontrar a un sustituto más competente, pero resultaría muy pesado entrenar a otra persona para manejar el Control de Amarre. —Rob esperó a que el otro se apartara un par de centímetros del borde—. Pero tienes razón —continuó—. Si no atamos el lastre al otro extremo, el cable no te caerá aquí, en la primera vuelta. Comenzará a enrollarse alrededor de la Tierra, aumentando la velocidad.

Lo sentirás en la segunda vuelta. Te darás cuenta, eso te lo aseguro. Llevará más o menos la velocidad de Mach Tres cuando entre en la atmósfera, y serán dos mil millones de toneladas sin control. Quito será un lugar animado.

—¡*Siccatta!* Qué lindas imágenes pintas —Luis volvió a escupir por encima del borde, se volvió y comenzó a caminar junto a Rob hacia la nave—. Supongo que se lo habrás dicho a la Oficina General de Coordinación, ¿qué te han contestado?

—No es mi responsabilidad —dijo Rob, imitando la manera monótona de hablar del otro—. He dejado todo eso en manos de Darius Regulo. Ha conseguido todos los permisos.

—¡Ajá! ¿Y cómo lo ha hecho?

Rob se encogió de hombros.

—No lo sé. Seguramente a algunos los convencería, a otros los compraría; otros le deberían favores y a otros los asustaría hablándoles de los inconvenientes que supondría dejar de construir el Tallo. Ya sabes cómo se hacen estas cosas. Yo construyo los cables, nada más, y éste es grandote, el más grande que he hecho. Me alegra que sea Regulo el que manipula a las autoridades, con su diplomacia italiana. —Se sentó en el ala del vehículo aéreo—. Ya tenemos de qué preocuparnos. ¿Algún problema de verdad por aquí? De lo contrario, me iré a seguir con la fabricación, y con los planes finales para el vuelo de entrada.

El otro hizo un gesto burlón.

—He trabajado contigo en el Puente de Tasmania, en el Puente de Nueva Zelanda y en el Puente de Madagascar, ¿recuerdas? Y después de todo eso, todavía tienes el valor de hacerme semejante pregunta. Rob Merlin, mi perfeccionista amigo, ¿no me conoces? ¿No te parece que habría ido a verte hace mucho tiempo si algo no hubiera salido según los planes y según los plazos? ¿Te piensas que soy uno de esos *lastajas* incompetentes que prefieren que se les estropeen las cosas antes de admitir que tienen problemas?

—Está bien —Rob levantó la mano para detener el torrente de palabras—. Tienes razón. Me equivoqué, lo admito. No te enojes. Sé que lo tienes todo bajo control, sé cómo trabajas. Caramba, Luis, si no lo supiera jamás te habría llamado para este trabajo. Pero tú también me conoces. Tengo que verlo todo con mis propios ojos, y tengo que hacer preguntas estúpidas. Forma parte de mi manera de ser, así como hacer pozos es lo tuyo.

—Así es —Luis sonreía mientras subían al vehículo aéreo—. Estoy de acuerdo, forma parte de tu naturaleza. —Miró hacia atrás a los enormes terraplenes, colinas de roca y tierra hechas por la mano del hombre—. Y sigue así —dijo con voz suave—. Sigue insistiendo en ver todo con tus propios ojos. Ésa es la razón por la cual Luis Merindo ha trabajado para ti en cuatro ocasiones. Recuerda que yo también aprecio mi vida, aunque pienses que me acerco demasiado al borde. Vayamos a ver el Control de Amarre. Aquí estaremos listos cuando tú lo estés.

La vista desde L-4 era siempre una sorpresa para los visitantes. Era la Tierra lo que primero llamaba la atención, cuatro veces más grande que la Luna. La esfera lunar se veía exactamente del mismo tamaño que vista desde la Tierra, pero era distinta. Las marcas parecían otras. El habitante de la Tierra tenía una imagen arraigada en lo más profundo de la memoria, aún sin ser consciente de ello. Cuando la cara familiar era sustituida por un perfil desconocido, se convertía en un mundo nuevo e interesante, distinto de la antigua compañera de la Tierra. Y esa sensación persistía. Rob había viajado ya muchas veces a L-4 y comenzaba a acostumbrarse a esa nueva imagen del cielo. Pero incluso así, descubrió que de vez en cuando miraba ese hemisferio brillante mientras recorría despacio el Tallo, al regresar a la Araña.

Los cables de carga, los superconductores y los elementos de la escalera impulsora, estaban siendo extrusionados como una única unidad compleja. Ese montaje sería lanzado al Control de Amarre. El resto —los vagones de carga y de pasajeros, los robots de mantenimiento y los sensores— sería agregado más tarde, una vez que el Tallo estuviera afianzado. Había mantenido una pequeña discusión con Regulo sobre la cuestión de los transportadores de materia prima. Regulo había querido hacerlos en el mismo proceso de extrusión, ansioso por ver cuánto podía hacerse con la Araña. Parecía considerarla su nuevo juguete. Rob le convenció de que complicaría el viaje hasta el amarre en la Tierra, aun cuando la extrusión en sí misma fuera factible. Agregar los transportadores de materia prima implicaría otra instalación, realizada por un equipo dispuesto a trabajar a lo largo del Tallo, pero podía hacerse en menos de un mes con ayuda de los robots de mantenimiento.

Los hilos de silicio del cable de carga resplandecían a la luz del Sol, como una fina gasa que saliese de L-4 hacia la distante Tierra. Rob podía seguirla con la mirada apenas unos kilómetros. Más allá, miles de diminutos sensores ubicados a lo largo de su serpenteante recorrido enviaban frecuentes emisiones de radio a los programas de Sycorax para el ajuste de órbita. Los resultados del proceso de estos datos eran canalizados hacia Rob, y si él no aprobaba algo, se iniciaba la corrección necesaria en el Tallo. Unos pequeños motores a reacción, que se movían a lo largo del

Tallo, mantenían la delicada estabilidad de la inmensa cuerda. Regulo había aceptado de inmediato la sugerencia de Rob de utilizar dos Arañas, unir los primeros pocos kilómetros de cable que fabricara cada una y generar un cordón largo que reduciría a la mitad el tiempo total de manufactura. Las maniobras previas al vuelo de entrada serían más complicadas así, pero Rob estaba convencido de que podrían controlarse.

Miró hacia adelante. A lo lejos se veía el asteroide que Regulo había hecho traer desde el Cinturón. Cerca de la superficie, y aún invisibles a sus ojos, flotaban las dos Arañas, de cuyas hileras salían infinitas corrientes de brillante cable. Las buscó mientras se acercaba al asteroide cuando una nave de inspección similar a la que él usaba pero más pequeña se apartó de la sombra del asteroide y avanzó en su dirección.

—¿Corrie?

—Sí —la voz sonó clara—. Se me ocurrió venir a buscarte y de paso ver cómo iba esto. ¿Cómo va el Tallo?

—Hasta el momento, sobre ruedas. —Cuando Rob se puso a nivel de la otra nave, ésta se volvió y comenzó a seguirlo a lo largo del cable—. Lo he recorrido todo y no he visto nada de qué preocuparnos. Oscilaba y se retorcía un poquito en el extremo, pero cuando he llegado, los motores a reacción ya lo estaban solucionando. El que lo controla desde Atlantis trabaja bien.

—Es Sycorax, tal vez con un poco de ayuda de Caliban.

—¿Hablas en serio? Si es así, voy a comenzar a preocuparme. No creo que Caliban sepa nada de ordenadores.

Corrie rió.

—No sé si hablo en serio o no. Sycorax se ha vuelto tan complicada que ya ni Regulo ni Morel saben quién hace qué. Hay elementos indefinidos construidos en el ordenador, y hay conexiones de tiempo real entre Sycorax y Caliban. Incluso han puesto randomizadores (fue idea de Regulo) como parte de los circuitos de Sycorax, para agregar un elemento heurístico a algunos de los algoritmos de optimización. Uno de los circuitos lee el ruido de radio del entorno estelar y lo convierte en datos de entrada. Según Regulo, de vez en cuando Sycorax tiene el equivalente de una «idea loca». Te doy una respuesta extensa, pero es otra manera de decir que sabes tanto como yo y como cualquiera. Nadie excepto Sycorax podría decirte exactamente dónde y cómo se hacen esos cálculos, y Sycorax no tiene ganas de decirlo.

Se acercaban a las Arañas. En realidad Rob no necesitaba controlarlas, pero siempre le producía placer verlas, había sido su primer invento, y el que más le gustaba. Los dos grandes cuerpos ovoides pendían cerca de la superficie del asteroide, a unos cien metros de distancia el uno del otro. Las ocho largas patas mecánicas apuntaban hacia abajo, suspendidas delicadamente a pocos centímetros de la superficie. Entre ellas, hurgando en el interior del asteroide, había una larga trompa. Mientras Rob miraba, los grandes ojos facetados se volvieron hacia él. Las Arañas se daban cuenta de su presencia. En algún lugar en lo más profundo de sus componentes orgánicos se ocultaba un atisbo de conciencia.

Corrie había quedado encantada con ellas desde la primera vez que las vio.

—¿Por qué ocho patas? —había preguntado.

Rob se había encogido de hombros.

—Hilan el material como una araña. ¿Cuántas patas les habrías puesto tú?

Las alteraciones efectuadas a las Arañas para acelerar el proceso de extrusión se habían hecho con rapidez y habían dado a Rob y a Darius Regulo la primera sorpresa. La velocidad de abastecimiento de material necesaria para mantener a las Arañas funcionando a todo ritmo era mayor de la que habían supuesto. Los métodos convencionales de extracción de metales en asteroides habían resultado insuficientes. Producían materias primas en abundancia: silicio para el cable de carga, niobio y aluminio para los cables superconductores y los mecanismos de impulso. Extraerlos con la suficiente rapidez era otro asunto.

Había sido un problema, hasta que Rob llamó con urgencia a Rudy Chernick y le preguntó si había alguna manera de modificar a un Topo Carbonero para que trabajara con diferentes materiales y en un entorno de vacío. Tras muchas discusiones técnicas y arduas negociaciones entre Chernick y Regulo, el proyecto del Tallo-de-habichuela había incorporado otro socio industrial. En ese momento una familia completa de Topos modificados masticaba alegremente en las entrañas del asteroide, engulléndose su interior y escupiendo millones de toneladas diarias de materia prima por los tubos conectados a las trompas expectantes de cada Araña. Rob había estado dentro del asteroide sólo una vez, cuando Chernick llevaba un abastecimiento de elementos nutrientes. Ni siquiera el extraordinario metabolismo de los Topos podía subsistir sólo con lo que el interior rocoso podía proveerles. Rob se había asombrado y desorientado ante la colmena de túneles que atravesaban los tres kilómetros del planetoide.

—¿Cómo sabes dónde están todos los Topos, y cuál de ellos está trabajando en qué? —le preguntó a Chernick, que parecía muy a sus anchas en la madriguera de pasadizos conectados.

El otro era un hombre alto, delgadísimo, con ojos tristes y un bigote de largas guías. Había reído con alegría.

—No tengo la menor idea. —Dirigió a Rob una mirada pícara—. Fuiste tú el que me dio la idea de usar los circuitos de felicidad. Seguro que los míos son casi iguales a los que tienes en las Arañas. A los Topos les encanta planificar las excavaciones, y sería incapaz de quitarles su único placer. Les he dado las especificaciones en cuanto a cantidades y velocidades y dejo el resto para que ellos lo decidan. Son de lo más sencillo, no como esos monstruos que tienes ahí afuera. —Miró hacia atrás por el túnel que conducía hasta la trompa de una de las Arañas—. ¿Cuántas criaturas de ésas tienes ya? Son sobrenaturales.

—Cinco grandes y estamos haciendo crecer los componentes biológicos para tres más en la Tierra. Acabo de pedir los elementos electrónicos para ellas. Tengo una en la Tierra, estas dos y otras dos prestadas a Regulo. Sala Keino las está utilizando cerca de Atlantis.

—¿De Atlantis? —Chernick volvió su larga nariz en dirección a Rob—. ¿Para qué las quiere?

—Te lo diré cuando él me lo diga a mí. Ha estado muy misterioso, lo único que confiesa es que es una nueva manera de excavar. —Entonces le tocó a Rob parecer misterioso—. En tu lugar, Rudy, comenzaría a preocuparme. Conoces la fama de Regulo ¿y si está fabricando algo que deje obsoletos a los Topos?

Chernick se encogió de hombros y se mordisqueó el bigote.

—Conozco la fama de Regulo, pero eso no me preocupa. A él no le interesa nada que opere en la Tierra. Mis Topos están seguros. —A pesar de la confianza de sus palabras, parecía pensativo mientras regresaban a la nave que los llevaría de vuelta a la Colonia. Como hombre inteligente veía de inmediato de qué manera un Tallo reduciría la distancia efectiva entre las industrias de la Tierra y las del cielo.

Esto había sido en los primeros días de producción. Desde entonces las cosas no habían marchado de forma que pudieran tranquilizar a Rudy Chernick. Todo iba muy rápido, aunque después del período inicial de ajuste, con más de mil kilómetros de cable ya producido, Rob había insistido en echar todo por la borda y comenzar la extrusión desde el principio. Todos, menos Regulo, se habían extrañado. El viejo había reído con su risa cascada y asintió con gesto de aprobación cuando Corrie le llamó para contárselo.

—Exactamente lo que debe hacer —dijo—. No sé cómo ha adquirido ya esa sagacidad. Es joven, pero ya entiende la diferencia entre soluciones transitorias y estables.

—¿Quieres decir que la primera producción de cable no era buena? —preguntó Corrie.

—Ah, probablemente lo fuera, casi seguro. Pero existe la posibilidad, de que con las primeras sacudidas, algo saliese imperfecto. Merlin ha esperado a que la producción fuera fluida, y ha vuelto a empezar cuando ha estado seguro de que las irregularidades anteriores al asentamiento habían desaparecido ya. Es lo que yo hubiera hecho, aunque no estoy seguro de haber tenido el suficiente sentido común para hacerlo. Los muchachos de hoy en día a la edad de él salen demasiado preparados. —Sacudió la cabeza—. Me alegro de haber dejado en otras manos el aspecto técnico.

Quizá. Pero Regulo había revisado todos los días los informes de producción, y detallados planes de diseño para el Tallo cubrían su gran escritorio en Atlantis.

Rob no se engañaba con respecto al compromiso y al interés de Regulo. Nunca vaciló en llamar al viejo enseguida cuando aparecía un complejo problema de ingeniería. Todas las veces oía unos farfullidos sobre qué era eso de hacerle el trabajo a otra persona, y para qué creía Rob que se le pagaba. Pero enseguida los viejos ojos brillantes se iluminaban con entusiasmo, conectaba el ordenador para una conversación y cualquier otro problema en los vastos dominios de Empresas Regulo quedaban a la espera hasta que él y Rob hubieran llegado a alguna solución.

—No vuelvas a llamarme a menos que se trate de un problema financiero —decía, siempre, al cortar el circuito. Rob le decía que sí, con toda cortesía y ahogaba la sonrisa hasta que se apagaba la conexión de vídeo.

Con setenta mil kilómetros de Tallo ya listos, estas conversaciones se hicieron menos frecuentes. Cualquier cosa que saliera mal en aquel momento sería demasiado seria para solucionarla charlando. Rob estaba pendiente de la velocidad de extrusión de las Arañas, controlando que no se alterara ni una mínima fracción.

—¿Por qué te preocupas tanto por eso? —le preguntó Corrie mientras acoplaban sus naves de inspección a la estación principal y se quitaban los trajes—. ¿Importa mucho que disminuyan o aumenten la velocidad un poco?

—Sería fatal. —Rob miró la larga extensión de cable—. ¿Te das cuenta de toda la cantidad de movimiento que tiene eso ahora? La masa está por encima de los mil millones de toneladas, y se mueve alejándose de aquí a la misma velocidad con que las Arañas moldean cable. Si disminuyen o aumentan la velocidad, habrá mil millones de toneladas de inercia que se negarán a ello. La fuerza arrancaría a las Arañas del asteroide y las separaría de la materia prima. Imagínate dónde iría a parar nuestra planificación. Tendría a Regulo a mi lado en un abrir y cerrar de ojos, en vez de en Atlantis.

Corrie asintió.

—¿Le has llamado en los últimos dos días? La última vez que hablamos me dijo que tenía novedades para ti.

Rob estaba de pie junto a ella en la gravedad de un quinto de g proporcionado por la estación que rotaba. Mirándola, se maravilló una vez más de haber sido tan ciego. Era la digna hija de Senta. Los colores eran diferentes, y Corrie era mucho más delgada, pero la estructura de las mejillas, la línea del cuello eran de Senta.

¿Pero y los ojos, esos ojos claros, brillantes? Aquellos ojos venían de otro lado, claro. Eran iguales a los ojos de Darius Regulo, de un azul frío. Pero Rob no podía encontrar más semejanzas, aunque había mirado a Corrie con atención después de la afirmación de Senta: la cara deforme de Regulo imposibilitaba cualquier comparación de rasgos.

Corrie había permanecido casi todo el tiempo en Atlantis, mientras Rob trabajaba día y noche en el Tallo. En sus esporádicos encuentros Rob había querido preguntar a Corrie por su padre, pero todavía no se había atrevido.

¿Y si Corrie no quería que se supiese que Regulo era su padre? Había buenas razones. Hacía su trabajo con eficiencia y mantenía la boca cerrada, pero si alguien en Empresas Regulo se enteraba de que ella era la hija del jefe, se le complicaría la vida. Lo que lograra por sí misma perdería todo mérito, porque se diría que era por su relación con el jefe y no por su talento.

Rob había vacilado, experiencia inédita para él en su trabajo técnico. Y no había formulado la pregunta.

—Bien, ¿no te interesa saber qué tiene que contarte Regulo? —preguntó Corrie. Miraba a Rob sin rodeos, con los chispeantes ojos azules que le habían conducido a aquella disquisición mental.

—Perdón —Rob volvió su atención a los problemas del momento—. Estaba distraído. Claro que quiero saber qué está haciendo Regulo. ¿Qué te ha contado?

Corrie rió.

—Sí que estabas distraído; verdaderamente no se te ve a menudo así. No has escuchado nada de lo que te he dicho. Acabo de comentarte que no ha querido aclararme nada. Tendrás que llamarlo tú. Me gustaría estar cuando lo hagas, eso sí. Creo que prepara algo. Al cabo de uno o dos años aprendí a darme cuenta cuando Regulo estaba entusiasmado con algo.

—¿Te parece que me lo explicará si estamos los dos?

—A través del circuito de comunicaciones de ida y retorno, no. Los tiempos de espera se están alargando mucho, y él es impaciente. La última vez tuvimos una señal de ida y vuelta casi de cuarenta segundos, y eso le vuelve loco. —Corrie iba delante de Rob dirigiéndose hacia la sala de comunicaciones a través de la estación de personal—. Sigue moviendo a Atlantis más lejos del Sol. Creo que todo lo que obtendremos será un mensaje grabado con tu código en él.

Entraron en la cabina blindada, demasiado pequeña para dos personas, y Rob insertó su huella dactilar. Transcurridos uno o dos segundos, la pantalla se encendió y apareció Regulo.

—Tienes razón —dijo Rob—. Hay muy poco tiempo para una transmisión a Atlantis y de regreso. Sólo conseguiremos un mensaje enlatado. —Subió el volumen y se aproximó a la pequeña pantalla.

—He estado observando los progresos hechos —comenzó Regulo sin preámbulo alguno. Había un deje metálico de impaciencia en su manera de hablar—. Sigues adelantado en los plazos, y por lo que sé no hay nada en los próximos dos días que no puedas delegar. No lo digas. Ya sé que estás muy ocupado, pero he visto trabajar a tu gente, y son todos de primera. Antes de que estemos demasiado cerca del final de la construcción y del vuelo del Tallo, quiero que vengas a Atlantis. —Sonrió, suavizando la impresión de estar dando una orden—. Te prometo que no será una pérdida de tiempo. Tenemos el proyecto de minería en un punto en el que necesito hablar contigo y mostrarte algunas cosas. Te doy mi palabra de que te interesará. Te sobrará tiempo, cuando terminemos aquí, de regresar a L-4 y arreglar todo para el vuelo y el amarre. Sabes que yo no haría nada que lo entorpeciera, pero quiero solucionar otras cosas antes de sacar a Atlantis fuera del Cinturón.

Regulo hizo una pausa como si mirara y escuchara algo al lado mismo de la pantalla. Asintió y se inclinó para oprimir dos teclas en el panel de control.

—No te tomes la molestia de llamar —dijo, volviendo la atención a la pantalla—. Hazme saber cuándo llegarás, y si hay algo que te impida venir pronto. Tengo a nuestra nave más rápida esperando cerca de L-4. Tómala y trae a Cornelia contigo si quiere venir. —Sonrió a la pantalla—. Estoy seguro de que está sentada ahí en este preciso momento, escuchándome. Hasta pronto.

La pantalla se apagó. Rob miró a Corrie y se encogió de hombros.

—Así es Regulo. Breve, al grano. Esta vez está apurado. Creo que piensa que me hará ir mucho más rápido si despierta mi curiosidad y no me dice qué prepara. Quiero mandarle un mensaje igual. ¿Podrías decirle que saldré dentro de seis horas? Hay algunas cosas que quiero ver aquí, y debo hablar con la tripulación de Amarre en la Tierra.

—*Saldremos* dentro de seis horas —lo corrigió ella—. Lo has oído. Nos espera a los dos, y no pienses que me vas a dejar aquí después de que te ha lanzado tamaño anzuelo. Enviaré tu mensaje, pero yo también tengo que ponerme en movimiento. He intentado hacer aprobar otro de los permisos de Regulo en el sistema de la Tierra. Estoy empezando a sentir lo mismo que él con respecto al gobierno de la Tierra y a la Federación Unida del Espacio: me tienen harta. Él dice que hay un noventa y nueve por ciento de personas en la Tierra a las que no vale la pena mantener vivas, y que la evolución se hará cargo de eso. Yo creo saber cómo sucederá. La Tierra no se sofocará con la contaminación ni morirá de hambre por falta de recursos. Se ahogará en su propia burocracia.

Se fue rápido, mientras Rob sonreía ante su airada evaluación. Corrie no era una mujer ociosa y no podía soportar la falta de competencia, en organizaciones o en individuos. Rob había visto tanta burocracia en sus trabajos de construcción que sabía lo irritantes que podían ser los burócratas para cualquiera que estuviera preocupado por los resultados más que por los procedimientos. Corrie era así. Él a veces sentía que ella lo consideraba apenas como a otro valor de Empresas Regulo, algo que debía ser manejado de la manera más eficiente posible. Eso podía significar seducir, adular o convencer mediante la lógica: Corrie tenía los instrumentos a su disposición. Parecía ser en parte hereditario. Rob había visto a Senta utilizar la misma combinación con Howard Anson.

El último pensamiento le causó remordimientos. Hacía tiempo que Rob le debía una llamada a Anson. Cuando el Tallo lo exigía, todo lo demás en su vida pasaba a un segundo plano hasta que los problemas se solucionaban. Y los problemas habían venido a granel en las últimas semanas. Pero aún así, sería mejor llamar desde allí y no esperar a estar en Atlantis. Con Regulo y Morel en condiciones de interferir todas las llamadas, no podía garantizarse la intimidad de una conversación.

Olvidándose de su fatiga, Rob volvió a enfrentarse al comunicador.

11

¿QUÉ MÁS VEIS EN EL OSCURO ABISMO DEL TIEMPO?

—¿Qué has estado haciendo? —Howard Anson miraba preocupado la imagen en la pantalla holográfica, donde aparecía la cara ojerosa y cansada de Rob—. Tienes muy mal aspecto.

—Trabajando —dijo Rob—, trabajando y preocupándome en demasía. —Reparó en los detalles del extraño traje de Anson y su rostro se aflojó en una sonrisa.

Anson asintió.

—Ahora me gusta más, Rob. Ya te pareces en algo al hombre que conocí en Camino Abajo. No es necesario que te lo diga, pero tienes muy mal aspecto, en serio. Creo que deberías hallar la manera de descansar un poco. Pareces diez años mayor que cuando te conocí.

—Y así me siento —Rob movió los hombros, tratando de aflojar las tensiones—. He envejecido más de diez años por dentro. No puedo dejar de pensar en el Tallo, y cuando lo consigo, me pongo a pensar en mis padres. Hace un año me sentía todo un ingeniero. Ahora me siento un mamarracho. —Volvió a mirar el traje de Anson—. Aunque menos que tú, claro.

Howard Anson se miró sin disimular la irritación.

—No fue idea mía. Un par de clientes dicen que esto es el último grito de la moda. Si quiero conservar mis clientes, debo seguirles la corriente. —Agarró la solapa de su túnica floreada con asco—. ¿Sabes lo que es esto, no? Se supone que todos debemos vestirnos como «jóvenes cosmopolitas» de hace ciento cuarenta años.

Tomó un pequeño cilindro negro de la mesa que estaba frente a él y lo miró con gesto adusto.

—Creo saber qué te ha pasado —prosiguió—. No sé si te consolará, pero hasta hace un año eras un huérfano de verdad. Tal vez nunca lo hayas considerado una ventaja, pero hay algo de positivo en la ausencia de lazos. No tienes ningún ejemplo que emular cuando empiezas a hacer cosas por ti mismo ni responsabilidades familiares. Pero has empezado a pensar en tus padres como seres reales, no como nombres abstractos, sino como individuos con vida y muerte. Eso te está haciendo daño, Rob. Me siento culpable en parte y lo lamento.

Olisqueó el cilindro que tenía en la mano, mientras Rob lo miraba con curiosidad.

—Puede que tengas razón, Howard. Todo esto me ha puesto sobre la pista y ya no puedo ignorarlo. Pero, ¿qué tienes en la mano?

—¿Esto? —Anson levantó el cilindro—. Una boquilla. Otra de las cosas que debía tener un joven cosmopolita, allá por 1925. Un fuego en un extremo y un tonto en el otro. Ha sido idea de Senta, hoy pensábamos ir a una fiesta llamada Albores de la Humanidad vestidos con esta ropa. Pero no sé si podremos, ojalá no. —Dejó la boquilla—. Vayamos al grano. ¿Cómo va el Tallo?

—Ya hemos fabricado más de setenta mil kilómetros de cable. Cuatro meses más y lo tendremos listo para el aterrizaje. ¿Te gustaría venir al Centro de Control para verlo?

—¿En el espacio?

—No —Rob sonrió ante la mezcla de desdén y miedo en el rostro de Anson—. El Centro de Control estará en la Tierra, cerca de Santiago. Pero te convendría salir al espacio. Eres un reptante gusano de Tierra, ¿lo sabías? «¿Qué pueden saber de Terra, aquellos que sólo a Terra conocen?»

—Es cierto —Anson levantó las cejas—. Hace un año tú sentías lo mismo que yo por el espacio. Cuando nos conocimos no habrías utilizado esa cita, que por cierto, está mal. Te están educando. Continúa, tal vez llegues a humanizarte. Yo seguiré fiel a mi opinión sobre los viajes espaciales. El que quiera sentarse sobre un montón de explosivos y que se los enciendan que se quede con mi porción de espacio. Yo me quedaré en *terra firma*, y cuanto más firme, menos miedo. Pero acepto tu otro ofrecimiento, iré al Centro de Control. ¿Podrás hacer entrar a Senta también?

—Claro. ¿Dónde está?

—Ha ido a charlar con los Perion. No sé si los recuerdas. Los que estaban con nosotros cuando nos conocimos. Fue una de las pocas parejas que pudieron salvarse y Senta pensó que seguramente tendrían ganas de contárselo a alguien.

—¿De qué se salvaron?

Rob esperó con impaciencia durante los tres segundos que tardaba en hacer su recorrido la señal de radio entre el centro de comunicaciones de L-4 y la superficie de la Tierra. Ese retraso obligaba a que la conversación se conformara de parlamentos más bien largos, pues un texto de una sola palabra hacía la espera más irritante.

—¿No te molestas en escuchar las noticias, mientras estás ahí? —fue por fin la respuesta de Anson—. Pensaba que te habrías enterado, no se ha hablado de otra cosa en todas las emisoras de noticias. Fue hace dos días.

Camino Abajo ha desaparecido. Se cegó del todo en el peor momento, por la noche, cuando estaba lleno. Los Perion habían estado por la tarde, pero Lucetta tenía migraña, como siempre antes de las tormentas. Subieron a la superficie y despegaron a eso de las seis. Dos horas más tarde hubo un pequeño terremoto en México. Los sismógrafos apenas se movieron. Pero después del terremoto, Camino Abajo había desaparecido.

—Dios. ¿Cuántas víctimas hubo?

—Dos mil doscientas. A veinte kilómetros de profundidad, sin la más mínima posibilidad de llegar a ellos.

Se hizo un largo silencio. Rob había tenido siempre la bendición (o la maldición) de contar con mucha imaginación visual. Se representó todo el cuadro: las paredes de basalto de Camino Abajo cerrándose inexorablemente sobre la caverna central, la oscuridad súbita al cortarse el suministro de energía eléctrica desde la superficie. Luego el pánico, la gente moviéndose sin saber adónde ir y por fin la rápida muerte en esa profunda tumba común, a muchos kilómetros de la superficie.

—¿Nadie pudo escapar? —preguntó por fin.

—Sólo la otra pareja que estaba con los Perion, porque los Perion les convencieron de que les acompañaran —Howard Anson rió y volvió a mirarse la bata floreada que llevaba puesta—. Sin duda debería bendecir esta ropa, en lugar de maldecirla. Senta se había quedado aquí para probarse el vestido, de no haberlo hecho habríamos estado allá. ¿Sabes? Siempre que iba creía que podía ocurrir un accidente. Quizá le pasara a todo el mundo, y quizá fuera parte del atractivo del lugar.

Rob negó con la cabeza, con una mirada sombría en los ojos oscuros.

—Para mí no. Nunca estuve a gusto, y no veía la hora de salir. Ya hay suficiente peligro en la construcción de puentes, jamás necesité buscarme nada extra. Debe de ser espantoso estar tan aburrido de la vida que necesites buscarte peligros artificiales. Pero tienes razón, para algunos ése era parte del atractivo de Camino Abajo. —Miró pensativo la bata de brocado que mostraba sus múltiples colores en la pantalla.

—Para mí no —se apresuró a decir Anson—. No pienses eso, Rob. Yo hago esto por negocios, no porque me divierta. —Volvió a mirarse la colorida bata y suspiró—. No sabes la suerte que tienes. Tu trabajo no te exige ninguna pose, pero el mío sí.

—Tonterías —la palabra tardó mucho en llegar—. ¿Cuánto dinero tienes, Howard? Ni te molestes en contestar. No tendrías que trabajar si no quisieras, lo sé, tu Servicio de Informaciones te estará bombeando dinero sin parar. Disfrutas consiguiendo la información que otros no han podido obtener. Lo que te ocurre es que tienes un interés antinatural por los asuntos de los demás.

Anson escuchaba a Rob sin ninguna expresión marcada en su cara de delicados rasgos.

—Ajá —dijo al fin—. No nos andamos con rodeos esta noche. Después de esas palabras no sé si debo decirte lo que he estado haciendo en tu ausencia.

—No es necesario que digas nada. Estuviste investigando. Y por tu expresión deduzco que has averiguado algo.

—Puede ser. —Anson se restregó el mentón—. Rob, eliminas el placer a las cosas. Merezco ser admirado por esto. Ha sido muy difícil; dudo que nadie en todo el Sistema lo hubiera hecho ni la mitad de bien que yo. Sí, he estado investigando. El rastro que seguimos es viejo, y para colmo de males alguien ha intentado ocultarlo. Estoy acercándome a algo, pero no con la rapidez que quisiera, ni con los detalles que necesitamos.

A Rob le había desaparecido el cansancio por completo. Se había inclinado hacia adelante, con intensidad en la mirada.

—¿Has averiguado algo sobre los Duendes? Nunca hubiera esperado tanto.

—Un momento, para —Anson levantó la mano— no te entusiasmes demasiado. En primer lugar, no he encontrado nada nuevo sobre los Duendes en los que trabajaban tus padres en los Laboratorios Antigeria de Christchurch. Lo he intentado, pero desaparecieron sin dejar rastro. Uno desapareció en el incendio y sospecho que el otro cayó al Océano Antártico cuando el accidente del avión. Olvídate de ésos y veamos qué más hay. He hecho investigar cada informe que tuviera que ver, siquiera remotamente, con los Duendes. —Sacudió la cabeza—. Ni te imaginas lo difícil que fue. Absolutamente todos los informes sobre monstruos que había en los archivos. Una vez revisados todos, nos quedaron dos casos que me parecieron prometedores. Los investigué más que a cualquier otra cosa en toda mi vida. Sin embargo, no hay pruebas directas, apenas informes de segunda mano de personas que estuvieron accidentalmente involucradas y que no fueron creídas cuando hablaron del tema por primera vez. Todos los personajes principales han muerto, o desaparecido, o por alguna razón se niegan a hablar. A estas alturas de la investigación este hecho también me pareció sospechoso. ¿Quieres que te dé ahora todos los detalles de cada incidente?

Rob negó con la cabeza. Howard Anson parecía a punto de comenzar a vomitar hechos durante algunas horas hurgando en esa prodigiosa memoria suya.

—Sólo lo esencial, si puedes. Saldré para Atlantis dentro de unas horas, y lo único que necesito es lo imprescindible para saber qué debo buscar allí. ¿Cuál es la base?

—No hay ninguna base. Estamos manejando una masa informe de conjeturas, pero intentaré estructurarlas con lógica. En primer lugar, no hay ningún informe sobre Duendes vivos. Nada. En los casos que he encontrado, como en los casos en los que tuvieron que ver tus padres, los Duendes habían muerto antes de ser vistos por nadie. Hay algunas descripciones que dan una idea de lo que son, pero no muy coherente. Al parecer hay dos tipos diferentes de Duendes. He intentado que me hicieran dibujos, pero en vano. Todo ha sido muy arduo. Uno de mis supuestos testigos está senil, otro estaba en las últimas etapas de un colapso de taliza, y otro era tonto. Esto es lo que tengo una vez lo he juntado todo; he escrito un resumen por si quieres grabarlo ahí.

Anson sostuvo una hoja hacia la pantalla y esperó unos segundos mientras Rob activaba el mecanismo de grabación.

—Hay tres cosas interesantes —prosiguió Anson cuando el resumen ya había sido grabado en el comunicador en L-4—. Primero, fíjate en el tamaño. En altura son la cuarta parte de un ser humano, pero más anchos, en proporción. Pesarán unos cinco o seis kilos, según mis cálculos. Eso explica que pudieran llegar a tus padres en una caja de medicinas. Son pequeños como bebés. Pero no son niños, según este informe. Las hembras tienen senos, y uno de los machos tenía barba. Al parecer todos están de acuerdo en ese punto, todos los testigos lo vieron. De pasada eso muestra qué es lo que la gente mira primero. Aunque no estoy seguro de que se pueda llamar «testigos» a mis fuentes, lo que nos contaron fue bastante vago.

—Espera un momento —Rob garabateaba una nota en una hoja—. ¿Tienes alguna información sobre qué llevaban puesto? Podría tratarse de enanos humanos o de una forma completamente diferente.

—Pensé en eso. Los Duendes estaban desnudos, aunque el hombre senil con el que hablamos murmuraba algo de una pulsera o un collar que todos tenían. Ésa fue mi segunda suposición. No podían ser enanos humanos, a juzgar por su aspecto. Un par de ellos podían pasar por enanos, eran normales de apariencia, pero me describieron a los otros como desagradables y deformes. Cuidado, el adicto a la taliza con el que hablamos veía árboles llenos de serpientes la última vez que lo entrevisté, de modo que puedes tomar su evidencia como gustes. Pero no hay duda de que eran adultos, por los senos en las hembras y porque todos tenían vello púbico, según *todos* los testigos. Estoy seguro de que hay dos tipos diferentes de Duendes.

Hizo una pausa. Rob miró la pantalla, a la expectativa.

—¿Eso es todo? —dijo, transcurridos algunos segundos.

—¡Todo! —Anson miró la pantalla con los ojos muy abiertos—. ¿Tienes idea de cuánto trabajo nos dio averiguar lo que acabo de contarte? Revisamos más de cuatrocientos mil informes, desde las secciones de sucesos de la prensa hasta los archivos de los hospitales psiquiátricos. A lo mejor no te parece mucho, pero tendrías que ver con qué empezamos.

—No te quito méritos, Howard, pero me has señalado al principio que había tres cosas importantes. De momento, sólo has mencionado dos.

—Iba a pasar a la tercera, si me hubieras dejado hablar. Lo otro no se refiere a los Duendes en sí mismos, sino a mi opinión sobre la calidad de la información. Es terrible. Ya te he explicado cómo eran mis fuentes de información. No te he hablado de la antigüedad de los informes. Uno de ellos es de hace diecisiete años, el otro de hace cinco. La única razón por la que me siento dispuesto a darles credibilidad es que son coherentes entre sí. No hay manera de que los dos grupos involucrados hayan sabido el uno de la existencia del otro. Ambos grupos de Duendes aparecieron en la Tierra, pero en continentes diferentes. Uno apareció en una caja de medicamentos, el otro en un depósito de libros.

—¿Alguno de los dos lugares estaba cerca de un puerto espacial?

—Ya he pensado en eso —dijo Anson—. Si están relacionados con Morel, y si Morel ha estado en Atlantis durante todos estos años, entonces los Duendes debieron venir desde fuera de la Tierra. Pero no nos sirve. Los lugares quedaban bastante cerca de puertos espaciales, pero no hemos podido establecer ninguna relación. No hemos encontrado nada sobre ellos anterior al lugar y el momento en que fueron hallados, en ninguno de los dos casos.

Rob estaba sentado con los hombros encogidos, estudiando la hoja que le había transmitido Howard Anson.

—Esperaba que hubieras averiguado algo sobre la causa de la muerte. Algo tuvo que matarlos.

—Nada nuevo. Oíste lo que dijo Senta sobre falta de aire en la cápsula de medicamentos. Pudo haber sido falta de oxígeno en los dos casos. Supongo que no había señales evidentes de violencia, de lo contrario habría aparecido en alguno de los informes.

—Sigo sin poder dejar de lado mi pregunta básica, Howard. ¿Estamos hablando de algo que es humano? Tengo una idea muy extraña que me ronda la cabeza.

—Desde luego parecían más humanos que otra cosa, según los informes. ¿Adónde quieres llegar? ¿Piensas que pueden ser alguna especie animal?

—Tampoco eso. No sé de dónde vienes, Howard, pero donde yo me crié no había personas barbudas de cuarenta centímetros de altura. No había vuelto a oír cosas así desde que mi tía dejó de contarme cuentos de hadas. Pero no paro de pensar en algunas de las cosas que me contaste de Morel, de cuando estudiaba. Incluso antes de tener a Caliban ya trabajaba con grandes cefalópodos, ¿no?

—Estudió su estructura cerebral, es verdad. Le interesaba el hecho de que tienen quiasma óptico, como los vertebrados superiores. No hay otro molusco que lo tenga. Se supone que es una de las pruebas de su inteligencia. Significa que cada ojo está conectado a ambos hemisferios del cerebro, de modo que éste debe tener una estructura más compleja.

—No recuerdo que me hayas dicho eso. Lo que recuerdo es el trabajo experimental de Morel. ¿No me dijiste que intentaba aumentar su inteligencia realizando cruces genéticos?

—Así es —Anson se reclinó en la silla, jugando distraído con un hilo suelto en la solapa de la bata—. Ya sé adónde quieres llegar, Rob, y no me gusta nada. Morel hacía experimentos cruzando ADN de vertebrados y de invertebrados, hasta que tuvo que interrumpirlos porque la universidad decidió que resultaban demasiado costosos. ¿Crees que comenzó de nuevo y realizó más cruces? Eso supondría que los Duendes son producto de un cruce de especies —sacudió la cabeza—. Estoy convencido de que lo que sugieres es genéticamente imposible.

Rob suspiró. Estaba perplejo; se restregó los ojos.

—Entonces me doy por vencido. Temía que me dijeras eso. A mí tampoco me parece posible. Pero debo hallar la manera de averiguar qué son los Duendes. ¿Has encontrado algo sobre sus otros nombres, los que mencionó Senta?

—Nada. Ni mención de «Expes» o «Minis», nada sobre esos nombres. Seguiré buscando, Rob, pero estoy en un callejón sin salida. Necesito más puntos de partida o alguna clave. ¿Te parece que puede haber algo en Atlantis?

—Estoy seguro —Rob permaneció en silencio un momento, recordando la estructura interna del asteroide—. Hay un sector de los laboratorios que está siempre cerrado con llave, en medio de la esfera central, en la zona de las habitaciones. Te comenté lo molesto que se puso Morel cuando me acerqué a ese sector. Veré si esta vez tengo una oportunidad mejor para investigar ahí dentro, y te enviaré lo que averigüe apenas regrese. No me arriesgaré a enviar ningún mensaje desde Atlantis, ni siquiera en código.

—¿Cuándo podrás volver a llamarme?

—Todo depende de lo que me haya preparado Regulo; quizá sea un par de semanas. Mientras no te llame, ¿podrías concentrarte en otras dos cositas? Averigua algo sobre Sala Keino. Sé que es el experto de Regulo en estructuras espaciales, pero querría saber algo sobre su personalidad.

—Lo intentaré. ¿Te interesa algo en especial?

—Sí. Quiero saber hasta qué punto le interesa el dinero.

—¡Pues no pides nada! —Anson se restregó el mentón otra vez—. No sé si podría responder a esa pregunta con respecto a mí mismo, mucho menos con respecto a Keino. ¿Quieres sobornarlo?

—No. Quiero saber hasta qué punto Regulo controla sus acciones. No conozco a Keino —Rob se acercó a la pantalla—, Howard, se me termina el tiempo. Otra cosa, ¿has podido averiguar cómo Senta se convirtió en adicta a la taliza?

—Todavía no. Ella no tiene ni la menor idea. Estoy empezando a pensar que es adicta desde hace mucho, mucho más de los doce años que ella recuerda. Sospecho que alguien ha interferido su memoria, bloqueando ese dato así como le bloquearon los recuerdos de los Duendes.

—¿Morel? —Rob vio la mirada de Anson—. Sé que no tenemos pruebas. Pero Senta le tiene terror y a mí tampoco me gusta ese tipo.

—Ése parece uno de mis argumentos. Vamos, Rob, nunca serás uno de los diez más importantes en el plantel de ingenieros de Darius Regulo si no te basas en lógica pura. —Anson levantó la mano despidiéndose—. Seguiré investigando. Saludos a la hermosa Cornelia. ¿Has notado que, al parecer, la única persona que la llama Cornelia y no Corrie es su madre?

—No es así —dijo Rob mientras estiraba la mano para cortar la comunicación—. Así la llama Regulo: Cornelia, nunca Corrie.

Y yo me tendría que haber dado cuenta de eso hace mucho tiempo, pensó, mirando todavía la pantalla en blanco. Había pospuesto las cosas durante demasiado tiempo. A pesar del desagrado que le producía la idea, debería tocar el tema con Corrie. Pero esperaría el momento apropiado. Una conversación privada sería difícil en el yate atiborrado de gente que los llevaría a los dos a Atlantis.

No se le ocurrió que eso le daba una excusa más que conveniente para retrasar la molesta confrontación.

12

«... EN EL SILENCIOSO LÍMITE DEL MUNDO, UNA SOMBRA DE CABELLOS BLANCOS QUE MERODEA COMO UN SUEÑO...»

Atlantis seguía en su lento movimiento hacia afuera, apartándose de la Tierra y alejándose del Sol. Con una aceleración de sólo una milésima de g le llevaría mucho tiempo salir en espiral al Cinturón de Asteroides, la región donde Regulo planeaba su próximo proyecto.

—Claro que lo que haremos ahora es apenas un ensayo para cuando lo hagamos en serio —dijo a Rob cuando estuvieron sentados una vez más en el gran estudio en penumbra—. He elegido uno pequeño, de no más de unos cientos de metros de ancho. Te parecerá que no vale la pena, pero quiero saber si todo funciona como espero.

—Estoy de acuerdo con usted, siempre hay que hacer una prueba. —Rob miró las facciones tensas del otro hombre. Parecía haber una urgencia y una dureza en la cara del otro que Rob no había visto antes—. ¿Ya ha escogido algún asteroide «en serio»?

—Me gusta Lutecia. No está lejos, mucho más próximo al Sol que cualquiera de los grandes. Según Sycorax, Lutecia está lleno de metales y es lo suficientemente grande como para resultar interesante.

—¿Qué diámetro tiene?

—Unos ciento quince kilómetros, más o menos.

Rob se reclinó en la silla.

—¿Y cree que podrá explotar eso?

Regulo sonrió ante la expresión de Rob.

—Claro. —Se inclinó despacio sobre el escritorio y apoyó la palma de una mano sobre él. Al apartarla quedó resplandeciendo el texto PENSAR A LO GRANDE—. ¿Ves eso? Estás llegando, pero aún te falta un poco. Todavía te dejas ofuscar por tus pensamientos. Te anuncié que usaría un nuevo método para explotar asteroides, y lo dije en serio. Pongamos las pantallas en funcionamiento y te mostraré lo que vamos a hacer.

Se enderezó, lenta y dolorosamente a pesar de la poca gravedad. Rob lo veía encogerse al mover cada articulación.

—¿Le puedo ayudar en algo? —preguntó.

—En nada —gruñó Regulo—. No me siento bien hoy, eso es todo. Culpa mía. Debía someterme a tratamiento hace tres días, y lo aplacé porque tuvimos problemas otra vez con esos asquerosos permisos de embarque. Si yo manejara mi empresa como la Tierra maneja sus leyes de comercio, iría a la bancarrota en un mes.

—Lamenté mucho enterarme de su enfermedad —arriesgó Rob—. Si quiere dejar la demostración para cuando se sienta mejor, no hay problema. El Tallo va bien, no tengo por qué regresar enseguida.

—De ninguna manera —Regulo frunció el ceño y haciendo un esfuerzo, se apoyó con los brazos tiesos sobre el escritorio—. Ni lo sugieras. ¿Qué crees que es lo que me mantiene en pie? El trabajo y las ideas nuevas. Si uno deja de mirar hacia adelante, está acabado. Y por cierto, ¿quién se ha ido de la lengua hablándote de enfermedades? No me gusta que se sepa. Ya es bastante malo tener la enfermedad, la compasión lo empeora todo. ¿Quién te lo ha contado?

Rob vaciló, sin saber si la honestidad sería la mejor manera de responder a la brusca pregunta.

—Senta Plessey —dijo por fin.

Regulo permaneció inmóvil un largo rato, sin expresión alguna.

—Senta, ¿eh? —Unos segundos después rió, un sonido áspero y sin humor surgido de lo profundo de la garganta—. Pobrecita Senta. Bueno, ella se enteró de mi enfermedad antes que nadie. ¿Cómo está?

—Está bien —Rob volvió a vacilar, pues ignoraba cuánto sabía ya Regulo—. Aunque no tanto como podría estar. Tiene un problema de drogas. Es adicta a la taliza, dependiente del todo.

—No hay otro tipo de adicción a la taliza —Regulo sacudió la cabeza—. Qué lástima. Pero debí de haberlo adivinado. Siempre probaba cualquier novedad, siempre estaba dispuesta a las experiencias nuevas. Yo se lo advertía, pero en vano. —Suspiró, mirando más allá de Rob, con la mirada perdida—. Qué mala noticia. Dios mío, era una belleza hace treinta años. Nunca vi una mujer tan hermosa. —Volvió a mirar a Rob—. Te dijo que vivimos juntos, ¿verdad?

—No habló mucho del tema —dijo Rob, encogiéndose de hombros—. Sólo que había sido hace mucho tiempo.

—Vaya si hace tiempo. Antes de que esto —Regulo se pasó la mano por la mandíbula— antes de que esto me afectara así. En cuanto tuvimos la certeza de que era algo malo que iba a peor, Senta hizo las maletas. No intenté disuadirla. Se acercaban momentos difíciles, y hay dos cosas que Senta no puede soportar: la pobreza y la fealdad. Resultó más fuerte el temor a la segunda. Me contaste que te habían hecho muchas operaciones, ¿verdad? Pues yo supero tus sesenta y dos.

Permaneció en silencio un momento, reflexionando. Su rostro no dejaba ver miedo ni resentimientos, sólo concentración en sus propios pensamientos.

—Siempre ha temido perder su belleza —dijo por fin—. Ése era el mayor de sus miedos. ¿Cómo está ahora? ¡Ha pasado tanto tiempo!

—Sigue siendo hermosa —Rob intentaba asimilar esta nueva imagen de Senta Plessey. Una de Howard Anson, otra diferente de Corrie, y ahora ésta—. Escuche, Regulo, no es asunto mío, pero, ¿dice que Senta le dejó? ¿Y usted sigue manteniéndola?

La pregunta le valió una mirada afilada de esos brillantes ojos de color azul grisáceo.

—¿Y de dónde mierda sacaste eso? —preguntó Regulo con voz suave.

—Ah, me lo contó alguien en la Tierra —Rob se sintió incómodo, sabiendo que se había extralimitado—. No era mi intención inmiscuirme. Lo oí.

—Es cierto —la voz de Regulo sonó más áspera que de costumbre—. Yo sé cuáles son las preocupaciones de Senta. Pasamos muy buenos años juntos, y no puedo permitir que lo pase mal. Los dos sabemos que tengo mucho dinero, más del que puedo gastar, más de lo que Senta sabe. Gasta bastante, pero no le digo nada. Pero dejemos ese tema. —La voz adoptó su vehemente tono habitual—. Quiero ver qué has estado haciendo, y quiero mostrarte qué hemos estado haciendo nosotros. Verás para qué te quería aquí. Mira esto.

Había encendido una gran pantalla holográfica que cubría toda la pared, del techo al suelo, a un lado del estudio. En ella apareció un pequeño asteroide, flotando libre en el espacio. A un lado de éste, Rob vio una figura conocida. Frunció el ceño.

—Es una de las Arañas. Creía que estaban en el Cinturón.

—Lo estará, apenas termine la demostración —Regulo ajustó el control para agrandar un sector de la imagen, y señaló la parte superior de la pantalla—. Ahora mira la parte de arriba de esa roca.

—Parece una unidad propulsora —dijo Rob. Se inclinó y aumentó la imagen—. Hay otra abajo, parece.

—Así es. No se ve en la imagen, pero toda la roca ha sido cubierta con una capa de fibras de tungsteno. Resistirán hasta casi dos mil grados. ¿Ves algo más cerca de donde está la Araña?

Rob movió el control y la zona aumentada se desplazó hasta centrarse en la oscura figura de la Araña.

—Veo un alojamiento en la superficie de la roca. Parece un encaje para un satélite de energía.

—Has acertado otra vez —Regulo estaba en su elemento—. Le acoplaremos un satélite de energía dentro de cuatro horas. Hemos hecho las conexiones para que funcionen con eso o con un núcleo de potencia, para tomar electricidad de la fuente de energía y distribuirla por toda la roca. Una cosa más y te dejo solo. —Si Regulo sentía algún dolor lo había apartado de su mente. La voz seguía sonando llena de satisfacción—. Acerca más la imagen a la Araña y dime qué más ves.

Rob se inclinó hacia adelante, moviendo la cabeza a un lado y otro para ver mejor el holograma.

—Ha modificado la trompa —dijo por fin—. La ha alargado y tiene un poder de reflexión diferente. ¿Ha variado la composición?

—Ahora es una cerámica de alta temperatura —explicó Regulo—. Debería repasar la anatomía de las arañas. En mi ignorancia, lo he estado llamando aguijón. Sí, le hemos cambiado la trompa. Soportará temperaturas altísimas y sigue siendo flexible. Ahora que lo has visto todo, dime algo. ¿Qué estamos haciendo aquí?

Rob miró largo rato la imagen frente a él, pensando con rapidez. Regulo no se habría tomado tanto trabajo a menos que tuviera algo muy serio en mente. Era cuestión de descartar posibilidades y elegir la que tuviera un buen rendimiento económico.

—¿Cuál es la composición de esa roca? —preguntó de pronto.

—Metales, en su mayoría, metales diferentes —Regulo esperaba ansioso. Después de uno o dos minutos, Rob asintió.

—Ya entiendo —dijo—. Parece factible, pero me gustaría ver los detalles.

—Bueno, hombre —Regulo ya estaba impaciente—. Vamos, dime cómo crees que funcionará.

—Está bien —se levantó y se acercó a la pantalla. Señaló los impulsores en la roca—. Comencemos por éstos. Los han colocado como impulsores iguales y opuestos, uno a cada lado del asteroide. Se encienden tangencialmente a la superficie, y se usa su par de torsión para hacer que la roca gire rápidamente sobre su eje. Cuanto más rápido, mejor, siempre que la capa de tungsteno soporte la tensión.

—No hay ningún problema con una roca pequeña como ésta; puede que nos tengamos que preocupar cuando se trate de algo del tamaño de Lutecia.

—Primero terminemos con éste —Rob volvió a señalar la imagen—. Supongo que el encaje del satélite de energía está en esa posición. Se ha elegido el lugar para que el satélite de energía se apoye en el eje de rotación de la roca. Es un cálculo complicado, pero los principios son sencillos. Ahora comenzarán a darle energía a la roca, a través de una parrilla en la superficie. Mucha energía. Para algo de tamaño mucho mayor, no creo que un satélite de energía baste. Se necesitará una planta de fusión o un núcleo de energía, para que el trabajo no se eternice. —Volvió a escudriñar la configuración de la pantalla—. ¿Está seguro de que la rotación será adecuada? Puede haber problemas de estabilidad. Será difícil mantener una rotación uniforme alrededor de un solo eje a medida que cambie la forma. Supongo que ya lo habrá estudiado y tendrá las respuestas.

Regulo asintió.

—Hace mucho aprendí algo sobre esos problemas, calculando el cambio en las masas y los momentos de inercia de los asteroides cuando los volátiles se evaporan al hacer el vuelo solar. Deberemos hacer algunos ajustes insignificantes sobre la marcha, pero ya los he calculado. Sigue.

—Corrientes alternas —dijo Rob—. Muy altas, circulando por el interior del asteroide. Cuando se aplican desde la fuente de energía, se produce una contracorriente dentro de la roca por efecto de histéresis. Si se le aplica suficiente energía, se fundirá todo. Producirá una bola giratoria de metales fundidos y roca, que irá a gran velocidad. Supongo que habrá verificado las formas y estructuras para una rotación estable. Necesitará un elipsoide Maclaurin, con un eje de simetría, en lugar de un elipsoide Jacobi con tres ejes desiguales.

—Hasta el momento, muy bien. —La expresión de Regulo era intensa; no apartaba los ojos de Rob—. He considerado la estabilidad de la masa en rotación. No hay problema. ¿Qué más?

—La rotación producirá un gradiente de aceleración dentro de la bola giratoria. Los metales más pesados se moverán hacia el exterior y los más livianos se verán obligados a permanecer en el interior y muy cerca del eje de giro —Rob se imaginaba la bola, formándola frente a sí con las manos—. Es como una gran fuerza centrífuga, que separará las capas de material. Lo único que falta ahora es el paso final: la Araña. Está fuera, sobre el eje de rotación, en el extremo opuesto a la fuente de energía principal. Pero tiene esa trompa larga, especializada, de modo que puede llegar a cualquier punto dentro o fuera del asteroide. Puede insertarse a la profundidad que se desee, y extraer esa capa de roca o metal. Entonces puede extrusionarla directamente, por medio de la Araña, ya he hecho las modificaciones para extrusión a alta temperatura.

—Lo has logrado. —A Regulo le brillaban los ojos—. Y podemos prescindir de toda esa complicación que debimos utilizar para el Tallo. Lo de Chernick y los Topos Carboneros fue una buena idea, pero era una solución de emergencia. Con una extrusión directa tendremos un avance fundamental en lo que podemos hacer. Que me den acceso a Lutecia y haré un cable desde aquí hasta Alfa Centauro, con cualquier material en el asteroide. Nada de complicaciones con metales diferentes. Vendrán previamente seleccionados por la densidad.

Sonrió ante la expresión de Rob.

—Bien, no hasta Alfa Centauro. Pero sí podríamos tejer una tela a través del Sistema Solar, si se nos ocurriera alguna utilidad para ella.

—Me gusta eso. Un Tallo-de-habichuela, desde Mercurio hasta Plutón. —Rob guardó silencio un momento, mordiéndose el labio inferior—. Pero no puede funcionar —dijo por fin—. No lo podríamos estabilizar nunca.

—Muy cierto —Regulo se inclinó sobre el escritorio y volvió a enfocar todo el asteroide completo—. Me estoy dando el gusto de especular. Así comienzan todas las cosas. Debo admitir que todavía no veo la manera de hacer que esto funcione. Hay un par de cosas que no has mencionado sobre este sistema. ¿Cómo evitarías que disminuya la velocidad y deje de girar? Habrá pérdidas por fricción, resultado del campo magnético solar. Todo eso trabaja en tu contra.

—¿Una vez desconectados los impulsores? Supongo que serían efectos menores, pero deben de ser fáciles de compensar. No será una figura de revolución perfectamente homogénea, incluso cuando esté derretida. Se podría poner un campo magnético sobre ella, alrededor del eje de rotación. No se necesitará mucho para mantener una velocidad de giro constante.

Regulo gruñó, aprobando.

—Lástima que no estuvieras en nuestro equipo hace veinte años, cuando diseñamos la cavidad solar Ícaro. Me habría venido bien tener tu cerebro a mano. La mayoría de la gente es incapaz de razonar a derechas, aunque tenga todos los datos.

—Hace veinte años sólo había perdido el primer diente de leche.

—Ah, Dios santo, estoy envejeciendo —Regulo se pasó la mano por la frente arrugada, una mano delgada, de venas marcadas—. A mí veinte años me parece ayer. Una cosa más para que la estudies, luego dejaremos esto y haremos algo sobre el Tallo. Por lo que has visto hasta ahora, ¿prevés algún problema para cuando probemos con un asteroide grande, digamos, Lutecia?

Rob se encogió de hombros.

—Bueno, hay un problema evidente. No se puede extender la trompa tanto como para penetrar hasta el centro de algo tan grande. De modo que primero habrá que extraer los metales pesados de la parte exterior, aunque a usted no le guste hacerlo de esa manera. Me imagino que en algunos casos querrá extraer primero los metales livianos y los volátiles.

—Eso me preocupaba a mí también. Ahora estoy contemplando la posibilidad de fundir por zonas, pero no termina de convencerme. —Regulo esperó en silencio, mientras Rob reflexionaba sobre el problema.

—Ya veo —dijo por fin—. Da por sentado que los materiales están diseminados de manera bastante uniforme en todo el cuerpo del asteroide. A mí me parece suponer mucho, a menos que lo haya verificado de otra manera.

Regulo negó con la cabeza.

—La teoría de formación sugiere que la mayoría de los volátiles estarán en el exterior —dijo—. Yo fundiría apenas un par de kilómetros de la superficie y extraería eso. Creo que la Araña puede llegar a esa profundidad sin mayores inconvenientes.

—¿Y dejar el centro en forma sólida hasta que uno quiera seguir fundiéndolo? —Rob quedó pensativo—. No tengo su experiencia en fundición diferenciada. La Araña puede hacerlo, sí, ese no es el problema. Pero no me gusta la idea. Déjeme pensarlo unas horas a ver si puedo sugerir alguna otra cosa. No es eficiente conectar y desconectar la energía, y sospecho que la fundición por zonas le causará problemas con la estabilidad de rotación.

—Lo hará, pero ya estoy acostumbrado. —Regulo asintió—. Piénsalo, para eso pago a la gente. He tenido un principio durante cincuenta años, y nunca me ha fallado: no hay pago excesivo cuando se tiene un buen empleado. Podría hacerlo grabar sobre el escritorio, junto con los otros. —Miraba a Rob con mirada calculadora—. He estado pensando en ti, y en lo que harás cuando el Tallo esté terminado y en funcionamiento. ¿Te gustaría venir al Cinturón y dirigir las excavaciones en Lutecia? Y no como empleado —agregó, leyendo la expresión de Rob. Hizo una pausa para dar mayor peso a sus palabras—. Como socio. Buscaré la manera de que entres a formar parte de Empresas Regulo.

—¡Su socio! —Rob estaba más sorprendido de lo que dejó entrever—. Me halaga, por supuesto. Me halaga muchísimo. Pero no estoy seguro de querer estar lejos de la Tierra para siempre. Tengo proyectos allá.

—Entiendo —Regulo apagó la pantalla y la imagen del asteroide se desvaneció—. No es una decisión para tomar en caliente. Piénsalo, es lo único que te pido. Ya has visto la historia de la tecnología en la Tierra. ¿Te has fijado en que siempre ocurre lo mismo? Ha sido la maldición de la ciencia durante mil años. Los grandes hombres tienen ideas, los mediocres las llevan a cabo, y peores son los que se quedan con el control de su utilización. Mira las armas atómicas, por ejemplo, yendo en línea recta de Einstein a Denaga, desde un supergenio a casi un imbécil.

—Estoy de acuerdo. —Rob miró a Darius Regulo, con expresión dubitativa—. ¿Cree que eso puede cambiarse? Yo no lo creo.

—No allá —dijo Regulo, impaciente—. No podemos cambiar eso en la Tierra. Pero hay mucho que hacer en el Sistema, y la mayoría de esas cosas están fuera de la Tierra, en el Cinturón y más allá. Ahí está la acción. Ahí es donde hay una oportunidad para romper con la vieja manera de hacer las cosas. Si McAndrew no se equivoca, el Halo debe de estar lleno de núcleos de energía. Con energía suficiente disponible, se puede hacer casi cualquier cosa. Dentro de pocas generaciones más, los mejores ingenieros estarán trabajando más allá de Plutón. Podemos estar al principio de eso, si empezamos antes que ninguna otra persona en el Sistema.

Había un apasionamiento, casi un fervor religioso, en la voz áspera. Rob se sintió incómodo. Había una fuerza obsesiva en Regulo que sobrepasaba los propios límites de Rob.

—Vi el análisis de McAndrew —informó—. Es una obra impresionante. ¿Usted también predice una tendencia a alejarse de la Tierra?

—Caliban y yo —Regulo miró por instinto a la cámara dispuesta en la pared de enfrente a él—. No estoy de acuerdo con todos sus análisis, como sabes, pero no puedo discutir ese punto. Yo baso los míos en necesidades de la ingeniería. Dios sabe de dónde salen los suyos.

Rob había seguido la rápida mirada.

—¿Esa cámara le está transmitiendo todo a Caliban, hasta la esfera de agua?

—En todo momento. Le llegan datos desde toda Atlantis, de todo el Sistema. Discutimos sobre el tipo de lógica que utiliza, pero sea lo que fuere, no puede llegar a ninguna conclusión sin datos. Sycorax almacena los que vienen como corrientes paralelas y Caliban los absorbe cuando puede. Estará ocupado las próximas cuatro o cinco horas, absorbiendo los datos nuevos que llegaron en tu nave. —Regulo había mirado de pasada el reloj de la pared mientras hablaba, y volvió a mirarlo—. Será mejor que hablemos del Tallo. ¿Sabes cuánto hace que estamos hablando? Ése es tu problema, Merlin, hablas de las cosas que de verdad me interesan.

Comenzó a ponerse de pie, ahogó un gemido y se aferró al borde del escritorio. Se puso blanco de dolor. Rob rodeó el escritorio y lo tomó del brazo.

—¿Puedo ayudarle?

Regulo asintió.

—Llama a Morel —masculló—. Dile que iré dentro de un momento para que me ponga esas inyecciones de mierda.

Se enderezó despacio en la silla.

—A veces me pregunto si ese hombre me está curando o matando. Ayúdame a levantarme. Habrá que posponer la charla sobre el Tallo hasta que me encuentre mejor. —Tenía la frente perlada de sudor, pero mantenía la voz firme—. La sesión con Morel durará tres o cuatro horas. No me deja apresurarla. Si lo hago, hay que comenzar todo de nuevo, lo sé por experiencia, una dolorosa experiencia. Deberemos posponer la reunión hasta después del período de sueño.

Salió de detrás del escritorio, apartando la mano que le ofrecía Rob y se apoyó contra la pared.

—Y dile a Cornelia que necesito verla, por favor. En cuanto termine con Morel. Estará en la zona de deportes. —Logró sonreír, aunque no había alegría en el gesto—. No lo creerás, pero en una época le ganaba en las carreras de natación. Aunque de eso hace ya tiempo.

Salió del estudio, mientras Rob tomaba el intercomunicador y pasaba los breves mensajes de Regulo. Ni Morel ni Corrie respondieron a la señal, y dejó ambos mensajes en repetición automática. Luego miró su reloj. Faltaban cinco horas para la comida, tres o cuatro antes de que Morel y Regulo regresaran de la clínica. Caliban estaría ocupado con los nuevos datos, era el mejor momento.

Moviéndose con rapidez, Rob salió del estudio y se dirigió al perímetro exterior de la esfera central. Corrie estaría en la zona de deportes, trabajando duro en sus ejercicios. No tomó esa dirección, sino que volvió hacia el otro lado de la esfera, hacia el lugar donde se hallaban la planta industrial y los servicios de mantenimiento.

Dos o tres viajes hacia el laboratorio cerrado de Morel habían convencido a Rob de que el sistema de seguridad era estricto. El laboratorio estaba cerrado todo el tiempo, y en algún lugar un monitor advertía a Morel cuando alguien se aproximaba a la puerta del sello rojo. Rob lo había intentado desde varios lugares, pero no había conseguido encontrar otra vía de acceso que llevara al interior del laboratorio. La lógica indicaba que esa vía no existía, pues de lo contrario las precauciones de seguridad de Morel no tendrían sentido.

A Rob se le había ocurrido una única posibilidad, una manera de satisfacer su creciente curiosidad y su convicción de que el laboratorio ocultaba un importante secreto. El laboratorio se hallaba en el segmento exterior de la esfera de habitaciones. Una de las paredes debía de formar una especie de mampara divisoria que separaba la zona de habitaciones de la esfera de agua. La primera suposición de Rob fue la natural: la mampara no sería más que una pared. Luego observó que Caliban a menudo se ubicaba cerca de la zona de habitaciones que albergaba al laboratorio; es más, fue observar al calamar lo que llevó por primera vez a Rob a la zona del laboratorio. Parecía difícil creer que Caliban fuera allí a menos que hubiera algo más que una pared en blanco dando hacia la esfera de agua. Habría una pantalla o una ventana en la pared del laboratorio. No se podía saber eso desde las habitaciones interiores.

Después de investigar durante un tiempo, Rob había descartado la posibilidad de ver algo interesante desde fuera de Atlantis, o desde los conductos principales de acceso que llevaban a la esfera central. La visibilidad, incluso en las claras aguas de Atlantis, era como máximo de ciento cincuenta metros. Para hacer una inspección debía hacerla desde la esfera de agua.

Cuando su razonamiento lo llevó hasta ese punto, Rob se sintió inclinado a no seguir por ese camino. Debía de haber puntos de acceso a la esfera de agua desde la esfera interior, lo sabía. Se utilizaban cuando se iba a buscar comida para la mesa de Regulo. Eso no constituía ningún problema. Pero aunque hallara la manera de llegar a la esfera de agua, y además encontrar el equipo apropiado para bucear no sabía cómo evitar la principal dificultad. Regulo no reinaba en ese dominio, pertenecía a Caliban. Morel podía obligar al gran animal a la inactividad cuando alguien salía a la esfera de agua a recoger alimento, pero no lo haría por Rob.

Rob observó y esperó, más y más impaciente y curioso. Por fin obtuvo la información que le hacía falta. Cada vez que llegasen nuevos datos para Caliban provenientes de cualquier lugar fuera de Atlantis, aparecerían en las pantallas para que el animal los viera. En esos casos, el calamar no dejaría las pantallas hasta que finalizara la presentación de los datos. Al parecer, la curiosidad de Caliban por el mundo fuera de Atlantis no se saciaba con facilidad. Rob se preguntó hasta qué punto el inmenso animal comprendía que era un ejemplar único.

Rob había visto los datos que vinieron con él, y estaba de acuerdo con el cálculo de Regulo. Caliban estaría ocupado durante al menos cuatro horas, digiriendo todo lo que apareciera en las grabaciones de vídeo y los discos. Tiempo más que suficiente para los planes de Rob.

Los trajes para moverse en el interior lleno de agua de Atlantis eran de un diseño estándar, que Rob conocía por haberlos usado en proyectos de construcción bajo el mar en la Tierra. Almacenaban oxígeno suficiente para unas dos horas y media. Llevó uno hasta el punto principal de acceso a la esfera de agua, cerca de la planta industrial donde se controlaban la calefacción, la luz y la energía. No se veía a nadie de mantenimiento. Al meterse en el traje, Rob maldijo su propia negligencia. No había ejercitado las manos desde que dejó la Tierra y la torpeza con los cierres del traje se lo demostró. Por fin, vestido, salió por el conducto y entró en el mundo verde y en penumbras fuera de la esfera central.

Tardó unos segundos en orientarse. La temperatura del agua era más baja de lo que esperaba, pero no tanto como para que le resultara molesto. A esa profundidad quedaba poca luz difusa del sol, y el calor vendría fundamentalmente de la fuente termal proporcionada por la esfera central, o de la iluminación de tantos focos de luz. Éstos pendían del enrejado que cubría la esfera de agua, y proporcionaban la luz adecuada para la navegación de Rob.

Miró a su alrededor. El agua original de Atlantis debió de ser muy pura, pero ahora estaba llena del detrito de materia orgánica dejado por plantas y animales muertos, y de los nutrientes que circulaban desde el sistema de reciclaje de la zona central de habitaciones. La visibilidad había descendido a unos ochenta metros, y todo aparecía envuelto en una niebla verdosa. Más allá, las luces eran globos turquesa, suaves e irreales.

Rob comenzó a nadar a través de las aguas tranquilas, manteniendo la mano izquierda siempre cerca de la pared de la esfera. Siguió la zona ecuatorial de la zona de habitaciones, evitando los paneles de las ventanas y mirando siempre hacia la penumbra verde. La vegetación crecía profusamente en todos los puntos del enrejado interior, interrumpiendo y haciendo difusa la luz blanca del centro. Cada veinte metros salía una avenida hacia la superficie de Atlantis, una avenida de unos cuatro o cinco metros de ancho y sin plantas. Rob se detuvo y miró por una de éstas. La vegetación a lo largo de la avenida parecía haber sido limpiamente podada, o arrancada. Pensó en Caliban. Luego recordó, sin mucho entusiasmo, que el gran cefalópodo era exclusivamente carnívoro. Lo que veía en las avenidas despejadas sería efectos del trabajo llevado a cabo por el ejército de sirvientes robots que eran los que se encargaban de casi todo el mantenimiento en Atlantis.

Rob se detuvo un momento al llegar a la ventana del comedor por donde había visto a Caliban por primera vez. Estaba más o menos a medio camino de la zona de la esfera donde se hallaba el laboratorio. Miró el reloj. Había pasado casi una hora desde que Regulo se había ido a ver a Morel. No iba lo bastante rápido. Aumentando la velocidad, Rob nadó alrededor de la esfera y llegó, pocos minutos después, a otra ventana.

Ocultándose detrás de las paredes de metal, asomó apenas la cabeza y miró hacia adentro. Ésta era la habitación con la puerta de metal sellada que guardaba la entrada al laboratorio. Rob se volvió y miró a su alrededor entre las penumbras. Le comenzó a latir con fuerza el corazón cuando le pareció ver, por un instante, una forma grande que se movía en el límite de su visión. Tras unos minutos de tensión se dio cuenta de que no era más que la sombra de un gran arbusto de algas que se agitaba con las corrientes térmicas que transportaban provisión de nutrientes al interior de Atlantis. Nadó hasta la siguiente ventana, y se dejó deslizar hasta poder ver el interior.

Al principio, se sintió decepcionado. Era una sala que no había visto antes, amplia y con poca luz, pero dentro no había nadie. Las múltiples mesas y bancos que ocupaban el interior parecían corroborar la afirmación de Morel de que no era más que un laboratorio biológico común y corriente, diferente a otros sólo porque estaba mejor equipado. En el extremo más alejado había un equipo completo de cirugía, con todo lo necesario para operaciones de importancia y anestesia automática, y sobre una de las paredes había un laboratorio de análisis completo. Mientras Rob escudriñaba el interior, con la máscara del traje de buceo apretada contra la superficie de plástico transparente, alcanzó a percibir un mínimo movimiento a través de la puerta abierta al final de la sala. Se ocultó rápidamente y luego, muy despacio, volvió a mirar.

La puerta al final del laboratorio era de menos de un metro de ancho, en una habitación de al menos veinticinco metros de largo. Ofrecía una visión estrecha y pésima de lo que había más allá. Rob maldijo su falta de previsión. Lo que necesitaba era un telescopio, para ver la otra sala. No había visto ninguno en Atlantis, pero con seguridad habría varios. Era el instrumento más idóneo para ver bien la esfera de agua sin entrar en ella.

Rob se acercó más a la ventana. Transcurridos unos segundos, algo volvió a moverse cerca de la puerta. Pasó velozmente, y Rob alcanzó a tener una imagen muy fugaz. Pero fue suficiente. Había visto una forma pequeña, deforme, como humana. Era difícil calcular el tamaño, pero la cabeza parecía no llegar a un cuarto de la altura de la puerta. Un instante después otra forma parecida cruzó por la puerta en dirección opuesta, y luego otras dos, juntas. Después no se vio nada durante varios minutos.

Rob esperó, totalmente absorto en su deseo de ver, más allá de la puerta, la otra habitación. Había olvidado su nerviosa vigilancia de la esfera de agua y por el momento no había nada que explicara su impulso de volverse y mirar hacia atrás. Mucho después se dio cuenta de que evidentemente había sentido la onda de presión. Al volverse, vio de inmediato la forma oscura y larga de Caliban avanzando hacia él a una velocidad impresionante. El movimiento del animal era absolutamente silencioso; avanzaba impulsado por unos poderosos chorros de agua lanzados por una especie de sifón al final del manto de su cuerpo.

Era demasiado tarde para volver nadando por el costado de la esfera. Rob se apartó con fuerza de la ventana, estirando las piernas con todas sus fuerzas y escabulléndose dentro del arbusto más próximo. Se escondió entre las sombras, mientras Caliban pareció pensar si seguir a la forma que había desaparecido. En ese largo momento, Rob tuvo tiempo de pensar en cuál sería la dieta preferida del calamar. Por fin, Caliban avanzó hacia la ventana que Rob acababa de dejar. El animal se apoyó contra la lisa superficie con cuatro de sus largos brazos y comenzó a golpear contra la ventana con su pico negro, como el de un loro. A los pocos segundos Rob vio un movimiento del otro lado del panel transparente. Caliban apoyó otro par de brazos a la superficie de la esfera, y comenzó a moverlos en un movimiento extraño y específico contra el plástico.

Rob se vio arrastrado por dos fuertes impulsos opuestos. La prudencia le indicaba que debía irse de inmediato, mientras el calamar estaba ocupado con el interior del laboratorio, pero, ya que había llegado tan lejos, Rob quería ver lo máximo posible. Otra mirada al reloj decidió por él. Habían pasado más de dos horas desde que se había puesto el traje. Manteniéndose lo más posible al abrigo de las algas, Rob comenzó a nadar despacio de regreso al conducto de acceso, yendo silenciosamente de un denso grupo de vegetación al siguiente. Antes de estar fuera de la visión de Caliban se detuvo y volvió la cabeza para mirar por última vez.

El calamar seguía ante la ventana, mirando hacia adentro con uno de sus grandes ojos amarillos. El otro parecía mirar en dirección a Rob, pero seguía ese movimiento regular de un par de brazos. Rob nadó unos diez metros más y se arriesgó a subir a la superficie de la esfera. La curvatura de la superficie lo sacó de la línea de visión de Caliban, y abandonó la cautela para nadar lo más rápido posible hacia el conducto de entrada. Pasó por él, se quitó el traje con dedos torpes y enseguida se dirigió al estudio de Regulo.

Llegó a la puerta cuando Corrie se acercaba por el corredor desde el otro extremo. Ella le miró el rostro pálido y el pelo desordenado.

—Ah, estás aquí. Me preguntaba dónde te habías metido.

—He ido a mirar la planta de reciclaje y mantenimiento —dijo Rob con tono indiferente—. Quería saber hasta qué punto Atlantis era autosuficiente con sólo una provisión de energía interna. ¿Has recibido el mensaje que te dejé? Regulo quiere verte en cuanto termine con Morel.

—Acabo de hablar con él. Creía que tú estabas conmigo en la zona de deportes. ¿Has estado en mantenimiento todo este tiempo?

Rob se encogió de hombros, deliberadamente indiferente.

—No me sentía con muchas energías. Hacer ejercicio sin paisaje a la vista me aburre. Cuando Regulo se fue del estudio estuve estudiando un poco más los planos del Tallo. Seguimos investigando para conseguir una buena estabilidad. No sé cuánto tiempo le he dedicado, pero como no venía nadie he ido a echar un vistazo al otro lado de la esfera.

Corrie le miraba de una manera extraña, pero no puso en duda sus afirmaciones. ¿Adónde más enviaría sus mensajes la cámara que estaba en el estudio de Regulo? Tal vez alguien más, aparte de Caliban y Sycorax, recibía las imágenes. Rob abrió la puerta, pero Corrie siguió avanzando por el corredor.

—Voy a ver a Regulo —anunció ella—. ¿Estarás listo para la cena, o seguiréis trabajando?

—Creo que Regulo tiene que descansar —respondió Rob—. Se encontraba muy mal. Trataré de obligarle a mantener su palabra de posponer el trabajo hasta después de dormir un poco.

—Buena suerte —dijo Corrie, haciendo una mueca—. Ya conoces a Regulo. Se alimenta de trabajo.

Corrie se fue y Rob entró en el estudio. Para su alivio, la cámara estaba desconectada. Habría algún control automático que activaba el sistema sólo cuando había sonido o movimiento en la habitación. Rob se detuvo frente al escritorio y se sintió aliviado al ver que de inmediato se encendía la luz roja bajo la cámara. Debía recordar mencionar delante de Corrie que había estado lejos del escritorio, fuera del alcance de la cámara. Incluso así, Rob se preguntó en qué otros puntos de Atlantis se recibirían todas esas señales.

13

LOS AMOS DE ATLANTIS

La cena resultó desagradable, a pesar del asombroso despliegue de productos comestibles que Regulo había hecho traer de los jardines acuáticos de Atlantis. Rob sabía que su propia sensibilidad hacia la atmósfera reinante en el gran comedor estaba exacerbada. Necesitaba pruebas de que su viaje por la esfera de agua no había sido detectado. Sentía, sin embargo, que Morel le dirigía rápidas miradas llenas de odio cada vez que él miraba hacia otro lado. Había una tensión desagradable entre los dos hombres y Regulo sufría las secuelas del tratamiento de Morel, su «dosis normal de veneno», como decía él, y no tenía la energía necesaria para embarcarse en las libres elucubraciones que por lo común caracterizaban las comidas en Atlantis. Y Corrie, por alguna razón, no miraba a nadie. Estaba sentada allí, apartada y casi muda, sin apetito.

Fue un alivio cuando Regulo sugirió que Corrie llevara a Rob a la superficie exterior de Atlantis y le mostrara el pequeño asteroide, ya preparado para las operaciones de minería que comenzarían en pocas horas.

—No tengo fuerzas para ir yo mismo —dijo—. Siempre existe la posibilidad de descubrir algo en la observación directa que no aparece en una holopantalla. Ocúpate de ese problema, Merlin; la holopantalla debería aportar la amplitud y la información de fases necesarias para una reconstrucción lo bastante buena como para engañar al ojo humano, pero en algún lugar se pierde información.

—¿Canales de transmisión con exceso de ruido?

—No, que yo haya visto. Compruébalo tú mismo, a ver si no es sólo mi imaginación.

Corrie cambió de ánimo apenas estuvieron con los trajes puestos subiendo por el amplio conducto que llevaba desde la esfera de habitaciones hasta la superficie de Atlantis.

—¿Qué os pasa a ti y a Morel? —preguntó ella.

—No me cae bien. —Rob se había detenido mientras subían para observar el panel donde había visto por primera vez un asomo de Caliban en su visita inicial a Atlantis—. ¿Has notado cómo me miraba?

—Y cómo lo mirabas tú. Se sentía cómo os apuñalabais a través de la mesa. —Comenzó a guiarlo por el conducto, hacia la salida—. Mira, si vas a pasar mucho tiempo en Atlantis, tú y Morel deberéis aprender a trabajar juntos. Quería salir de la zona de habitaciones para poder hablarte de esto. Creo que Regulo se dio cuenta, por eso sugirió que viniéramos. A ti no te gusta Morel, está bien. A mí tampoco. Pero es sumamente útil para Regulo.

—Es un hombre brillante —dijo Rob—. Lo sé, pero no confío en él. ¿Hasta qué punto Regulo depende de Morel para su tratamiento?

—Podría tener otro doctor, ésa no es la cuestión. Pero resulta que Morel es la máxima autoridad en el Sistema para el tratamiento del *Cancer crudelis* y del *Cancer pertinax*. Ha sido pionero en todo lo que sirve de algo para tratar las dos enfermedades. Regulo estaría loco si aceptara otro médico, cuando Morel está satisfecho con quedarse aquí y trabajar en Atlantis.

Rob la miró sorprendido. Corrie daba por sentado que él sabía de la enfermedad de Regulo, a pesar de su anterior reticencia a hablar sobre ella. Su cara la ocultaba la placa reflectora del traje.

—¿Crees que Morel encontrará el remedio? —preguntó.

—Para la enfermedad de Regulo no. Morel ha tenido un éxito absoluto con el *crudelis*, y ha conseguido detener el *pertinax* e incluso revertirlo con medicamentos en pruebas de laboratorio. Pero cuando lo intentó con Regulo los efectos secundarios fueron tan malos que tuvo que interrumpir el tratamiento transcurridas pocas semanas.

—Pero sigue intentándolo.

—Por supuesto. Morel trabaja muchísimo, pero es una enfermedad terrible —pareció estremecerse dentro del traje—. ¿Has visto alguna vez fotografías de Regulo cuando era joven? Estaba muy bien. No lo reconocerías, por su aspecto de hoy.

Ya habían llegado a la superficie de Atlantis. El asteroide flotaba a unos cinco kilómetros por encima de sus cabezas, brillando con una resplandeciente luz anaranjada contra el campo de estrellas. La pequeña diferencia entre su órbita y la de Atlantis reducía poco a poco la distancia entre ambos cuerpos. En un eje polar del asteroide, Rob vio la silueta negra de la Araña, con la trompa alargada como una fina línea de hilo oscuro contra el resplandor anaranjado. El satélite de energía, con los receptores fotovoltaicos vueltos hacia el Sol, pendía como una vela inmensa en el otro polo del asteroide. La primera etapa había terminado, y en pocas horas más todo el interior estaría derretido. Por el color de la masa en movimiento, Rob juzgó que había llegado a unos setecientos. La irregular superficie de la roca ya se desdibujaba, a medida que los materiales se ablandaban y manaban por el calor sostenido.

Corrie permanecía cerca de él en la entrada.

—¿Quién te ha informado sobre la enfermedad de Regulo? —preguntó con suavidad.

—Senta —contestó Rob, y de inmediato lamentó haberlo dicho. Vio que Corrie se ponía rígida dentro del traje.

—¿Has vuelto a verla después del encuentro en Camino Abajo?

—Por mediación de Howard Anson —Rob deseó habérselo comentado antes, pero seguía reacio a explicarle el objeto de esos encuentros—. Howard tiene un Servicio de Informaciones, ¿lo sabías, no? —continuó—. He sido cliente suyo durante años, pero no lo relacionaba hasta que me contó en qué se ocupaba. Él y Senta viven juntos. Ella me dijo que Regulo era muy atractivo antes de que se agravara su enfermedad.

—¿Con qué frecuencia les has visto? —La voz de Corrie sonó seca, y se veía que no iba a cambiar de tema.

—Dos veces. —Rob pensó que había llegado el momento de recurrir a una medida desesperada—. Me sorprendió algo que me contó. Dice que Darius Regulo es tu padre, que fuiste concebida cuando vivían juntos. Me llamó la atención que no me lo hubieras comentado.

La reacción de Corrie sorprendió a Rob. Se inclinó hacia adelante, y la parte superior de su traje comenzó a sacudirse, como si le hubiera dado un ataque. Después de uno o dos segundos se dio cuenta de que Corrie se estaba riendo, genuina o falsamente divertida. Rob no había dicho nada gracioso.

—¡Esa historia otra vez! —dijo ella por fin—. Creía que ya la había olvidado. Rob, todavía no entiendes a Senta. No es bueno decir algo así de la madre de una, lo sé, pero Senta vive en un mundo de sueños. Siempre ha sido así, desde que la conozco, al menos. ¡Que Darius Regulo es mi padre! ¿Qué ha dicho él cuando se lo has preguntado?

Rob miraba el asteroide frente a él, buscando alguna señal de oscilación en la rotación.

—No he llegado a preguntárselo. Habíamos empezado a hablar de Senta, pero ha cambiado de tema. No es fácil hablar de algo con Regulo cuando él quiere hablar de otra cosa.

—Pregúntaselo y hazlo cuando esté cansado. Sabes que Senta es adicta a la taliza, la mitad del tiempo se la pasa intentando escapar del mundo real. —Corrie se había acercado mucho a Rob—. Es cierto que vivió con Regulo mucho tiempo, y es cierto que concibió a una criatura pronto, después de la separación, a mí. Cuando yo era pequeña, me hablaba de Regulo, me decía que yo era hija suya. Pero pocos años después comencé a entender mejor a Senta. Jamás admitiría haber tenido un hijo con un hombre común y corriente. ¿Te das cuenta? Ha de creer que ha sido con el hombre más rico, más poderoso y más misterioso de todo el Sistema.

—Entonces, ¿quién es tu padre? —Después de lo que había visto en los laboratorios y de su arriesgada huida de Caliban, Rob comenzaba a sentir que la realidad se le escapaba de entre las manos. Había un límite a la cantidad de sorpresas que podía absorber en un solo día.

—No lo sé. Pudo haber sido Regulo, lo admito. Lo más probable es que haya sido algún rico parásito, o uno de sus admiradores con aspecto espiritual. Senta tiene debilidad por los hombres jóvenes y buenos mozos. Recuerda cómo te miraba cuando la conociste.

—Estaba en pleno trance de taliza. —Rob pensó que Corrie no entendía en absoluto las esperanzas y los temores de su propia madre. Howard Anson jugaba el papel del parásito social, pero había hierro debajo de esa superficie blanda. ¿Y Regulo? ¿Había cambiado Senta desde la infancia de Corrie?

—No creo que la taliza haga las cosas muy diferentes —Corrie apoyó la mano en la manga del traje de Rob—. Escucha, Rob, si a mí no me preocupa quién fue mi padre, ¿por qué te vas a preocupar tú? Yo soy yo. No soy Senta, ni soy Regulo, ni pertenezco a ninguno de los dos. ¿No puedes aceptarme por lo que soy? —Se volvió y comenzó a dirigirse por el conducto hacia la esfera central de Atlantis. Rob la siguió vacilante—. Si te preguntas por qué vine aquí a trabajar con Regulo apenas fue legalmente posible —prosiguió—, intenta comprenderme. Había oído las historias de Senta sobre él desde que tuve edad para entender una frase. Quería conocerlo, y pasé el Examen de Aptitud para el Espacio antes de cumplir los diez años. Cuando tuve la oportunidad de obtener un trabajo aquí, no la desperdicié. Y lo conseguí, sin ninguna ayuda especial de Regulo ni de nadie. Y me ha ido bien.

Corrie iba delante de Rob, un resplandor plateado del traje contra las paredes oscuras. Su voz, clara y airada, se oía con nitidez por la radio del traje, pero avanzaba mucho más rápido que él. Rob no conocía tan bien la estructura interior de Atlantis.

—¡Eh! Corrie. ¿Qué prisa tienes? —preguntó, tratando de ir más deprisa.

—Me he cansado de hablar de eso. Es todo. —Ella había pasado la segunda esclusa y doblaba hacia la esfera—. Si quieres seguir hablando, prométeme que no será sobre Senta y Regulo. Estaré en mi habitación. Ven si quieres.

Rob siguió despacio. Ahora estaba más confundido que antes. Alguien le mentía, pero la gran pregunta no era ¿quién? sino ¿por qué?

Deseó poder comentárselo a Howard Anson, pero éste estaba en la Tierra, a millones de kilómetros de distancia. Rob no confiaba en la intimidad de los comunicadores en Atlantis. Hasta llegar a L-4 se las tendría que componer por su cuenta. Mientras se dirigía a la habitación de Corrie repasó mentalmente la lista de preguntas que debía responder antes de seguir el consejo de Corrie de olvidar el pasado.

Las habitaciones de Corrie estaban cerca del «polo» de la esfera de las habitaciones, en el eje de rotación donde la gravedad que proporcionaba el movimiento de Atlantis era mínima. Una pared entera de la habitación principal era un panel transparente que daba al jardín submarino profusamente iluminado. Brillantes bancos de peces se movían con pereza entre las algas verdes y moradas, como un arco iris viviente.

Rob podía sentarse horas allí, mirando hacia afuera, sin hablar. Corrie había diseñado ella misma el paisaje, con ayuda de los robots jardineros, y por eso le había complacido el interés de Rob. Pero luego descubrió que para Rob no era más que un telón de fondo neutral para los cálculos de diseño que ocupaban casi todas sus horas de vigilia. Cuando se sumergía en sus cavilaciones no veía la exhibición de vida detrás de la ventana. Tras dos o tres intentos, Corrie decidió que era inútil. El interés de Rob en las bellezas de la Naturaleza no podía competir con su fascinación con las tuberías, los cables, las compuertas, las poleas y los lastres.

Para cuando Rob atravesó la esclusa interior del conducto de acceso y llegó a las habitaciones de Corrie, ella ya se había puesto una de sus mallas livianas. Estaba a casi un metro del suelo, con las piernas cruzadas debajo de sí, mirando el gracioso desfile de los peces por el panel. Cuando Rob entró, Corrie volvió la cabeza y le indicó que no hiciera ruido. Tenía la cabeza hacia un lado, escuchando. Rob se acercó. Pocos segundos después, él también lo oyó, era un tamborileo regular contra la pared exterior, seguido poco después por una secuencia irregular de golpes más fuertes.

Miró a Corrie con mirada interrogadora.

—No sé —dijo ella en voz baja—. Ha empezado cuando me estaba cambiando de ropa, y al principio no he prestado demasiada atención. Hizo una seña hacia la izquierda—. Me parece que viene de ese lado, pero viene de lejos.

Rob se aproximó al panel e intentó ver más allá de la curva de la pared exterior, pero no se veía nada.

—Vamos a ver. Tiene que haber otro panel en esa dirección.

—No hay necesidad. Puedo hacer algo mejor. —Corrie flotó hasta el elaborado panel de controles situado en una de las paredes de la habitación. Conectó la gran pantalla montada junto a los controles—. Cuando llegué aquí me di cuenta de que era difícil saber dónde estaba la gente en la esfera de habitaciones, y quería ver los peces y las plantas de afuera. Encontré una manera fácil para poder hacerlo. ¿Sabías que hay cámaras por todo Atlantis, dentro y fuera, para que Caliban reciba información sobre todo lo que sucede? Yo interferí el equipo que cubre la esfera de habitaciones y la esfera de agua. Lo único que hay que hacer es escoger la cámara adecuada.

Rob miró la cantidad de controles. Según los interruptores, había varios cientos de cámaras en funcionamiento. Caramba con su viaje «secreto» a la esfera de agua. Habría sido cuestión de pura suerte que lo hubieran observado o no, y si Corrie podía interferir la red de cámaras, cualquiera podría hacerlo. ¿Habría estado Corrie aquí arriba mientras él exploraba? Rob recordó de pronto la inesperada aparición de Caliban. Según los horarios usuales, el calamar debía estar ocupado analizando los datos llegados con Rob en la nave. Si alguien había interrumpido eso intencionadamente, la súbita aparición de Caliban en la esfera central no había sido un accidente. El accidente era que Rob hubiera sobrevivido. Caliban halló algo de un tremendo interés para él en el laboratorio central. Bien, lo mismo le había sucedido a Rob, pero el rey de la esfera de agua había tenido tiempo de observar el laboratorio sin prisa.

Corrie jugaba con los interruptores de los controles, moviéndolos rápidamente y sin desviar su atención de la pantalla.

—Casi lo tengo —dijo. La imagen era la tomada por una cámara situada en la esfera de agua. Enfocaba la mampara de metal y plástico que rodeaba a la esfera de las habitaciones. Corrie hizo un último ajuste y la imagen apareció dividida en la pantalla. Tenían una visión frontal y una lateral de parte de la esfera de habitaciones en la pantalla.

Esa parte de la esfera central había sido modificada. En lugar de una pared lisa de metal, o de un panel transparente, miraban una inmensa pantalla visora ubicada en la pared exterior de la esfera. Mostraba un elaborado diseño de colores cambiantes. Frente a éste, con los tentáculos inflamados en el arco de una postura de «ataque», flotaba la masa colosal de Caliban.

Mientras ellos miraban, el calamar se acercó a la pantalla y se aseguró a ella con seis de sus poderosos brazos. Después de unos segundos, el animal comenzó a pegarle a la pantalla con el pico. Volvieron a oír las pesadas vibraciones, transmitidas a través de la pared exterior.

Caliban estaba furioso. Rob veía los otros cuatro brazos, que tenían en la cara interior unas ventosas más grandes que la palma de su mano,

azotando el agua. Poderosas contracciones la agitaban saliendo del inmenso cuerpo. Después de algunos segundos más, Caliban soltó la pared. En un movimiento convulsivo, estiró y encogió los diez grandes tentáculos.

—Es otra lucha con Morel —susurró Corrie, casi como si Morel pudiera oírla—. Ya he visto esta escena antes. Morel golpea a Caliban en los centros del dolor. Así lo obliga a cooperar en el análisis de la información. Esta vez parece que no funciona.

Mientras Corrie hablaba, el gran calamar se había estirado por completo y avanzaba otra vez hacia la gran pantalla visora. Por tercera vez oyeron el ruido del pico golpeando la pared exterior y esta vez vieron también cómo la pesada mampara se flexionaba y se doblaba. Los tentáculos y las ventosas eran capaces de una fuerza extraordinaria.

—Sabe que Morel está adentro, detrás del panel —explicó Corrie en voz baja— pero no sabe cómo llegar a él. Si Morel no se equivoca con respecto a la inteligencia de Caliban, debería preocuparse. Algún día Caliban hallará la manera de llegar a él.

Aunque ellos no veían a Morel, Rob se dio cuenta de que presenciaban una verdadera batalla de voluntades. La presencia del hombre se sabía sólo por los diseños caleidoscópicos en la pantalla y las periódicas convulsiones de dolor del calamar gigante. Pero estaba allí. Rob se lo imaginaba, con la piel clara sonrojada de ira, intentando doblegar a Caliban para que obedeciera sus deseos. El animal se resistía con desesperación. Al fin, tras cuatro ataques más a la pared, Caliban se retiró y recogió todos los tentáculos alrededor del cuerpo. Al hacerlo, el diseño sobre la pantalla cambió, convirtiéndose en un movimiento liso y ordenado de luz coloreada.

—Se ha rendido —dijo Corrie—. Hace lo que Morel quiere. Nunca he presenciado una lucha como ésta. O Caliban se está haciendo más resistente o Morel quiere sacarle algo que él realmente no quiere dar.

—Tal vez Morel no buscaba información —apuntó Rob—. Quizá castigaba a Caliban por algo que ha hecho.

O que no ha hecho. De pronto Rob recordó el peligro del que se había librado. ¿Por qué había aparecido Caliban de pronto en la ventana del laboratorio? Podía ser que Morel lo hubiera llamado allí. En ese caso, ¿castigaba Morel al calamar por no haber hecho lo que de él se esperaba? Eso explicaría las miradas venenosas de Morel a Rob durante la cena, aunque no la intensidad del odio de Morel hacia él. Debía relacionarse con el laboratorio secreto.

Rob ya había decidido que no volvería a la esfera de agua hasta no saber más sobre el funcionamiento de Atlantis. Regulo y Morel habían hecho de todo el asteroide una maravilla de control remoto. No había manera de saber qué cosas en el mundo acuático podían convertirse en un conveniente instrumento para eliminar a un visitante curioso. Debería investigar el laboratorio desde dentro de la zona de habitaciones y eso implicaba contar con un equipo que no poseía en ese momento. Rob se obligó a aceptar la idea de que debía tener paciencia.

Justo antes de que Corrie volviera la ventana exterior a su tono opaco y bajara las luces de la habitación, Rob tuvo un pensamiento fugaz e inquietante. Los medios para eliminarlo no tenían por qué confinarse a la esfera de agua. Si Morel deseaba matarlo habría cien maneras de hacerlo en la esfera de habitaciones. Rob volvería a L-4 en dos días. Mientras tanto, no estaría de más tener cuidado.

Resueltas un par de breves y típicas dificultades de último momento, la extrusión había comenzado. Mientras Regulo manejaba los controles principales, Rob concentró su atención en la Araña. Llevaba a cabo la extrusión de materiales a alta temperatura de manera adecuada, pero a él no le acababa de gustar. Estaban teniendo efectos de calor diferenciales en el cable extrusionado y eso lo debilitaría.

—No podemos utilizar la Araña así en un asteroide grande —le dijo a Regulo, que examinaba una muestra del último fragmento de cable—. Deberé hacer algunos cambios. Lo siento, pero no veo manera de hacerlo a menos que vaya al Cinturón cuando tenga listo el asteroide grande.

Regulo observaba el cable que salía serpenteando al rojo vivo del brillante hilador de la Araña.

—Por mí no hay problema. Esperaba que fueras, de todos modos. Tendremos a Atlantis en el Cinturón para entonces. —Oprimió una tecla para tener una lectura espectrográfica—. ¿Ves? Ése es el último de los volátiles que sale por el orificio lateral. La próxima vez los recogeremos y los almacenaremos en una esfera separada. Cuando se enfríen serán una útil masa de reacción. Mejor que hacerle agujeros a la roca esperando tocar las vetas apropiadas, ¿eh? Mira eso.

Regulo le pasó los resultados de la muestra a Rob, que apartó los ojos de la Araña lo suficiente para efectuar una rápida evaluación.

—Estamos en la cuarta capa —comentó después—. A cuarenta metros de profundidad. Esperaba encontrar hierro y níquel, pero el cobre y el cobalto son una agradable sorpresa. ¿Sabe? Podría tener una alternativa para su idea de minería por zonas. ¿Por qué no comenzar los trabajos en el eje de rotación? Si pusiéramos la trompa a lo largo del eje, primero obtendríamos todos los elementos livianos. Cuando éstos ya se hayan agotado podemos llevar los pesados al medio sin necesidad de mover la trompa.

Regulo se reclinó en su asiento. Los beneficios del tratamiento de Morel eran obvios. Ya no se encogía de dolor al mover las articulaciones, ni tenía espasmos musculares mientras operaba el panel de control.

—Parece buena idea, pero no creo que funcione —dijo por fin—. Iríamos en contra del flujo natural de los materiales. Cuando la bola comienza a girar, todo tiende a salir hacia afuera y la aceleración centrífuga hace el trabajo por nosotros. Si comienzas en el eje necesitarás hallar la manera de encoger la bola a medida que se produce la extrusión. No veo ninguna manera de hacerlo sin gastar mucha energía. —Se encogió de hombros—. Ésa es mi opinión a primera vista, pero no me hagas demasiado caso. Necesitamos opciones, y hay más de una manera de hacer casi todas las cosas. Estúdialo cuando estés con el Tallo, y ya que estamos, hablemos de tiempos. Atlantis estará en el Cinturón y lista para la acción con Lutecia dentro de cuatro meses. ¿Encaja con tus planes?

—Yo haré bajar al Tallo desde L-4 dentro de noventa días —Rob miraba la brillante corriente de metal que salía de la hiladora. ¿Era su imaginación o el asteroide se había encogido tanto que se notaba la diferencia?— Realizaremos el aterrizaje y amarre cinco días después de dejar L-4. Si me tiene preparada una nave, puedo estar aquí dentro de noventa y seis días, más el tiempo de tránsito, que no sé cuánto será.

—Treinta días al menos. Probablemente casi sesenta —Regulo fruncía el ceño—. Ya conoces esas reglas de porquería. Si me permitieran ponerle un propulsor decente a algunas de las naves, podría reducir el tiempo de tránsito a la mitad. Hace un año pedí a Cornelia que me hiciera un estudio de las finanzas. ¿Sabes que la mitad de nuestros recursos están atascados todo el tiempo, a la espera de que los materiales lleguen a donde los necesitamos en el Sistema? No hablo de los costos de transporte, siquiera. Hablo de los efectos del retraso en los presupuestos.

Rob se encogió de hombros.

—A mí tampoco me gusta que se tarde tanto tiempo en viajar a través del Sistema, pero debemos resignarnos. —Regulo tenía entre manos un viejo y conocido problema, y Rob veía pocas posibilidades de cambiar las reglas. Pasarían mejor el tiempo estudiando los cambios que necesitarían para la Araña.

—Los viajes al Cinturón no son malos si no tiene mucho trabajo que lo mantenga ocupado —continuó—. No se puede luchar contra las leyes de la dinámica. A menos que invente un transmisor de materia, estamos atascados con los tiempos de tránsito. Su única esperanza está en los Coordinadores Generales. Consiga que cambien las leyes sobre aceleraciones de impulso y podrá reducir los tiempos.

Rob acercó hacia sí una libreta y comenzó a trazar un esquema para el proceso de extrusión de la Araña. Quería comenzar a analizar las modificaciones al diseño. Regulo miró al joven con gesto paternal.

—No soy un teórico —dijo—. No encontrarás un transmisor de materia dentro de mi cabeza. Las únicas soluciones que puedo ofrecer se basan en cosas que ya comprendemos: la simple dinámica y el diseño de ingeniería. Déjame ver eso. Sigo queriendo saber más sobre la Araña, aunque tú tengas todos los derechos de fabricación.

Rob movió la hoja para que Regulo viera su trabajo. Se hizo un largo silencio, mientras Rob cambiaba el perfil de la boquilla. Mientras Darius Regulo miraba, la pantalla frente a los dos hombres mostraba el constante achicamiento del asteroide fundido que se consumía por la operación de minería. Nunca era fácil leer la expresión en la cara del viejo, en ese rostro tan transformado por la enfermedad. De todas maneras, había algo en sus ojos que poca gente vería alguna vez. Era una mirada de satisfacción y un secreto placer.

14

EL MISTERIO DEL DUENDE

—Escúchame, Howard, no hay modo de que pueda bajar antes de que lancemos el cable dentro de cinco días y nuestra planificación es muy estricta. ¿No puedes decirme lo más importante y dejar el resto para después del amarre?

La imagen de Rob Merlin que aparecía en la pantalla era inquietante. Howard Anson ajustó y aumentó la imagen y miró más de cerca la imagen ampliada. No había duda, Rob mostraba todos los signos de una fuerte tensión. Tenía los ojos hundidos y profundas ojeras, y estaba más pálido y delgado que nunca. Anson se preguntó cuán cerca del límite había llegado Rob.

—Todavía te quedan cinco días, Rob —dijo—. No podrás bajar el Tallo si te matas trabajando antes de tiempo. ¿No puedes delegar parte del trabajo?

—En este momento no —Rob esbozó una triste sonrisa—. He pasado por lo mismo en los trabajos de construcción de puentes. Se puede delegar la parte mecánica pero no la responsabilidad. No te preocupes. Sobreviviré. Si pudiera apartar de mi mente a esos Duendes, el resto del trabajo sería mucho más fácil de soportar. He tenido ideas nuevas con respecto a ellos. Cuando haya lanzado el cable quiero tener otra conversación contigo para asegurarme de que no estoy inventando algo donde nada existe o construyendo una teoría que va en contra de los hechos conocidos. Ojalá hubiera avanzado más mientras estuve en Atlantis.

—No —Anson movió la cabeza con firmeza. Estaba sentado ante un gran escritorio en su oficina del Servicio de Informaciones con un montón de papeles frente a él—. He descubierto algo más sobre Morel. Ya has corrido demasiados riesgos. Ha podido matarte de diez maneras y creo que lo habría hecho ya si tuviera una razón lo bastante poderosa. Los informes muestran que siempre ha trabajado con lógica y que lo que *él* quería hacer siempre era más importante que cualquiera otra cosa. Has tenido suerte sobreviviendo a ese viaje a la esfera de agua; si regresas al menos debes prepararte como corresponde.

—Intento hacerlo. Si todo sale bien con el Tallo estaré en Atlantis dentro de un par de meses. Te he enviado una lista del equipo que necesito.

—Espera a oír lo que tengo que contarte, Rob. Tus planes podrían cambiar. Ésa es la razón por la que te he llamado. Hemos encontrado nuevos datos sobre los Duendes.

—¿Qué? —En su entusiasmo Rob se acercó más a la pantalla, de modo que la imagen de su rostro ansioso llenó toda la pared en la oficina de Anson. Tenía los ojos alerta, pero todo el resto de su aspecto indicaba que hacía semanas que no se ocupaba de sí mismo—. ¿De cuándo son? ¿De hace mucho? ¿De cuando mis padres murieron?

—Detente —Anson levantó una bien cuidada mano—. Me estás haciendo varias preguntas al mismo tiempo. Me has pedido un resumen y te lo daré. Entraré en detalles más tarde si los necesitas. Prepárate para grabar, voy a darte el material palabra por palabra.

—Espera un momento. —Rob conectó una unidad de almacenamiento de datos. La estación de control del Tallo-de-habichuela, una de las doce diseminadas entre L-4 y la órbita sincrónica, permitía comunicaciones directas con la oficina de Anson en la Tierra. Para dos hombres que habían estado hablando con varios segundos de espera, la fracción de segundo de ahora era un lujo agradable. Anson esperó la señal de control que indicaría que podía transmitir directamente a la unidad de grabación.

—No es información antigua —dijo—. Es más, casi no la registramos porque es demasiado reciente. Como sabes, hemos revisado informes que datan en su mayoría de más de veinte años. Pero la semana pasada un empleado mío encontró algo de hace sólo dos semanas. Lo obtuvo de un programa de «Aunque usted no lo crea» en una estación de noticias en Base Tycho, el último lugar en el Sistema en el que se me hubiera ocurrido buscar. Iba a dejarlo de lado hasta que llegué a la descripción física, entonces cambié de idea y lo estudié con atención. Escucha esto. Cito textualmente: «Bueno, parece que los Hombrecitos están otra vez entre nosotros, estimado público, si hemos de creer lo que afirma Lenny Pascal.»

Anson levantó la mano.

—Interrumpe la grabación un momento, Rob. Yo estoy acostumbrado a «Aunque usted no lo crea» pero, por si tú no lo estás, debo advertirte que el estilo es tan elegante que quizá te den ganas de vomitar. Pero de todas formas creo que debes grabarlo palabra por palabra. No hagas caso de la forma y concéntrate en el contenido.

Asintió y la señal de Grabado volvió a aparecer.

»El amigo Lenny había salido a reparar una de las grandes antenas, en la repetidora. Es ingeniero de sistemas y trabaja en ST & T, desde hace casi veinticinco años. Sentado allí en la base de la antena su traje de pronto le dice que hay un asteroide que viene volando, volando por los aires hacia él. Se mueve tan despacio y está tan cerca que la señal que recibe Lenny a través del radar es muy fuerte. Dice que estaba tan cerca que podría alcanzarlo con un escupitajo, pero los radares detectores no emiten ninguna señal, por eso sabe que no hay peligro de que se dé contra nada. Así que ni se preocupa, ni se interesa demasiado. Cuando uno ha visto un asteroide, los ha visto todos.

»Entonces nuestro amigo Lenny se queda allí sentado pensando en ese asteroide, y piensa que nunca se ven tan cerca. Después de un rato se dice que si está tan cerca, tendría que poder verlo con sus propios ojos, no sólo con el sensor. Entonces mira a su alrededor y, ¿a que no saben lo que pasa? Puede verlo. Sólo que no es un asteroide, por lo menos Lenny dice que no lo era. Es una cápsula espacial sellada, con un impulsor Mischener en un extremo. Me hace recordar una vez que yo vi una de esas cápsulas.»

Anson hizo una pausa.

—Voy a saltarme una parte, Rob. Hay tres minutos de programa enteros en los que Tinman Petey (ése es el nombre de la fístula medio idiota que dirige el programa) le cuenta al público toda la historia de cuando conoció a su tercera mujer. No sé qué le pareció a su público, pero para mí fue demasiado. Adelantaré hasta el momento en que sigue hablando de Lenny Pascal.

»Entonces Lenny ajusta los propulsores de su traje y sale a echar una mirada de cerca. La roca va a unos diez metros por segundo, así que no le llevará mucho tiempo ir, y volver después a seguir reparando las antenas. Llega frente a la cápsula y... ¿qué creen que vio? ¿A Lindy Lamarr, tal vez, desnuda, como una repetición de algo de Kerr y Newman? No, señor. Pero ojalá hubiera sido eso, ¿eh?

»Son dos Hombrecitos, flotando dentro de la cápsula, desnudos como criaturitas, salvo por una especie de collar. No se mueven y Lenny decide mirar más de cerca. No hay ninguna ley contra los Hombrecitos desnudos, piensa, siempre y cuando se ocupen de sus propios asuntos, pero él no puede evitar que le pique la curiosidad. Así que golpea en la parte exterior de la cápsula.

»Siguen inmóviles. Entonces Lenny toma esa actitud casi como una invitación para entrar, y entra por el conducto. Un conducto de tamaño normal, dice, nada diminuto. Entonces se da cuenta de por qué no lo habían invitado a pasar. Al parecer están muertos los dos. Dos Hombrecitos, con barbas y feos como pegarle a la madre, de medio metro de largo y muy, pero que muy feos.

»Nuestro amigo Lenny mira a su alrededor allí dentro, pero no ve nada que pudiera haberlos matado, ni tienen heridas ni quemaduras. Los mira más de cerca y se da cuenta de que tienen muchos huesos rotos, debajo de la piel, como si alguien los hubiera aplastado. Se impresiona, y busca el diario de a bordo, pero no le encuentra sentido. La cápsula había salido del Cinturón treinta días antes y está flotando más allá de la Luna y en dirección a Dios sabe dónde. Ya no tiene energía.

»Para entonces nuestro amigo Lenny comienza a notar que está alejándose mucho de su casa, y no le gusta dejar su trabajo con las antenas tanto rato, así que llama a la Base Medaris y les pide que vayan a donde está él y vean a los Hombrecitos.

»¿Podrán creer ustedes, queridos amigos, que en Medaris no le prestan la menor atención?

»Al parecer Lenny tuvo un problema con la Base una vez, hace tiempo, cuando vio un perro espacial en la antena después de haber pasado un rato en el Bar Gippo. Esta vez nadie quiso prestarle la menor atención. Vuelve al trabajo, y cuando llega a Tycho no tiene ya la menor idea de adónde habrá ido a parar la cápsula. Tal vez bajó a la Tierra, tal vez salió hacia el Sol.

»Así que ahí lo tienen, queridos amigos. ¿Qué opinan? ¿Tenemos a los Hombrecitos entre nosotros, ahora que la Tierra no es tan amistosa como solía ser? ¿O piensan que algún ingeniero no está en sus cabales? Algo sí es cierto. No sabremos la respuesta, a menos que alguno de ustedes salga tras la roca que vio Lenny y lo averigüe por sí mismo.»

Anson parpadeó dos veces y volvió a mirar la pantalla.

—Eso es todo, Rob, sin contar la despedida de Tinman Petey, que es siempre igual.

—¿Hablaste con Pascal?

—Claro. Y con Tinman Petey también. No saqué mucho más de lo que acabas de escuchar de ninguno de los dos. La descripción física que me dio Lenny Pascal es un poco más completa, pero no pudo decirme cómo apareció la cápsula ni hacia dónde se dirigía. —Anson tomó una hoja del montón que estaba frente a él—. Deberías fotografiar esto, pero puedo darte los puntos principales en dos frases. Masa del cuerpo de los Duendes, por lo que Pascal pudo calcular, alrededor de cinco kilos. Le pareció que la estructura ósea era normal, aunque era difícil de determinar por lo quebrados que estaban los huesos. El aire dentro de la cápsula era respirable, de modo que no murieron de asfixia como los otros Duendes que hallamos. Pascal dice que el color de la piel era raro, pero eran magulladuras, no cianosis.

—¿Demasiada aceleración? —interrumpió Rob—. Eso parece. ¿Estudió Pascal el diario de a bordo?

—Eso es lo extraño. Pensó lo mismo que tú, y supuso que habían estado expuestos a más de treinta ges. Miró el Diario y sólo había sido usado para pequeñas maniobras de control. Nada importante. De hecho Pascal dijo que no creía que los Mischeners pudieran dar mucho impulso, ni siquiera a toda potencia.

—Tiene razón —Rob se restregó la frente, pensativo—. Había olvidado que era un impulsor Mischener. Están controlados para media g o menos. No podrías modificarlo para que den más que un par de ges o todo explotaría por los aires.

—Yo no podría modificarlo para que diese nada, pero entiendo lo que quieres decir. Verifiqué esa información sobre los Mischeners. Hablaremos de eso luego. Tengo algo más para ti. Atlantis está saliendo del Cinturón en este momento, de modo que me he impuesto la tarea de ver toda la información proveniente de esa franja del Sistema, y hay más de lo que te imaginas. Mira esto.

Howard Anson sostuvo otra hoja ante la cámara.

—Ésta es de hace cuarenta y cinco días. Una estación de seguimiento en el borde interior del Cinturón informó sobre el lanzamiento no autorizado de una cápsula para transporte de vida desde un punto muy cercano a Atlantis. Nadie envió una petición de socorro, de modo que la cápsula no fue rastreada por Búsqueda y Rescate. Lo único que pasó fue que hubo una denuncia a Informes Centrales. ¿Ves cómo encaja esto con lo dicho por Pascal sobre el diario de a bordo de la cápsula? El ordenador de la cápsula mostraba lecturas de referencia que dicen que había salido del Cinturón treinta días antes de pasar por la antena. El tiempo encaja a la perfección. Si los Duendes salieron de Atlantis en esa cápsula treinta días antes de ser avistados por Pascal, lo hicieron en ese lanzamiento no autorizado. Todo coincide, aunque —se encogió de hombros, con una expresión de asombro en el rostro bronceado— no entiendo cómo un Impulsor Mischener pudo hacerlo.

—Es imposible —Rob negó con la cabeza—. No puede ser, Howard. Haré los cálculos en detalle, si quieres, pero ya sé la respuesta. No hay manera de que pueda llegar desde cerca del Cinturón, donde estaba Atlantis hace un mes y medio, y llegar a la Luna en un Impulsor Mischener en treinta días. La geometría de la órbita no lo permite. Además, los Mischeners no tienen capacidad para una trayectoria de impulso continuo, ni siquiera a una fracción de g. Fueron diseñados para órbitas Hohmann de transferencia baja y de vuelo libre, con un poco de impulso al principio y otro poco al final.

—¿Me estás diciendo entonces que los Duendes vinieron en otra nave?

—Para llegar aquí en treinta días, sí. Si quieres un tránsito rápido desde el Cinturón hasta la Tierra, hay dos maneras de hacerlo. Puedes ir en una nave de impulso continuo, como los mejores navíos médicos, e incluso así estarías limitado a media g o menos, a no ser que puedas demostrar a los controles de la Federación Unida del Espacio que tenías una verdadera emergencia entre manos. ¿Sabías que los ordenadores de vuelo de todas las naves y de todas las cápsulas están sellados y que mantienen un registro de cada vez que se desconectan y conectan de nuevo los impulsores? No conozco ningún sistema para burlarlas, Howard, y además habría que falsificar la masa de reacción usada. No me parece factible. La única otra manera de hacer un tránsito de verdad rápido sería utilizar una gran aceleración en lugar de un pequeño impulso continuo. Lo haces dos veces, una vez al principio del vuelo y otra vez al final. Te da mucha aceleración al principio. Volarías rápido y disminuirías la velocidad al acercarte a la Tierra. La gente habla de naves así desde hace años, pero nadie ha construido ninguna. Ni siquiera para las naves médicas.

—Está bien —Howard Anson levantó la mano en señal de protesta—. Te creo, ahórrate el discurso. Te hice una pregunta sencilla y me sales con una tesis doctoral. Entonces el Mischener no pudo ser, y los otros impulsores no pueden hacerlo en secreto. ¿No te parece demasiada coincidencia que los Duendes hayan llegado (y hayan desaparecido otra vez, maldita sea) en el mismo tiempo que se producía un lanzamiento de cápsula desde Atlantis? ¿No estás convencido de que los Duendes viven en Atlantis?

—Sabes que sí.

—Entonces, si no te gusta mi explicación, ¿cuál es la tuya?

—No tengo ninguna —la irritación de Rob fue evidente—. Estoy de acuerdo contigo, los Duendes salieron de Atlantis, pero no podemos usar métodos mágicos para hacerlos llegar aquí. Hay alguna explicación racional a lo que vio Lenny Pascal y a lo que tu Servicio de Informaciones pudo descubrir. Yo todavía no la veo, eso es todo.

Anson se inclinó hacia adelante.

—Sabes que no soy científico, pero tengo otra idea que tú no has mencionado. ¿Qué te parece un vuelo con utilización de un impulso gravitatorio? Según tengo entendido, se puede poner a una nave cerca de una gran masa y si las posiciones son las correctas, se puede tomar velocidad. Solían usar ese sistema para enviar naves más allá de Júpiter y Saturno. ¿No se podría acelerar un viaje a la Tierra de esa forma?

—Sí... pero no —Rob vio la expresión de Anson y levantó una mano—. No saltes, Howard. Te contesto en serio, y sé que quieres aclarar esto tanto como yo. En cierto sentido tienes razón. Los vuelos gravitatorios son un buen método para adquirir impulso libre, si pasas junto a una gran masa, y quiero decir una muy grande. No hay nada entre la Tierra y Atlantis del tamaño necesario.

—Nada que nosotros conozcamos —Anson hablaba con tono de entendido—. ¿Y la posibilidad de un agujero negro? Eso podría servir. Sería muy pequeño y no lo veríamos. Por cierto, McAndrew dice que el Halo...

Se interrumpió. Rob sacudía la cabeza otra vez.

—Perdóname por desilusionarte, Howard, pero de haber un agujero negro que valga la pena, uno con una masa considerable, en algún lugar del Sistema, lo habríamos descubierto hace mucho tiempo. Sus efectos de gravedad habrían afectado a otros cuerpos. Lo mismo ocurriría con un planeta desconocido. No puede haber una masa desconocida en el Sistema Interior. Al menos no lo suficientemente grande como para tener un campo de gravedad digno de mención. —Suspiró—. No encontraremos una explicación tan fácil. De todos modos, tu idea no encajaría con lo que dijo Pascal sobre cómo murieron los Duendes.

Rob volvió a notar cómo los ojos de Anson perdían expresión cuando recibía alguna información nueva de naturaleza objetiva. Era como si se convirtiera en un objeto sin sentimientos ni personalidad, un pizarrón en blanco sobre el cual se almacenarían para siempre los datos. Apenas terminaba el almacenamiento, volvía el otro Howard Anson, el caballero agradable y comprensivo con su fuerte personalidad, que tenía el mando, frunciendo el ceño ante el último comentario de Rob.

—¿Qué quieres decir con eso de que no encajaría con lo que dijo Pascal? Habría grandes fuerzas si se volara junto a un agujero negro, y la aceleración sería increíble.

—Debería serlo —asintió Rob—. Pero no sentirías nada. Las aceleraciones gravitatoria y dinámica estarían en perfecto equilibrio. Sentirías fuerzas de marea si estuvieras muy cerca, pero desaparecerían con la distancia. Para que te molestara tendrías que estar realmente cerca. En la mayoría de los vuelos con utilización de impulso gravitatorio, te sentirías como en caída libre. Realmente no sirve, Howard, mejor olvídate de esa idea. No explica lo que te contó Pascal.

—Muy bien —dijo Anson, encogiéndose de hombros—. Era mi última flecha. Tú eres el experto, tú me lo dirás. ¿Qué ha pasado con los Duendes y de dónde venían? Has descartado las únicas razones que se me ocurren.

—Es peor de lo que supones —dijo Rob, sonriendo con pena—. He descartado las únicas razones que se me ocurren a mí también. Déjame pensarlo un poco más. Por el momento tengo la cabeza tan llena del Tallo que no hay lugar para nada más.

—¿Sigue en pie el ofrecimiento de conseguirnos asientos para el aterrizaje?

—En primera fila. No puedo haceros entrar en el Centro de Control propiamente dicho, ya está demasiado lleno. Pero puedo colocaros en la sala exterior, desde donde veréis las mismas imágenes que yo.

—Estoy impaciente. —La voz de Anson había perdido parte de la frustración de momentos antes—. ¿Qué veremos? ¿Algo espectacular?

—Ésa es la gran pregunta. Sé lo que espero que veáis. Si algo sale mal, quién puede decirlo; pero sí será espectacular —Rob sonrió—. Cuanto mejor salga, menos fuegos de artificio para ver. Me ocuparé de que haya pases para ti y para Senta para el Centro de Control de Santiago.

—Ésa es una de las cosas que no comprendo. ¿Por qué en Santiago? ¿Por qué no en el punto de amarre, en Quito?

—No puedes permitirte poner el control donde puede ser arrasado si algo sale mal —la voz de Rob sonó sombría—. Si el Tallo se rompe, o si no podemos colocar el lastre de la manera correcta en el extremo superior, no habría ningún lugar seguro en todo el ecuador. En el peor de los casos, deberemos sacrificar el Control de Amarre para evitar males mayores. Tendremos cable más que suficiente para envolver la Tierra dos veces.

Anson guardó silencio un momento. Luego una mirada sorprendida apareció en su rostro, cuando se dio cuenta de que Rob no bromeaba.

—Es cierto. Estoy empezando a darme cuenta de lo que significan cien mil kilómetros de cable. ¡Dios mío!, has construido un verdadero monstruo para Regulo. Es más grande que Ourobouros, dos veces alrededor de la Tierra, no una.

—Y Regulo insiste en que éste es sólo el principio. En cuanto dispongamos de una transferencia de masa fácil desde la Tierra, podremos ir a trabajar al Sistema. Pondremos algo de agua de la Tierra en Marte, o traeremos asteroides a la superficie, poco a poco.

—Necesitaréis también un Tallo en Marte.

—Eso es fácil. Podríamos haber puesto uno en Marte hace tiempo de haberlo querido. No se necesita tanta resistencia para un Tallo-de-habichuela en Marte, se puede construir con hebras comunes de grafito si se quiere. De todas maneras, Howard, no decía en serio lo de llevar agua de la Tierra a Marte. No sería económico. Seguía el juego de Regulo, especular en todas direcciones. —Rob se reclinó en la silla y se restregó los ojos enrojecidos—. Verdaderamente creo que lo hago mejor cuando estoy cansado.

—Claro que sí —Anson vio que Rob miraba el reloj, y se dio cuenta de que el plan de horarios del Tallo sería la preocupación constante de

Merlin hasta el descenso y el amarre—. Sólo cuando estás cansado dejas libre a tu mente. Cuando hayas terminado este trabajo, será mejor que te tomes unas largas vacaciones, Rob. Necesitas una recarga de energía.

—Bien, hablaremos del tema después del amarre. ¿Querrías averiguarme un par de cosas más, Howard? No tengo tiempo de ocuparme yo.

Rob se estaba poniendo más y más inquieto. El tiempo lo presionaba. Anson asintió.

—Dime lo que necesitas.

—No estoy seguro de los detalles. Quiero saber más sobre el *Cancer pertinax*, éste es el primer punto. Necesito saber también cuánta gente sufre de él, cuáles son los tratamientos, y si se está cerca de descubrir un remedio. Tiende a ser hereditario, pero me gustaría que averiguaras además si hay posibilidades de infección.

—Eso es fácil. La información estará en los bancos públicos de datos o en los programas de investigación. A menos que Morel tenga tratamientos sobre los que aún no haya informado; siempre prefirió esperar a perfeccionar sus técnicas antes de hablar de ellas. Veré qué puedo hallar. ¿Algo más?

Rob vaciló.

—No creo que esto esté en ningún banco de datos. Quiero saber algo sobre Corrie. Senta dice que es hija de Regulo. Corrie asegura que no lo cree. ¿Hay alguna manera de averiguar la verdad, por pruebas de cromosomas o comparación genética?

—Ah —Howard Anson se restregó el pecho pensativo mientras pasaba una linterna mental por su banco de datos interior—. Creo que ésta es difícil —dijo al fin—. Ya puedo confirmarte que no habrá nada en los archivos públicos. Hace un par de años hablé del tema con Senta. No me llevó a ningún lado. Yo reaccioné como tú cuando ella me dijo que Corrie era hija de Regulo; nada lo corrobora, ni el certificado de nacimiento ni ninguna otra prueba. Le pedí más detalles pero tiene grandes lagunas en la memoria. Probablemente sea parte de los mismos recuerdos que hemos intentado atrapar por medio de los trances de taliza. —Se encogió de hombros—. Investigaré una vez más, pero no esperes gran cosa. ¿Se te ocurre alguna razón para dudar de que Senta esté diciendo la verdad?

—No —Rob estiraba el brazo para cortar la comunicación—, ninguna. Pero haz la pregunta al revés. ¿Se te ocurre alguna razón para creer que Corrie miente? No pueden tener razón las dos.

15

UN PUENTE A MIDGARD

Once horas. Contacto menos 40.000

El Tallo-de-habichuela había comenzado por fin a desenrollarse. Bajo la influencia combinada de la gravedad y de impulsos precisos había dejado su posición en L-4 e iniciado su larga caída hacia la Tierra. El principal cable transportador de carga estaba oculto, cubierto en casi toda su longitud por cables superconductores de energía y por las guías regularmente espaciadas de los impulsores. Toda la estructura, de ciento cinco mil kilómetros de largo, quedó extendida como un fino hilo de plata a través del sistema Tierra-Luna, trazando un arco que cubría una cuarta parte de la distancia entre la Tierra y la Luna. Lejos de ese arco, pero moviéndose más rápido a cada segundo que pasaba en una trayectoria que la llevaría a una distancia de perigeo de noventa mil kilómetros, una masa de mil millones de toneladas de roca y metal había comenzado también su aproximación. Descontrolada, bajaría a la Tierra y volvería a subir, yendo más allá de la Luna, antes de llegar con lentitud a un distante apogeo.

Hacía un año, el asteroide había sido un elemento natural del Sistema Solar. Su órbita recorría un sendero excéntrico de Saturno a Venus. Entre los millones de asteroides candidatos cuya composición, masa y órbita estaban almacenadas en los bancos de datos, Sycorax había seleccionado a éste, había decidido que era el más conveniente para las necesidades del Tallo. Tras un cuidadoso extrusionado del exterior y delicados ajustes en la distribución de masa, Sycorax había decidido que estaba preparado. El asteroide podía cumplir ya su nuevo propósito en el Sistema. Sería el lastre, el peso al extremo del péndulo.

El resto de los componentes esperaban en órbita sincrónica, estacionarios encima de Quito. El satélite de energía ya estaba funcionando, y los receptores fotovoltaicos se mantenían de espaldas al Sol hasta que fueran necesarios. Cerca estaban los vagones de materia prima, los módulos de pasajeros y los robots de mantenimiento, mil unidades distintas enlazadas por una red contenedora hecha de finos cables. Hasta el Contacto no habría más que una paciente espera.

En la Tierra también había poca actividad. Era de noche en el Control de Amarre en Quito, y la hora de aterrizaje se había fijado para las nueve de la mañana siguiente. Luis Merindo, solo, merodeaba por el perímetro del gran hoyo y miraba su obra. Su permanente sonrisa había desaparecido. Escudriñaba las profundidades, luego levantaba la cabeza y miraba hacia arriba, tratando de imaginarse qué ocurriría cuando el Tallo bajara como una lanza a través de la atmósfera. Su sistema para terraplenar estaba preparado desde hacía tres días. ¿Qué más podía hacer por adelantado? Nada. Esperar y rezar. Merindo se encogió de hombros y por fin volvió al conjunto de controles remotos que conformaban el corazón del Control de Amarre, a veinte kilómetros del pozo.

—Demasiada imaginación —gruñó para sus adentros cuando se instalaba en su cama—. O confío en él o no debería estar trabajando para él. Qué suerte que no puede verme ahora. Estoy tan nervioso como una novia la noche antes de la boda.

Luis Merindo se habría sentido mucho peor de haber podido ver a Rob Merlin en ese momento. La sala Central de Control en Santiago tenía una pantalla principal rodeada por doce pantallas auxiliares. Cualquiera de las doce podía ser intercambiada con la más grande. Rob estaba sentado en la silla de control manejando nerviosamente el panel de interruptores frente a él. Pedía imágenes en cada una de las pantallas, una por vez, un acto reflejo que sus dedos llevaban a cabo con absoluta independencia de su cerebro.

Decidió revisar todo una vez más. Luego, se iría a la cama. Luis lo había llamado temprano, y Rob había insistido en la necesidad de dormir bien esa noche, antes de iniciar el amarre final. Necesitarían estar despejados y descansados cuando llegara el momento. Luis estaría de regreso en Quito, durmiendo como un bebé, pero Rob dudaba de poder conciliar el sueño. Puso en imagen la silenciosa sala de control en Quito, luego recorrió las estaciones de información del geosincronismo una por una y por último el vagón de cola: el equipo en el extremo del Tallo, donde no había personal. Todo estaba tranquilo y las variables físicas bien dentro de los límites de tolerancia. Hasta el Sol se estaba portando bien, pues no enviaba nuevas llamaradas ni prominencias que pudieran cambiar el perfil de densidad de la atmósfera superior.

Sin que Rob lo supiera, desde muy lejos de la Tierra otra persona observaba todas sus acciones. Regulo estaba sentado ante su gran escritorio en Atlantis, sin poder dormir, con los ojos brillantes, maldiciendo a su enfermedad que lo mantenía lejos de la Central de Control y maldiciendo a la distancia que hacía que toda señal desde la Tierra le llegara catorce minutos después. Encendía una por una todas las cámaras de su sistema, pero volvía siempre a observar la metódica verificación de Rob del estado de los sistemas. En una cámara, Regulo veía directamente el panel de control en Santiago y comprobaba la posición de cada interruptor. Asintió con gesto de aprobación ante los fastidiosos y obsesivos controles de Rob.

Desde Atlantis no podría haberse hecho nada para modificar la aproximación o el amarre del Tallo. Su consejo llegaría demasiado tarde para afectar las operaciones cuando estuvieran en las etapas finales. Pero de todas maneras, él debía estar al tanto.

Ni siquiera Regulo se salvaba de ser observado. Una vez durante la larga cuenta atrás Corrie fue hasta la puerta del escritorio, moviéndose en silencio por el interior en sombras de la esfera central.

Se detuvo detrás de Regulo sin hablar, mirando el desfile de imágenes que se movían en la gran pantalla frente a él. Finalmente se volvió y regresó a sus habitaciones. No podía compartir el entusiasmo y la tensión que colmaban a Darius Regulo y a Rob Merlin. Su aspecto hacía pensar más bien en un presentimiento no feliz.

Una hora. Contacto menos 4.000

La primera oportunidad de suspender la operación había pasado. El Tallo avanzaba más rápido, aproximándose a la Tierra a lo largo de la suave curva de una espiral de Arquímedes. Desde la cabeza, que avanzaba a diez kilómetros por segundo, el delgado filamento se curvaba a lo largo de más de trescientos grados hacia su tallo bulboso. Tres mil millones de toneladas de inercia comenzaron a hacerse notar. A medida que el Tallo bajaba hacia el impacto con la Tierra, los elementos del cable no podían seguir su patrón natural de caída libre. En cambio, se acumulaban tensiones todo a lo largo, obligando a la cabeza descendente a seguir un camino de aproximación que se dirigiría paulatinamente al punto decidido para el aterrizaje en Quito.

La energía elástica almacenada crecía en el cable de carga. Y ya alcanzaba la de una bomba de fisión de tamaño medio. Si el cable se soltaba, la energía se soltaría como una onda expansiva a lo largo de éste.

Rob estudió las lecturas de los indicadores de tensión colocados a lo largo del eje del Tallo-de-habichuela. Seguían mostrando valores bajos, insignificantes comparados con la máxima final esperada. Conectó la pantalla que controlaba la órbita del asteroide lastre. Pronto alcanzaría el perigeo. Al cabo de treinta minutos comenzaría a avanzar otra vez, apartándose de la Tierra. Por el momento no había que hacer nada. Rob comprobó el corrimiento Doppler en las distintas imágenes del asteroide, confirmando que mostraban una velocidad de rotación aceptablemente baja para el lastre.

Quedaba aún mucho tiempo para suspender la operación, si lo creía necesario. El Tallo todavía no estaba totalmente extendido. Los impulsores de alta reacción fijados en la cabeza podían apartarlo de la Tierra, curvándolo. Cuando los impulsores se pusieran en acción, al cabo de cuarenta minutos más, al menos parte del Tallo entraría en la atmósfera de la Tierra.

No eran sólo las tensiones en el cable del Tallo lo que aumentaba a medida que continuaba la aproximación. Rob sintió una creciente inquietud, como una piedra en la boca del estómago. Nada en los proyectos de construcción de puentes lo había preparado para algo como esto, para la tortuosa lucha de múltiples fuerzas en juego. A pesar del panel de control, Rob se sintió de pronto impotente. En realidad todo dependía de la precisión de los cálculos y del realismo de los simulacros realizados. Nada que hiciera él, ni ningún otro hombre, podía mejorar la secuencia de aproximación. Él estaba en el Centro del Sistema de Control, y le quedaba sólo una decisión por hacer: suspender la operación o continuarla. Un simple capirotazo a un interruptor binario, a eso se reducía todo. Y Rob se sentía menos y menos capaz de comprender todos los factores que guiarían su decisión. Después de meses de trabajo, sentía la cabeza embotada, atontada y lenta, incapaz de una evaluación acertada. Rob se mordió el labio inferior hasta que le dolió, concentró toda su atención en las pantallas y esperó al siguiente dato.

No estaba solo. En cientos de naves a lo largo de toda la extensión del Tallo, en otras que seguían el curso del gran lastre, y en las oficinas calurosas y superpobladas del Control de Amarre, había hombres y mujeres sudando y mirando las mismas imágenes en las pantallas, frunciendo el ceño ante los mismos datos, y dando gracias a la Fortuna por no tener que ser ellos los que tuvieran que tomar la decisión final.

En todo el mundo la gente comenzaba a mirar el cielo. Era demasiado pronto para ver nada, pero la lógica no guiaba sus acciones.

Contacto menos 600.

La cabeza del Tallo entraba en la atmósfera superior, zambulléndose en la ionosfera y comenzando a sentir los primeros efectos del calor de fricción. También empezaba a aminorar la velocidad del descenso. La larga cola, más allá de la altura sincrónica, ya tiraba hacia arriba proporcionando una colosal tensión que haría más lento el movimiento hacia abajo. La copa que pendía del extremo del Tallo subía más y más, expulsada de la primera espiral de aproximación para alejarse de la Tierra. A ochenta y cinco mil kilómetros por encima de la superficie, formó el punto final de un Tallo que se elevaba cada vez más cerca de la vertical.

Mirando desde la copa exterior, un observador habría visto la forma del Tallo que se extendía gradualmente hacia abajo, moviéndose en una clara línea que caía sin pausa rumbo a la lejana Tierra. El mismo observador, mirando hacia arriba por el cable oscilante, vería el asteroide lastre, aún a miles de kilómetros de distancia, pero más cerca cada vez.

La tensión en el cable de carga se había duplicado en dos horas. Era todavía menor a la cifra final del Tallo instalado, pero la energía almacenada ya excedía la de cualquier arma de fusión. Las ondas longitudinales de compresión y tensión hormigueaban constantemente a lo largo del cable de carga, transmitiendo fuerzas compensadoras desde el extremo superior a la plomada del cable inferior.

Los observadores en Quito oyeron el crujido cuando la cabeza atravesó la barrera del sonido. Y esperaban verla enseguida. Sobre el ecuador, al oeste del Control de Amarre, se vislumbró por fin una delgada línea de vapor. Se desprendía de la veloz cabeza del Tallo; era una estela de turbulentos cristales de hielo. La sombra formaba una franja oscura sobre el ecuador, dividiendo nítidamente en dos el globo, en un hemisferio norte y un hemisferio sur. Ya se oía un ruido sordo como el de un trueno lejano.

En las cumbres de los Andes, los campesinos indios dejaban por un momento su trabajo diario de arañar la tierra empecinada, lo suficiente para elevar sus plegarias a los antiguos dioses de la tormenta. Luis Merindo miró por los telescopios en el Control de Amarre, y buscó el mismo consuelo en las diosas más modernas de la aerodinámica y la electrónica. La cabeza del Tallo se había desviado un milisegundo en el primer punto de triangulación. ¿Cuánto supondría al llegar al pozo? Respiró al ver un cálculo de Santiago en la pantalla. Sería de algunos metros. Tenían margen más que suficiente.

Apenas terminó la primera entrada atmosférica, la atención de Rob se concentró en los sensores de temperatura colocados a lo largo del Tallo. El cambio en el potencial gravitatorio cuando el Tallo cayera aparecería en parte como energía cinética y en parte como energía disipada dentro del interior tenso del cable. El estiramiento y la flexión aparecerían como calentamiento y enfriamiento adiabáticos, aumentando y disminuyendo la temperatura local a lo largo del Tallo. Quinientos grados era el límite. Con una fuerza amplia y a temperaturas normales, el cable se debilitaría drásticamente por encima de quinientos. Este cálculo había sido uno de los más difíciles en todo el diseño del Tallo, pues era una compleja combinación de dinámica orbital, elasticidad no lineal y difusión térmica. Hasta el momento, Rob se felicitaba por su prudencia al prever en sus cálculos un amplio margen de error.

Contacto menos 60.

El extremo superior del Tallo, al moverse casi tangencialmente a la curva de la superficie de la Tierra, se había tragado el asteroide lastre. El conjunto de silicio que formaba la copa comenzaba a absorber la tensión a medida que el lastre buscaba continuar su camino ascendente. Poco después, las fuerzas se estabilizaron. La trayectoria del extremo superior del Tallo se había vuelto geoestacionaria, y se movía para quedar vertical sobre el punto de amarre en Quito. La tensión del cable se acercaba al valor máximo de diseño de ochenta millones de newtons por centímetro cuadrado. Aunque la cabeza seguía bajando, el movimiento era cada vez más lento.

Ya se veía desde el Control de Amarre el romo extremo inferior del Tallo. Su descenso parecía casi indolente, pues se movía como un gusano ciego lento y curioso dirigiéndose hacia el pozo que lo albergaría en su amarre. Luis Merindo observó las pantallas cuando la cabeza desapareció detrás de las pilas altísimas de roca alrededor del agujero. Verificó las lecturas. En treinta segundos comenzaría el rellenado. Después de eso, sólo tendría una preocupación: ¿resistiría el amarre el estirón de miles de millones de toneladas de fuerza ascensional que soportaría el cable cuando el lastre se tensara encima de la órbita sincrónica?

En una sala anexa en Santiago, Howard Anson también miraba la cabeza del Tallo. Al no tener problemas de ingeniería que le ocuparan la mente, había desenterrado otros recuerdos, recuerdos de otro tipo de apocalipsis. «Correré entonces y me meteré dentro de la Tierra» susurró para sí mismo. «La boca de la Tierra. Ah, no, no me albergará. Montañas y colinas, venid, venid y caed sobre mí, y ocultadme de la ira terrible de Dios.» Esto le mereció una mirada curiosa del asistente del Senado sentado a su lado. Anson se preguntó si el hombre desaprobaba sus libertades con el texto. Sonrió y se encogió de hombros en un gesto avergonzado, mientras el otro volvía la atención a las pantallas.

Ya no había posibilidad de suspender la operación. El gran signo de interrogación que quedaba era el amarre. Si no resistía, el Tallo sería arrancado de su ubicación temporal en Quito y subiría otra vez hasta más allá de la Luna. La inmensa inercia del sistema significaba que incluso esta pregunta tardaría en ser respondida en un primer momento, si bien los sensores lo sabrían en un instante.

Contacto.

La base del Tallo había tocado el fondo del pozo, a cinco kilómetros por debajo del nivel del suelo. Al hacerlo, las montañas comenzaron a moverse. Un corrimiento de tierras siguió a la amplia cabeza del Tallo a las profundidades del abismo preparado. El estruendo de detonaciones, dispuestas convenientemente alrededor del borde del pozo, se confundieron con el rugir incesante de mil millones de toneladas de roca que cayeron al pozo y se apisonaron bajo la presión de la tierra y los pedruscos que les siguieron.

Ése era el momento de las mayores presiones. El gusano ciego, atrapado por la cabeza y por la cola, se flexionó y se contorsionó en toda su extensión como una serpiente agonizante. Las tensiones transitorias locales estaban por encima de cien millones de newtons por centímetro cuadrado. Cada válvula regulada por los paneles de control cambiaba y volvía a cambiar, demasiado rápido para que el ojo humano pudiera darse cuenta. El ordenador central analizaba los datos que entraban, decidía cuáles eran las variables más críticas y las pasaba a un informe de situación lo suficientemente simple y lento como para ser comprendido por un hombre.

Rob sólo se planteaba tres preguntas: ¿Crecían las oscilaciones a lo largo del cable de modo inestable? ¿Resistiría el punto de amarre de la Tierra? ¿Estaría el asteroide lastre firmemente encastrado a la copa a ciento cinco mil kilómetros por encima de la Tierra? A medida que pasaban los segundos, el caos lumínico de señales en el panel frente a él comenzó a calmarse hasta convertirse en un modelo que podía seguir aun sin la ayuda del ordenador.

Las tensiones y las temperaturas estaban dentro de los límites de tolerancia.

Las señales del Control de Amarre indicaban un amarre seguro, incluso cuando los últimos cientos de toneladas de roca seguían cayendo al fondo del pozo ya lleno.

Finalizaba la operación entre un murmullo de tensiones amansadas y un gemido de rocas que encontraban acomodo. El Tallo-de-habichuela, tenso entre las fuerzas opuestas del lastre y del amarre, se amoldaba a una configuración estable, la de un vastísimo puente arqueado entre la Tierra y el Cielo, de Midgard a Asgard.

Tres minutos después del Contacto, Rob se sintió lo bastante cómodo como para cambiar la imagen de la pantalla y observar el satélite de energía. Estaba en la posición correcta, lo suficientemente lejos del Tallo para que no hubiera problemas en caso de un accidente, y lo suficientemente cerca para ser trasladado fácilmente para entrar en contacto con éste cuando llegara el momento. Comenzó a moverlo e indicó que comenzaran a fijarse los superconductores. Una vez realizada la conexión, habría energía bastante para la secuencia de impulsores y los robots de mantenimiento podían iniciar la instalación de los módulos de carga y de transporte de pasajeros.

Apenas el satélite de energía hizo la primera conexión con el Tallo, Rob conectó otra cámara. Ésta estaba colocada en el satélite mismo, cerca del punto donde se fijarían los superconductores. Rob quería controlar la posición de éstos, pero la cámara por el momento, enfocaba casi directamente hacia abajo, a lo largo de toda la extensión del Tallo. En la sala anexa de observación donde estaban Howard Anson y Senta Plessey, un quejido colectivo salió de todas las gargantas. El asistente del Senado sentado junto a Anson gruñó, como si le hubieran pegado en los riñones:

—¡Cristo! —Se volvió hacia Howard y Senta y sacudió la cabeza—. ¿Creen que habrá gente que viaje por ahí? A mí se me revuelve el estómago de sólo pensarlo.

Como todos los demás, seguía con los ojos el recorrido hacia abajo del cable, que se alargaba sin cesar hacia la Tierra. Era muy común ver imágenes de cohetes, pero no daban al observador una sensación real de la altura. No había ninguna conexión directa, nada que relacionara a la mente de manera inevitable con el globo situado debajo de ellos. El Tallo sí. No cabía duda de que miraban hacia abajo, hacia muy abajo, aunque el cable mismo se hacía finalmente invisible para ellos contra el fondo del planeta cubierto de nubes. Todavía estaban mirando cuando el primero de los robots de mantenimiento salió del satélite de energía y comenzó a abrirse camino dificultosamente bajando por la escalera de impulsores. Inspeccionaba la corriente de cada segmento, preparándolo todo para el despliegue de los vagones de materia prima, y la fijación al Tallo era completamente segura. Pero eso no cambiaba nada. El centro de observación había sido invadido por un silencio absoluto; nadie respiraba.

—¿En serio van a enviar pasajeros? —susurró el asistente, casi para sus adentros—. Me imagino el transporte de carga, pero gente...

Senta se volvió hacia él y le dio palmaditas en el brazo.

—No se preocupe —dijo sonriendo—. Pienso lo mismo que usted, pero no pedirán a nadie que lo utilice en contra de su voluntad. Además, todos los vagones para pasajeros irán cerrados, no se apreciará la altura. Considérelo como un gran ascensor.

—¿Ascensor? —Le dirigió a Senta una sonrisa torpe y se volvió a mirar la pantalla—. El ascensor más ridículo y extraño que he visto en mi vida. Se tardará horas en subir o bajar.

—Más que horas —observó Howard Anson con voz suave. La primera visión del cable le había confirmado todos sus temores con respecto a los viajes espaciales—. Cinco días para subir y otros tantos para bajar. Y una vez que se haya salido, no se podrá cambiar de idea, hay que seguir hasta el final del recorrido.

—Que no cuenten conmigo. —El asistente seguía mirando la gran pantalla, horrorizado—. Yo me quedo con los obsoletos y seguros cohetes. No me importa que me tilden de anticuado. Escuche, ¿y si fallase la energía? Uno se caería y no dejaría de caer hasta chocar contra el punto de amarre en Quito.

—No puede caer —aseguró Senta. Parecía la persona más tranquila en la sala—. Si fallara la energía, los vagones quedarían adheridos al tren de impulsores con un engarce mecánico. Tendría que quedarse allí esperando a que se restableciera la energía. Es más, si se cayera, no llegaría a Quito; si algo se cae desde tan alto pasaría la Tierra de largo, se pone en órbita.

—Fascinante —murmuró su disgustado compañero—. ¿Y durante cuánto tiempo? Yo una vez me quedé atascado en un funicular durante siete horas, y créame, me parecieron siete días. ¿Y si la energía no volviera? ¿Qué se supone que haría uno, entonces, bajarse deslizándose por el cable?

Mientras el hombre hablaba, vieron en una de las pantallas que Rob Merlin se había puesto de pie, se había desperezado casi con lujuria y, de espaldas ya al panel de control, le hacía una seña con el pulgar levantado a alguien que no aparecía en la pantalla, bostezó sin inhibiciones y comenzó a caminar hacia la puerta del Centro de Control.

—Se acabó —dijo Howard Anson—. Terminó la función. Conozco esa expresión. Cuando uno termina un trabajo importante, peligroso, siente algo que no tiene punto de comparación en todo el Sistema. Es la sensación más impresionante del mundo, y al mismo tiempo uno se siente tan débil y tan cansado que no puede ni pensar. Eso le sucede a Rob ahora. ¿Ven ese bostezo de felicidad? Es uno de los signos que no fallan. Vamos, Senta. Tratemos de rescatar a Rob y hacer que coma algo. Necesita bajar del éxtasis gradualmente.

Cuando salieron del centro de observación y pasaron rápido por la entrada del Centro de Control, Rob seguía de pie allí, con la mirada perdida, junto al comunicador. Anson miró con curiosidad al operador.

—Del Cinturón —fue la breve respuesta—. Está en camino desde hace casi un cuarto de hora, de modo que no esperarán respuesta desde aquí. Ahora se pone en marcha el vídeo.

La pantalla se había encendido, revelando el rostro arruinado de Darius Regulo. Como Rob, tenía un aire de ensoñación.

—Maravilloso —exclamó. Nadie tuvo que preguntar de qué hablaba—. Más que bien, Rob, perfecto, todo perfecto. Felicitaciones. Te he observado mientras lo hacías, pero lo controlabas tú solo. Ahora sal y disfrútalo. Saboréalo, Rob, no se experimenta una sensación como ésta muchas veces en la vida.

Rob miraba el reloj, con las cejas levantadas.

—Habrá enviado este mensaje inmediatamente después del Contacto, cuando el Tallo todavía estaba estabilizándose. Ha tenido mucha más confianza que yo.

La cara de Corrie había suplantado a la de Regulo en la pantalla. Su expresión sombría de doce horas antes había desaparecido, al menos por el momento, y ahora se la veía orgullosa y entusiasmada.

—Lo has conseguido, Rob. Ojalá estuviera ahí para celebrarlo contigo, en lugar de estar aquí en Atlantis. Si puedes contenerte y esperar, te reservo una fiesta para dentro de uno o dos meses, y haremos algo especial.

—No me cabe duda —murmuró Howard Anson. Rob lo miró enojado, pero no pudo aparentar el suficiente enfado, porque no podía negar que estaba pensando en algo muy parecido a lo que daba a entender Anson.

—Un momento, Rob —continuó Corrie—. El ogro quiere decirte algo.

Regulo volvió a aparecer en la pantalla, esta vez con una mirada astuta y sabia en los ojos.

—Quería señalarte algo, Rob, que quizá se te ha pasado por alto con toda la conmoción ahí abajo. Dentro de veinte años, el mundo se preguntará cómo podía la Tierra seguir adelante sin el Tallo, y tú aparecerás en todos los libros de historia, junto con Ferdinand de Lesseps y Elisha Otis. Será mejor que comiences a prestarle más atención a tu imagen pública.

—¿Junto a quién? —preguntó Rob.

—Se refiere al constructor del Canal de Suez y al inventor del ascensor —aclaró Anson en voz baja, mientras Regulo continuaba.

—Si lo único que querías era ser famoso, ya puedes retirarte mañana. —No parecía pensar que esto fuera probable—. Si quieres iniciar un proyecto grande, la cosa cambia. No te conformarás con esos proyectos de poca monta en la Tierra. Si sales dentro de dos o tres días, llegarás aquí justo a tiempo para trabajar con nosotros en Lutecia. Calculo que habrá de diez a quince toneladas de metal en él. Piensa en una buena utilidad para ese metal, y haremos algo del tamaño del Tallo alrededor del Halo.

Desapareció. Mientras Howard y Senta llevaban al exhausto Rob hacia la comida y el descanso, Anson se preguntaba si no era ya demasiado tarde. Después del mensaje de Regulo, Rob había comenzado a descender de su exaltación y comenzaba a viajar con la mente a los misterios de Atlantis.

Al llegar la noche, los últimos rastros de oscilación habían caído por debajo del nivel de detección de cualquiera de los monitores. La Tierra se había adaptado a la presencia de su puente más reciente. Cuando aparecieron las estrellas, Luis Merindo vio la hebra resplandeciente del Tallo, iluminado aún por el sol poniente, desapareciendo en el cielo de la noche.

Caminó hasta el perímetro del cerco vigilado y miró hacia arriba. Muy por encima de su cabeza, alcanzados todavía por la luz del sol hasta perderse por fin entre las sombras de la Tierra, los pacientes robots continuaban su tarea de instalar los vagones de carga y de pasajeros. No les llegaría la noche hasta dentro de cinco horas, hasta que la profunda oscuridad hubiera trepado por el Tallo hasta la altura sincrónica. Incluso entonces, el lastre seguiría a plena luz del Sol, hasta que éste también se ocultara por fin detrás de la Tierra durante una breve noche de media hora.

Merindo estaba solo, mirando hacia arriba. Ancho de espaldas, oscuro, fornido, había sido un topo toda su vida, moviendo tierra e instalando compuertas. Los cohetes que salían hacia un espacio frío y vacío no le habían atraído nunca; era un hombre que se sentía muy arraigado a la tierra. Pero ahora, el camino al espacio era parte de la Tierra misma, y había una carretera firme que esperaba a que la tomaran...

El delgado filamento del cable iluminado avanzaba hacia arriba por encima de él mientras las partes inferiores se ocultaban en las sombras. Atraía su visión hacia afuera, hacia arriba. No se dio cuenta en ese momento, pero cuando por fin perdió de vista al Tallo contra el fondo del campo de estrellas tropical y se volvió con todo su cansancio a cuestas para dirigirse al vehículo aéreo y al Control de Amarre, Merindo ya había tomado una decisión en algún nivel profundo de su mente.

Fue el primero de los miles de millones de personas que sintieron el hechizo de esa ruta brillante, y la seguiría.

16

«COMIENZO A TENER PENSAMIENTOS SANGRIENTOS»

Así era como debía verse un sistema binario en eclipse. El disco brillante de la estrella más pequeña, de un blanco marchito, que se movía sin pausa hasta ocultarse detrás del resplandor más suave de su gigante compañero amarillo anaranjado.

Sólo que ahora la estrella más pequeña era el Sol. Era difícil de creer que el Sol, tan pequeño y luminoso, fuera en realidad miles de veces más grande que la esfera más cercana que brillaba hasta llenar un quinto del cielo. Rob miró a su alrededor en busca de algún punto de referencia que le permitiera calibrar el tamaño y la distancia, pero no había otro disco en el cielo, nada más que las luces fijas del fondo estelar y el resplandor difuso de las nebulosas.

—Me preguntaba por qué tardabas tanto —dijo una voz conocida a sus espaldas—. ¿Qué te parece?

Rob se volvió al oír la voz cascada. Regulo, tenso y torpe, estaba de pie junto a la entrada de la sala. En los meses transcurridos desde la última vez que se vieran, su estado parecía haber empeorado. La piel áspera del rostro parecía más surcada por profundas arrugas, y el cabello blanco más escaso. Sólo los ojos, luminosos e inquisitivos, se veían encendidos e inalterados.

—Me imaginaba que te habías detenido aquí al llegar —prosiguió Regulo—. Como no aparecías por la oficina, he salido a buscarte.

Señaló con la cabeza a Lutecia, que resplandecía en el panel.

—Impresionante, ¿eh?

—Se ve mejor desde el espacio —dijo Rob—. Pierde mucho de su efecto en la pantalla. Sigo teniendo problemas para acostumbrarme a su tamaño. Sé que la Araña estará por ahí en algún lugar, pero no puedo verla. ¿Ha realizado todas las modificaciones que le envié?

—Todas —Regulo se acercó despacio y se detuvo junto a Rob—. Necesitarías un telescopio para verla desde aquí. Aún estamos a unos doscientos kilómetros de la superficie de Lutecia. Voy a aproximar a Atlantis antes de iniciar la extrusión, para que podamos apreciar mejor lo que sucede. No quería acercarme tan pronto; podríamos tener complicaciones con la temperatura de la esfera de agua.

—¿Lutecia da tanto calor? —Rob volvió a estudiar la imagen—. Creo que tiene razón acerca del sistema de cámaras de Atlantis. Está distorsionando los colores que llegan por las pantallas. ¿Cuál es la temperatura de Lutecia en este momento?

—Unos mil quinientos, tal vez hasta mil setecientos. Terminamos la rotación y casi todo el calentamiento inductivo hace tres días. Podría haber comenzado la extrusión, pero quería que vieras otra vez a la Araña para ver si necesitas hacerle algún otro ajuste antes de comenzar.

Rob asintió. Las cosas habían sucedido con más rapidez de la prevista. En el viaje desde la Tierra había tenido mucho tiempo para revisar todo el material reunido para él por Howard Anson. Todo apuntaba a una conclusión, pero para verificarla necesitaba tiempo, un día o dos, sin vigilancia. Tenía el equipo, seleccionado y cargado antes de salir de la Tierra, pero debía hallar la oportunidad apropiada para utilizarlo.

Rob despertó de sus pensamientos y se encontró con que Regulo le observaba con atención.

—¿Problemas, Rob? —Los viejos ojos eran penetrantes.

—No. Revisaré la Araña por el sistema sensor remoto, y veré qué hay. Todos los informes del Tallo son buenos.

—He estado siguiéndolos. Merindo está manejando todo en la Tierra, y Hakluyt está con el satélite de energía.

—Está más al tanto que yo —Rob frunció el ceño—. No he recibido el informe de Merindo, lo habrá enviado mientras estábamos en la aproximación final. ¿Ya han probado con cien mil toneladas?

—Ayer. Hacia arriba y hacia abajo —Regulo se volvía para salir de la sala de observación—. Apenas lleguen a un cuarto de millón de toneladas por día deberemos estar dispuestos a enviar materiales desde aquí. Acabo de ver el cálculo de Sycorax; la Tierra necesita titanio desde hace seis meses. Debe de haber un déficit de cinco millones de toneladas al mes, y nosotros somos los únicos con posibilidades de proveerlas. Las pruebas que hemos hecho en Lutecia indican que contamos con miles de millones de toneladas ahí adentro; si podemos extraerlas con un buen rendimiento, todo irá perfecto.

—¿Podrá enviarlo a tiempo? —preguntó Rob—. Aunque podamos extraerlo, aún debemos luchar contra las normas para naves de carga en el Sistema Interior.

—Cierto —Regulo se había detenido junto a la puerta, con una mirada inescrutable en los pálidos ojos—. Ése es otro problema, cierto. Primero veamos cómo va la extrusión.

—¿Cuándo quiere comenzar?

—A menos que tengas problemas con la Araña, lo más pronto posible. ¿Qué te parece dentro de cuarenta y ocho horas? Eso te dará tiempo para trabajar y tiempo para descansar también.

—Nos encontraremos en la zona de habitaciones —dijo Rob—. Ahora voy a salir a ver la Araña, a verificar si hay algo que hacerle. No tiene sentido esperar.

La aritmética era sencilla. Cuarenta y ocho horas le darían veinte para trabajar en la Araña y el resto para la preparación, la exploración y si no se equivocaba, la acción. Era un plan ajustado. Por desgracia, no había lugar para descansar y dormir, aunque le habría gustado. Pero Rob parecía estar siempre excluyendo esos lujos en su ocupada vida.

Un siglo de experimentos espaciales sólo había servido para confirmar la fuerza de los ritmos circadianos. Tras intentos de días de veinte, de treinta y de cuarenta horas, y casi de cualquier cifra intermedia, la humanidad había aceptado por fin el límite. Ahora todas las colonias en la Luna y en Marte, y todo puesto de avanzada de la Federación Unida del Espacio en los Sistemas Medio y Exterior, trabajaban sobre la base de la misma premisa. Un día tenía veinticuatro horas, y en todos los lugares un tercio de ese tiempo se dedicaba a actividad reducida.

Rob Merlin esperó en silencio en las habitaciones al borde de la esfera central hasta que el resto de Atlantis estuviera dormido. Entonces podría comenzar.

El Servicio de Informaciones de Anson le había proporcionado una serie de importantes datos:

Punto 1: Joseph Morel sufría de insomnio y dormía apenas un par de horas diarias. *Consecuencia*: Ningún momento del ciclo diurno era realmente seguro para explorar Atlantis.

Rob lo había notado, pero no cambiaba sus métodos de investigación. La exploración sería llevada a cabo cuando la mayoría de los habitantes de la esfera central durmieran. Morel era un riesgo inevitable.

Punto 2: Se sospechaba que había habido sólo cuatro apariciones de Duendes y la distribución geográfica de la última era coherente con la idea de que el punto de procedencia era Atlantis.

Punto 3: Según todos los indicios, Caliban era inteligente. Explorar Atlantis por la esfera de agua, a menos que fuera posible eliminar a Caliban del panorama, era una locura.

Recordando su fugaz primera visita al mundo acuático, Rob no necesitaba la información de Anson para mantenerse lejos de éste. Sobrevivir con Caliban patrullando parecía más y más improbable. Esta vez Rob trabajaría desde dentro.

Se encaminó a la mampara de la ventana y miró hacia el agua clara. Habían amortiguado las luces, pero le pareció ver una claridad difusa que salía del interior de Atlantis. A medida que se acercaban más a Lutecia, el asteroide blanco e hirviente hacía las veces de un segundo Sol para la esfera de agua. Rob buscó señales de Caliban, pero el gran calamar estaría ocupado en otro lado. Se obligó a permanecer sentado otra hora, a pesar de que su instinto lo instaba a darse prisa.

Al fin recogió las pequeñas herramientas traídas consigo desde la Tierra, las guardó en una bolsa de plástico que cupiera en el bolsillo de la camisa y salió por los corredores oscurecidos de la esfera interior. A esa hora la zona de habitaciones parecía desierta, pero estaba seguro de que cada corredor contenía sus propias cámaras y monitores de vídeo. Era un riesgo inevitable, y no había podido hallar la manera de eliminarlo.

Pronto volvió a aproximarse a la gran sala con la puerta sellada de metal. Se agachó frente a ella y se quedó esperando treinta minutos. Cuando pasó ese tiempo y no hubo sucedido nada, se puso de pie y se dirigió a la gran puerta.

Las células fotoeléctricas eran lo primero, y lo más fácil. Tardó menos de cinco minutos. Después de haberlas desactivado, centró su atención en la puerta en sí. El diseño era desconocido, pero se trataba, a todas luces, de una cerradura de histéresis magnética. Estaba preparado para algo así, o para otras cuatro posibilidades. En la silenciosa penumbra sacó las pequeñas herramientas de su bolsa plástica y comenzó la tarea que anularía el gran sello. El haber preparado la tarea paso a paso demostraba que no había desperdiciado el tiempo libre del viaje hacia Atlantis. Haber forzado la entrada habría sido más fácil, pero no quería dejar rastros de su visita. Esto pedía sutileza, no violencia.

Era un trabajo que exigía habilidad analítica más que habilidad manual, de lo contrario Rob podría no haber tenido éxito. Su concentración en el complejo diseño de la cerradura fue interrumpida sólo una vez, cuando a su visión periférica le pareció ver una sombra oscura que pasaba rauda por la ventana a su izquierda. Se dirigió con rapidez hacia la mampara y miró afuera. No había nada y transcurridos unos segundos volvió a dedicarse a la puerta.

En treinta minutos averiguó el esquema probable del mecanismo de la cerradura. Diez minutos después abría con suavidad la pesada cerradura.

Entró en una sala que no tenía ventanas que diesen a la esfera de agua. Había dos puertas al final, que a distancia parecían tener el mismo tipo de cerradura que la que acababa de abrir. Rob recordó la geometría de la esfera interior. La puerta de la izquierda llevaría lógicamente al laboratorio que vio en su primera visita a la esfera de agua, y la de la derecha a la sala que apenas había alcanzado a ver por la puerta entreabierta.

Rob se dirigió a la puerta de la derecha y comenzó a trabajar sobre la cerradura. Era algo más compleja que la primera, pero la experiencia compensó el hecho. En poco menos de veinte minutos la abría.

Miró el reloj antes de entrar. Casi tres de las horas que había reservado para la exploración ya habían pasado. Volvió a guardar las herramientas en la bolsa, se metió ésta en el bolsillo y entró con cautela en la habitación.

Antes de poder ver nada en la oscuridad del interior sintió que allí dentro había algo vivo. Se detuvo. Estaba muy oscuro, y casi en completo silencio, pero cuando dejó de moverse pudo percibir un levísimo ruido o movimiento en algún lugar sobre la pared de la derecha. Más aún, fue el olor dulce y empalagoso del aire lo que le dijo que no estaba solo en la habitación. Hacia la izquierda, una vez que los ojos se acostumbraron a la oscuridad, pudo ver el perfil difuso de la abertura de la puerta que llevaba al laboratorio de cirugía, y al final de la habitación había otra puerta, también abierta. Una ligera luz verdosa que salía de allí indicaba que esa habitación poseía una ventana que daba a la esfera de agua.

Pocos minutos después, sus ojos se habían acostumbrado a la oscuridad y pudo discernir los contornos generales de la habitación. Comenzó a avanzar con cautela, con una linterna en la mano izquierda. Ante la pared de la derecha se detuvo e iluminó con la linterna hacia abajo y adelante.

Se dio cuenta entonces de que su búsqueda de los Duendes había llegado a su fin.

A lo largo de la pared habían puesto una hilera de camastros. Tenían menos de setenta centímetros de largo, y casi todos estaban ocupados por pequeñas figuras dormidas. Rob se acercó más. Iluminó a los dos más próximos, lo suficiente para grabar la escena con el vídeo en miniatura que había sacado del bolsillo. Los Duendes eran un macho y una hembra adultos, ambos bien formados y simétricos en cara y cuerpo. Ninguno de los dos tenía ropa alguna. Cuando la luz le iluminó la cara, la hembra masculló algo entre sueños y levantó un brazo diminuto y regordete para cubrirse los ojos.

Rob apagó la linterna y permaneció en silencio en medio de la oscuridad. Éstos eran los Duendes, sin duda, pero no tenían que ver con la descripción que le habían dado. Lenny Pascal había dicho que eran espantosos. Las formas dormidas frente a Rob eran hermosas y bien formadas, con piel suave y delicada y rasgos casi infantiles. El macho tenía una hermosa barba rubia.

Después de pensar un momento, Rob recorrió despacio la línea de camas, iluminando fugazmente a todos los durmientes. Todos estaban desnudos. Al llegar al vigésimo se detuvo y lo miró con mayor atención. Este Duende, un macho, era de un tipo diferente. La cara era la de un viejo, arrugada como la corteza de un árbol, y la respiración era pesada y trabajosa, como el sueño de alguien drogado. Rob se inclinó sobre él, mirando cada rasgo. Grabó la imagen de lo que veía, y siguió recorriendo la hilera.

Había dos tipos básicos, más o menos en cantidades iguales: los hermosos como hadas y los espantosos gnomos. Al parecer no había ejemplares jóvenes, pero Rob recordó haber oído el llanto de un niño, tan débil que lo había considerado fruto de su imaginación, mientras inspeccionaba los catres. Los niños dormirían en otra habitación contigua. Recorrió con rapidez el resto de la habitación. Había recipientes para comida, agua e instalaciones sanitarias, pero nada de muebles ni ninguna otra cosa que no fueran los camastros donde dormían los Duendes.

Fue hacia el otro lado, de donde había visto salir la luz verde de la esfera de agua a través de la puerta abierta.

Esta habitación estaba completamente vacía. En la pared opuesta al panel transparente que conducía a la esfera de agua, Rob vio unas abrazaderas bajas montadas en la pared. Se inclinó para verlas mejor, preguntándose si se usarían para tener prisioneros a los Duendes. En eso estaba cuando de pronto se encendieron las luces de la habitación en toda su intensidad. Rob se incorporó y se volvió hacia la puerta. De pie en la entrada estaba Joseph Morel. La cara no tenía los colores de siempre y miraba a Rob con un odio frío e intenso.

Antes de que Rob pudiera atinar a explicar la razón de su presencia, Morel dio dos rápidos pasos hacia atrás, más allá de la puerta. El pesado sello de metal se cerró. Rob oyó el ruido causado al correr de nuevo los cerrojos exteriores.

Con las luces encendidas, Rob pudo confirmar su primera impresión. Se hallaba en una habitación cuadrada, de casi diez metros de lado y dos metros y medio de alto. Había una única y gran ventana que daba a la esfera de agua. Había sólo una puerta, ahora cerrada por Morel. Rob la miró con atención, pero pocos segundos le bastaron para comprobar que las herramientas que llevaba consigo serían inútiles para mover los pesados cerrojos del otro lado.

Rob recorrió con rapidez toda la habitación, examinando paredes, suelo y techo. Las luces podían ser reguladas desde dos lugares, uno cerca de la puerta y el otro en el extremo opuesto. Podía oscurecer la habitación cuando regresara Morel, pero era difícil ver en qué podría beneficiarle. Rob terminó su primera inspección sin mucho entusiasmo. Como era de esperar, no había otra salida posible. Sin embargo, sentía que debía hallar una. Morel no había dicho ni una palabra al descubrir a Rob, pero su mirada fue inconfundible. Fuera cual fuese el secreto de los Duendes (y Rob se sentía cada vez más seguro de haber comprendido ese secreto) Morel estaba decidido a mantenerlo. Había matado antes, volvería a matar. Rob sabía que debía salir de allí.

Se sentó en el suelo, cerca de la gran ventana y se descubrió el antebrazo izquierdo. Presionando en puntos cuidadosamente elegidos a lo largo de la cara interna del brazo, halló los contactos que apagaban todo impulso sensorial proveniente de la mano izquierda. Como antes, estaba fijada a sus propios huesos, nervios y tendones, pero ya no tenía sensibilidad. De ser necesario, podría utilizarla como una potente porra o como un escudo sin temor al dolor.

Pero Rob debía poder acercarse a Morel para que le sirviera de algo. No tenía esperanzas de que tuviera esa oportunidad. Cuando el otro hombre regresara, tendría, con toda seguridad, armas o ayuda, y su instintiva cautela al encerrar a Rob de inmediato sin esperar a oír ninguna explicación hablaba bien a las claras de la imposibilidad de engañarle para hacer que se acercase lo suficiente como para un ataque físico. A juzgar por las apariencias, Morel era además igual de fuerte que Rob, por lo menos.

Usando el insensible brazo izquierdo como martillo, Rob volvió a recorrer todas las paredes, golpeando y escuchando el sonido que producían los golpes. Confirmó su primera impresión: no había salida por ese lado. Las superficies de las paredes, suelo y techo, sin junturas, no ofrecían posibilidad de ser perforadas por nada que no fuera un taladro o un láser.

Rob se sentó otra vez a pensar. Necesitaba enfocarlo de otro modo.

Transcurridos unos minutos, fue hasta el control de las luces y las amortiguó. No engañaría a Morel con la oscuridad, pero Rob quería ver mejor lo que había afuera, en la tranquila esfera de agua. Sabía que por allí no había salida. Aunque pudiera llegar a ella, se ahogaría antes de poder nadar hasta un orificio de entrada a la esfera central.

El mundo acuático estaba normalmente iluminado sólo por las luces del enrejado interior. Pero en esos momentos, con la luz extra irradiada por Lutecia, había un nuevo resplandor en todo. Rob podía ver más allá de los recipientes de nutrientes y la enmarañada vegetación alrededor de éstos. Durante casi quince minutos esperó en la oscuridad y el silencio. ¿Era su imaginación? Le pareció ver un atisbo de una forma inmensa y oscura justo detrás de las plantas. Estaba cerca del lugar donde viera a Caliban en su primera excursión a la esfera de agua. ¿Era tan improbable que estuviera otra vez allí, mirando una de las grandes pantallas que le proporcionaban su conocimiento del mundo exterior? La forma distante era exasperantemente vaga.

Rob volvió al control de la pared, aumentó un poco la intensidad de las luces y volvió a examinar la ventana. Era una construcción estándar para uso espacial, utilizada cuando era necesario un cierre hermético. Una lámina entera de un plástico muy resistente se aseguraba al marco de la pared por medio de doce gruesos tornillos y se agregaba una espesa capa de adhesivo sobre ellos para que el panel fuera a prueba de agua y de aire. Esa capa no oponía resistencia alguna. Rob pudo pelar uno o dos centímetros, y mirar los tornillos. Eran de aluminio templado, con cabezas de casi ocho centímetros de diámetro al nivel de la pared.

Rob arrancó con minuciosidad toda la capa de adhesivo alrededor del perímetro de la ventana, utilizando la mano y el antebrazo izquierdos como espátula. Intentó hacer girar uno de los tornillos con el extremo de una ganzúa electrónica.

Fue inútil. La herramienta no había sido diseñada para ejercer fuerza y se dobló a la menor presión. Rob lanzó un juramento. Necesitaba algo con una cabeza de un grosor de medio centímetro y un ancho de ocho centímetros, algo que transmitiera toda su fuerza cuando él lo hiciera girar. Buscó otra vez en la habitación. No había nada, nada que pudiera arrancar de algún lado y usar como improvisado destornillador.

Volvió a mirar el reloj. Hacía más de una hora que se había ido Morel, más de lo que Rob esperaba. Si iba a hacer algo antes del regreso de Morel, debía hacerlo rápido.

Rob volvió a la pared con las abrazaderas empotradas cerca del piso. Una de las argollas tenía un borde afilado y estaba lo suficientemente sujeta como para permitir un juego de palanca. Rob se agachó y comenzó a utilizar el borde afilado para romper la suave piel sintética de su mano izquierda. Con los sensores de su sistema nervioso apagados no podía sentir dolor, pero experimentaba una extraña sensación de asco al mutilar su propia piel postiza. Rob la dominó y siguió trabajando, de modo que tras diez minutos de esfuerzo ya había llegado a los encordados de metal templado que formaban el esqueleto de sus dedos artificiales. Estudió la estructura con gran cuidado. Para tener el borde recto que necesitaba, debía quebrar los dedos en una línea uniforme cerca de donde se encontraban con la palma. El metal era resistente, demasiado flexible para quebrarse con un golpe o una simple flexión. Rob tomó las articulaciones desnudas del índice izquierdo con la mano derecha y forzó la base del dedo con toda la fuerza que tenía contra el borde afilado de la abrazadera de metal.

El resultado fue una pequeña melladura en el metal. Rob repitió la acción desde ángulos diferentes hasta haber hecho una marca similar alrededor del dedo. Comenzó a doblarlo hacia el pulgar, con toda la fuerza de la mano derecha. Se fue doblando por el punto más débil, por la abertura que ya había hecho. Siguió durante diez minutos, hasta que el desgaste del metal hizo que el dedo se quebrara.

Rob miró el borde roto. Serviría. Con paciencia repitió el procedimiento con el dedo del medio y luego, algo más rápido, con los otros dedos, más finos. Cuando terminó, tenía cuatro espantosos extremos de metal, cada uno de un grosor aproximado de medio centímetro al final de la palma de la mano izquierda.

Descansó unos segundos. Sudaba con profusión en aquel ambiente cerrado, y le salía mucha sangre de un corte en el codo derecho, que se había hecho al resbalar y tocar con el codo el metal afilado de la abrazadera. Entonces se dirigió deprisa a la ventana e insertó el primario destornillador que era ahora el extremo de su brazo izquierdo en la ranura de la cabeza de uno de los tornillos. Intentó hacerlo girar. Con la falta de peso en la baja gravedad del interior de Atlantis resultaba difícil hacer palanca, pero descubrió después de varios intentos que podía encajar el pie en el ángulo del suelo y la pared. Agarrándose el brazo izquierdo con la mano derecha, apretó con todas sus fuerzas.

Después de unos momentos de esfuerzo desesperado, la cabeza del tornillo giró un cuarto. Rob respiró hondo, apoyó la frente contra el plástico fresco de la ventana, y cerró los ojos. Cuando volvió a abrirlos, miró hacia el agua fresca y verde. Quizá siguiera siendo su imaginación, pero le pareció ver la silueta de Caliban, oculto entre la frondosa vegetación. Rob apretó los dientes y volvió a la tarea, preguntándose si la desesperación no le estaba haciendo ver visiones entre las algas oscilantes.

Pasaron diez minutos más antes de que pudiera sacar el primer tornillo. Al sacarlo comprobó con alivio que no entraba agua. Habría otra capa de sello adhesivo del otro lado de la ventana. Empapado en un sudor frío siguió trabajando, aflojando tornillo tras tornillo. La tarea era aburrida y agotadora. Después de la primera hora se hizo automática, un ritual que le privaba de toda noción del paso del tiempo, una tarea que parecía más y más sin sentido cuanto más se acercaba a su dudosa conclusión. Siguió trabajando con ciega persistencia.

La falta de sueño comenzó a hacerse notar. Rob dormitaba, contra la pared frente a la gran ventana, cuando el ruido de los cerrojos del otro lado de la pesada puerta lo arrancó abruptamente de un sueño incómodo. Se lanzó sobre el control de las luces y puso la máxima iluminación. Al hacerlo, la puerta se abrió. Joseph Morel apareció en el umbral.

No entró enseguida. Sus fríos ojos grises examinaron la habitación antes de dar un paso adelante. Rob dio gracias por haber puesto en su lugar nuevamente la franja de sellado al borde de la ventana y haberse guardado los tornillos en el bolsillo. Sería necesaria una inspección muy exhaustiva para descubrir lo que había hecho en la ventana.

Morel no corría riesgos. Traía un pesado cilindro con un extremo de alambre cruzado color azul. Cuando entró en la habitación apuntó al pecho de Rob.

—No creo necesario describirle esto —la voz de Morel sonaba suave y precisa.

Rob asintió.

—¿Un láser quirúrgico?

—Exacto. En caso de que no haya visto ninguno en funcionamiento, permítame señalarle que se trata de un último modelo para cirugía mayor, y que está en su máxima potencia. Una pasada a través de su cuerpo (y estoy seguro de que tanto no será necesario) tardará sólo un quinto de segundo. El resultado será una perfecta y cauterizada división en dos.

Morel estaba rojo y la voz le vibraba con una extraña exaltación. Rob no se movió. Sabía que se requeriría muy poco de su parte para que el otro considerara «necesario» emplear el instrumento que traía.

—No entiendo qué ocurre —dijo con humildad—. Yo lo único que hacía era mirar el laboratorio y usted viene y me encierra aquí. Y desaparece durante horas. ¿Qué pasa?

Mientras hablaba, Rob dirigió un rápido vistazo a su reloj. Morel había tardado casi cinco horas. ¿Por qué tanto? Aunque prácticamente ya podía sentir el láser cortándole piel y hueso, Rob se obligó a moverse a lo largo de la pared, unos centímetros más cerca de Morel. El movimiento provocó un gesto de advertencia del láser.

—Mantenga la distancia —Morel se alejó de Rob, acercándose a la gran ventana—. No se aproxime ni un centímetro más. No se tome la molestia de inventar una excusa que justifique su presencia aquí. —Sonrió y Rob leyó la determinación en su mirada—. Estaba husmeando en el laboratorio y ha visto lo que hay en el cuarto de al lado. La razón de su persistente curiosidad es irrelevante, pero debo saberlo para mi tranquilidad. ¿Por qué se interesa tanto en los experimentos que realizo aquí?

—Es una historia larga y complicada —dijo Rob.

Miraba, más allá de Morel, tratando de ver dentro de la esfera de agua. La luz intensa de la habitación aumentaba el reflejo desde la ventana, pero Morel estaba muy iluminado.

—Ya está enterado de lo de mi padre —continuó Rob.

—No quiero oír la historia de su vida —Morel volvió a hacer un movimiento con el láser—. Tengo prisa. Se dará cuenta de que no saldrá de esta parte de Atlantis vivo, pero aún le quedan algunas opciones. Puede ganarse una muerte rápida e indolora dándome una explicación breve y clara. O puede aprender lo eficaz que puede ser este instrumento para la cirugía múltiple. Adelante, y no me tiente.

—La muerte de mi padre tiene que ver —Rob se apresuró antes de que Morel pudiera volver a amenazarlo—. Estoy seguro de que usted sabe que mis padres murieron, es decir, fueron asesinados, porque estaban experimentando con lo que ellos llamaban «Duendes».

Morel se sorprendió.

—¿Y usted cómo se enteró de eso? Sucedió antes de que usted naciera.

—Déjeme hablar y se lo diré. Encontré pruebas de que los Duendes estaban relacionados con usted y con Atlantis. Cuando vine aquí la segunda vez, decidí tratar de averiguar qué eran los Duendes, y por qué fueron una razón suficiente para que alguien cometiera un múltiple asesinato.

Rob se obligó a mantener los ojos fijos en el rostro de Morel. Por la ventana acababa de pasar una gruesa serpiente, flotando, y a ésta siguió enseguida un inmenso ojo sin párpado, muy cerca del transparente plástico. Aunque era lo que estaba esperando, Rob se estremeció por dentro. Un segundo después un inmenso tentáculo lleno de ventosas apareció junto al ojo.

—Decidí que el único lugar donde podían estar era aquí, dentro de este laboratorio —prosiguió Rob. Para su consternación, el ojo y el tentáculo de la ventana habían desaparecido, como si la escena que transcurría en el interior le resultara de poco interés. ¿No habría reconocido a Morel desde atrás?

Rob estaba convencido de que su interés en la ventana sería evidente. Por el rabillo del ojo vio cómo un par de tentáculos volvían a aparecer flotando despacio y apoyaban las ventosas sobre la superficie del panel transparente.

—¿Y ha averiguado lo que condujo a alguien a cometer un múltiple asesinato? —preguntó Morel.

La ventana hizo un ruidito cuando los poderosos brazos probaron su resistencia.

—La verdad, no —contestó Rob. Se detuvo, ya sin palabras. Seguramente Morel había oído el ruido de la ventana. Por fortuna, no le fue necesario seguir inventando nada. Caliban había decidido que este panel era diferente. Morel oyó el ruido a sus espaldas, pero era demasiado tarde. Cuando se volvió, la ventana ya había sido agarrada por tres tentáculos más, arrancada sin esfuerzo de su marco y arrojada a la esfera de agua como una hoja arrastrada por el viento. Tres largos brazos de un verde oscuro entraron tanteando por la abertura, buscando a Morel. Uno de ellos lo agarró de una pierna, otro se le enroscó con firmeza alrededor de la gruesa cintura y comenzaron a arrastrarlo hacia el agua.

Morel no perdió el control. Levantando el láser, le cortó dos brazos, cerca del punto donde entraban en la habitación. E hizo frente al animal, rojo de ira, mirando a la gigantesca figura de Caliban al otro lado de la ventana. La diferencia de presión entre el agua y el aire era mínima, y la superficie entre los dos se iba haciendo convexa. Rob se acurrucó contra la pared más alejada, hipnotizado por esos tremendos tentáculos, cada uno de los extremos más grueso que su propia cintura. Los dos brazos cortados, todavía en las convulsiones de los espasmos musculares, escupían una sangre azul verdosa sobre el suelo de la habitación.

—Atrás. —La voz de Morel sonó triunfante. Apuntó con el láser a Caliban, mientras el calamar azotaba el agua—. Retrocede si no quieres que te queme los brazos.

El calamar no retrocedió. Morel se llevó la mano al bolsillo y sacó el delgado comunicador negro. Oprimió un botón.

—Retrocede, o de lo contrario te enseñaré lo que puede ser el dolor.

Rob no sabía hasta qué punto Caliban comprendía la situación, pero al ver el comunicador el calamar apartó su tercer brazo hacia la esfera de agua. Siguió allí afuera, al otro lado de la ventana, cuando Rob se puso de pie, llegó al control de las luces y las apagó del todo.

Hubo un momento de oscuridad total, luego un relámpago color rubí y el estallido de metal derretido cuando el láser quirúrgico se descargó contra una pared, cerca de Rob. Él sintió gotas de aluminio y acero derretido salpicarle los brazos y la cara. Se tiró al suelo y comenzó a arrastrarse hacia la puerta. Junto a la ventana sonó un súbito quejido de dolor o de sorpresa de Morel, y el rayo del láser salió disparado descontroladamente atravesando suelo y techo. El pesado cilindro se estrelló contra la pared, a treinta centímetros por encima de la cabeza de Rob. Rob lo buscó, lo encontró y lo sostuvo debajo del brazo derecho, al tiempo que llegaba al control de las luces que había junto a la puerta.

Las luces se encendieron justo a tiempo para que Rob viera a Morel, con un tentáculo alrededor del cuello y otro alrededor de las caderas, en el momento en que era arrastrado sin piedad hacia la esfera de agua. Todavía sostenía el comunicador, y oprimía una secuencia de señales y órdenes. Al otro lado de la ventana, Caliban se estremecía y retorcía, y la piel tenía un profundo color púrpura. Pero seguía atrayendo al hombre hacia sí.

Rob levantó el láser y apuntó a Caliban. Antes de que afinara la puntería, el calamar descargó de pronto su bolsa de tinta en el agua. La esfera de agua se convirtió en un vertiginoso torbellino sepia, oscuro e impenetrable. En algún lugar dentro de él, Joseph Morel y su criatura libraban el último combate.

El horror mantuvo a Rob inmovilizado, hasta que vio otro largo tentáculo en el agua ennegrecida. Dejando el láser, se arrastró hasta cruzar la puerta, la cerró, pasó la barra de metal y corrió todos los cerrojos. Sólo cuando hubo pasado el último, se apoyó contra ella para descansar unos minutos.

Cuando por fin se incorporó y miró el reloj, vio que habían pasado casi diez horas desde que saliera a explorar los secretos del laboratorio de Morel. A menos que hubiera ocurrido algo que cambiara sus planes, Regulo estaría en su estudio, ocupado con los últimos preparativos para trabajar en Lutecia.

Rob, atontado por una sensación desconocida, comenzó a trastrabillar hacia la zona de las habitaciones.

17

«ENTONCES VI QUE HABÍA UN CAMINO HACIA EL INFIERNO, INCLUSO DESDE LAS PUERTAS DEL CIELO»

Antes de que Rob llegara al estudio de Regulo, el brazo izquierdo había comenzado a dolerle con un dolor insoportable. Si la energía eléctrica que alimentaba los centros sensoriales estaba cortada, no era posible que las señales pasaran más allá de su mano mutilada. Rob se lo repitió, mientras apretaba los dientes contra las oleadas de dolor que le subían por el brazo. Se metió dentro del estudio y se dejó caer sin hablar en la silla junto al gran escritorio.

Regulo y Corrie estaban sentados frente a él, con las cabezas juntas sobre una imagen. Levantaron la mirada sorprendidos cuando Rob entró.

—¡Rob! —Corrie dio la vuelta al escritorio y apoyó la mano sobre su dañada mano izquierda. Él se apartó de ella, encogiéndose por el dolor que le produjo el contacto.

—No la toques.

—¿Pero qué te ha pasado? —Corrie le miraba la ropa y la cara.

Rob hizo una mueca. Debía de tener un aspecto terrible. La ropa estaba mojada por el agua y la tinta color sepia de Caliban, y la cara y los brazos estaban cubiertos de puntos rojos: pequeñas quemaduras donde el láser había arrojado las gotas de metal derretido de la pared.

—He estado en los laboratorios. Caliban ha cogido a Morel. ¿Se puede conectar una pantalla para ver qué ha ocurrido?

—¡A Morel! —Regulo hablaba por primera vez, con los ojos muy abiertos de la impresión—. ¿Qué significa que Caliban lo ha cogido? Joseph no se acercaría a la esfera de agua.

—A través de la ventana. Se lo ha llevado a través de la ventana. —Rob se reclinó en la silla—. Corrie, ¿quieres traer un inyector y ponerme una dosis de anestesia local en el brazo izquierdo? No puedo seguir hablando con este dolor.

—Traeré un botiquín de primeros auxilios —Corrie miró con horror los extremos destrozados de la mano artificial—. ¿Qué te has hecho?

Sin esperar la respuesta, salió corriendo de la habitación. Rob se sentía como pegado al asiento, atado por la mínima gravedad de Atlantis. Miró sin ver cómo Regulo pasaba la mano rápidamente por el panel de control. Una serie de imágenes de la esfera de agua pasaron deprisa por la gran pantalla, y se fijó en una que mostraba la esfera interior. Rob vio el agujero donde había estado la ventana, las luces resplandecientes dentro de la habitación. Flotando frente a ellos vieron el destrozado cuerpo de Morel. Los miembros, el cuello y el torso estaban retorcidos hasta un extremo inimaginable. La lucha final había terminado. El vencedor había desaparecido a curar sus heridas en las profundidades de la esfera de agua.

Regulo aumentó la imagen y la concentró en la ventana, desde afuera.

—¿Está sellada esa puerta? Si no lo está, será mejor que cerremos los accesos próximos a esta zona.

—Lo está. —Rob se enderezó en la silla en el momento en que entraba Corrie, que oprimió un inyector en aerosol sobre el brazo dolorido—. He corrido los cerrojos antes de salir.

—He de hacer algo más —Regulo marcó una larga secuencia de órdenes en el control—, voy a detener la cuenta atrás para la operación en Lutecia. Estando tú herido y con Morel muerto debemos posponerla. No entiendo qué ha sucedido ahí adentro. Sé que dimos a esos paneles la suficiente resistencia. ¿Cómo ha logrado Caliban romper la ventana y entrar?

Rob volvió a mirar la pantalla, que mostraba una imagen de la bola resplandeciente del asteroide fundido. Mientras estuvo en el laboratorio se habían acercado mucho. En ese momento parecía al alcance de la mano, a pocos kilómetros de distancia. Atlantis estaba colocada justo encima del polo de la esfera en rotación, y Rob llegó a ver la forma negra de la Araña, agazapada en el eje de rotación.

—Caliban no ha roto la ventana —dijo por fin.

Negó con la cabeza. La anestesia comenzaba a hacerle efecto, dejando lugar a otros pensamientos aparte del dolor. Respiró hondo y miró a los ojos de Regulo.

—Lo he hecho yo. He sacado los tornillos que fijaban la ventana en su lugar. No he tenido más remedio. Morel me tenía encerrado dentro de la habitación, e iba a matarme.

—Rob, has pasado por muchas cosas últimamente —Regulo se reclinó en el asiento, y el rostro arrugado dejaba ver su incredulidad—. Joseph no podía querer matarte. ¿Por qué? No os habéis visto más que media docena de veces.

Rob miró a Corrie. Ella fijó los ojos en él y negó con la cabeza.

—Estoy de acuerdo con Regulo. Nunca me gustó Joseph Morel, lo sabes. Pero no trataría de matarte. ¿Qué motivos iba a tener?

—Lo que he descubierto sobre él, ahí en su laboratorio secreto. Me sorprendió hace unas horas, cuando yo estaba investigando. Después, tenía que asegurarse mi silencio. Y había sólo una manera de conseguirlo.

Darius Regulo seguía sentado ante el panel de control, y sus dedos se deslizaban sobre las teclas y las clavijas.

—Te equivocas, Rob. Morel hace veintinueve años que tiene ese laboratorio, desde que vino a Atlantis. Jamás ha ocasionado el menor problema con él, muy al contrario. Si consideras la obra que ha hecho aquí, verás que merecería docenas de honores médicos. Fue un pionero en el tratamiento de cuatro o cinco difíciles problemas biológicos.

—Lo creo. Pero, ¿cuántas veces ha estado usted dentro del laboratorio? ¿Usted o Corrie?

—No sé las veces que habrá estado Cornelia, pero yo nunca he entrado. A Joseph le gustaba trabajar en privado, y yo entiendo esa necesidad.

—Entonces no puede estar tan seguro de lo que hacía allí. —Rob caminó hasta el escritorio. Miró a Regulo a los ojos, con dolorosa intensidad—. Morel criaba Duendes en el laboratorio. ¿Quiere que le cuente qué son los Duendes?

Regulo dejó de manipular los controles y se quedó inmóvil.

—¿Duendes? —dijo por fin—. Nunca oí a Joseph hablar de Duendes. ¿Qué tratas de decirme?

—Duendes es sólo el nombre que yo les doy, un nombre que usaban mis padres. Morel los mató, y de no haber sido por Caliban, me habría matado a mí también, por la misma razón. Gregor y Julia Merlin, mi padre y mi madre, tuvieron ocasión de observar a dos de los Duendes. Se enteraron de lo que eran. Morel no podía permitir que se lo dijeran a nadie, y arregló sus muertes. Mató a mi padre provocando un incendio en el laboratorio y a mi madre en un sabotaje a un avión. Y le hizo un lavado de cerebro a Senta Plessey cuando ella, de alguna manera, averiguó lo de los asesinatos y lo de los duendes; él no los llamaba Duendes, él los llamaba Expes, pero son la misma cosa.

—Rob, estás delirando. Aún no nos has aclarado qué son esos Duendes. ¿Qué diablos importa cómo los llamase Morel? —Regulo parecía solícito pero exasperado.

—Son hombrecitos diminutos, de menos de un metro de altura y de pocos kilos de peso. Cuando oí hablar de ellos por primera vez pensé que no podían ser humanos, debían de ser de otra especie. Me equivoqué. Son humanos, tan humanos como nosotros. ¿Recuerda a qué se dedicaba Joseph Morel antes de venir a trabajar para usted?

—Por supuesto que lo recuerdo —Regulo parecía intrigado—. Trabajaba en rejuvenecimiento y prolongación de la vida, por ese único motivo lo contraté. Quería que siguiera trabajando en eso, pero para mí.

Debes de saber ya que los tratamientos convencionales de rejuvenecimiento no sirven para mi enfermedad.

—Sí, lo sé. Mis padres también trabajaban en rejuvenecimiento, en los Laboratorios Antigeria, en Nueva Zelanda. Morel solía intercambiar informes y resultados con ellos, y ahora tengo la seguridad de que a veces también intercambiaban material. Así es como los Duendes originales llegaron a ellos, en una caja de medicamentos sellada.

—¿Estás intentando decirme que Morel les mandó dos de esos «Duendes» a tus padres en una caja? —La irritación en la voz de Regulo aumentaba.

—Claro que no. Morel no se dio cuenta de lo sucedido hasta que fue demasiado tarde. Cuando lo descubrió, los Duendes habían llegado. Ellos se metieron en la caja sin que lo supiera nadie. Llegaron a la Tierra, pero los compartimientos de carga no están presurizados. Los Duendes murieron en el espacio, antes de aproximarse siquiera a la Tierra.

—¿Pero por qué querrían esos hombrecitos tuyos ir a los Laboratorios Antigeria? —preguntó Corrie. Se había acercado a Rob y le escuchaba con atención.

—No tenían una intención tan específica. No tenían idea de a dónde llegarían, lo único que querían era escapar de aquí. Fue casualidad que llegaran a ese laboratorio en particular, aunque no era improbable, porque mis padres eran de los pocos grupos que intercambiaban material e informes regularmente con Morel. Para Morel, los Laboratorios Antigeria eran el peor lugar al cual podían haber llegado los Duendes. Porque mi padre reconoció a los Duendes. —Hizo una pausa, escudriñando el rostro de Regulo—. ¿Alguna vez ha oído hablar de progeria?

Corrie negó con la cabeza. Tras un silencio de algunos segundos, Regulo se encogió de hombros.

—Puedo suponer lo que significa —dijo—. Será lo opuesto a antigeria, de modo que tendrá que ver con aumentar la velocidad de envejecimiento.

—Es algo más específico —suspiró Rob—. Hay una enfermedad natural poco común llamada progeria, que afecta a un niño entre cientos de millones. El niño que padece esa enfermedad alcanza la madurez sexual pocos meses después de nacer. Y está completamente desarrollado, aunque sigue siendo pequeño, al año o dos años de edad. Y a los seis o siete años muere de viejo. Ésa es la progeria natural, bien conocida por los libros de medicina. La causa es un defecto genético, y aparece como un mal funcionamiento del sistema glandular. Si se la diagnostica a tiempo, es decir, antes de los dos meses de edad, puede ser tratada y curada. El paciente puede vivir una vida normal, siempre y cuando no abandone jamás el tratamiento.

Rob miró la pantalla. Lutecia se veía más grande cada vez a medida que Atlantis acortaba la distancia entre ambos cuerpos. Se volvió para mirar a Darius Regulo.

—Morel había estudiado esa enfermedad —dijo—. No es extraño. Para estudiar el proceso de envejecimiento, nada mejor que estudiar cualquier cosa que lo apresure o lo retarde. Pero Morel fue más allá. En determinado momento de sus estudios encontró un método que le permitiría hacer algo más que comprender la progeria. *Halló la manera de inducirla.*

—¿Quieres decir crearla en gente normal? —preguntó Corrie.

Rob asintió.

—Con drogas, o cirugía, o tal vez una combinación de ambas. Podía inducir la progeria, desarrollar un niño que madurara, se reprodujese y muriese en pocos años. Eso es lo que son los Duendes. Una colonia de seres humanos, todos enfermos de progeria inducida. No crecen más de un cuarto de la estatura normal, y pesan una décima parte de lo que pesamos nosotros. Y mueren en pocos años. Morel los criaba en ese laboratorio.

—Espera un momento —Regulo había apartado la silla del escritorio y miraba a Rob con expresión de perplejidad—. Si hablas en serio, aunque no es fácil creer nada de lo que has estado diciendo, entonces tus «Duendes» tienen pocos años. No sólo eso, si son tan pequeños como dices tú, no pueden tener la capacidad cerebral de un ser humano normal. No pueden pensar cómo escapar de Atlantis. Pero lo que tú me estás diciendo es que algunos escaparon, hace muchos años. ¿Cómo pudieron, entonces, idear una huida?

—Recibieron ayuda. —El brazo comenzaba a dolerle otra vez, pero se esforzó por no prestarle atención—. Tienen pocos años de edad, y tiene razón con respecto a su reducida capacidad craneal, aunque tienen cabezas muy grandes para el tamaño del resto del cuerpo. Lógicamente, jamás se habrían enterado de la existencia de un mundo fuera del laboratorio, de no ser por otro factor. Caliban. Una vez lo vi frente a la ventana del laboratorio. El calamar puede comunicarse con los Duendes, al menos lo suficiente para contarles del resto del mundo. Estoy seguro de que él fue el instrumento que les ayudó a escapar de aquí.

—¡Caliban! —La expresión de Regulo era inescrutable. Se reclinó pensativo en la silla—. ¿Por qué iba a hacer eso Caliban?

—No diré que comprendo sus motivos, pero él y los Duendes tienen un profundo lazo de unión. Los dos tienen muy buenas razones para temer y odiar a Joseph Morel. Caliban les ayudó a escapar, al menos a algunos de ellos. El problema fue que lo que Caliban sabe del mundo fuera de Atlantis es muy peculiar. Pudo decirles cómo esconderse, pero al parecer no se dio cuenta al principio de que podrían morir por falta de oxígeno en el viaje. Por fin lo averiguó, no hace mucho, y se le ocurrió otra idea. Los ayudó a ocultarse en una cápsula espacial con un impulsor Mischener. Eso tenía oxígeno y provisiones. Con un poco de suerte, los Duendes habrían llegado con vida a algún lugar donde hubiera gente para ayudarlos.

—¿Y no lo lograron? —Regulo se estaba poniendo tenso.

—Sé que no. La cápsula llegó a la Luna, pero ellos ya estaban muertos.

—¿Y cómo has averiguado todo esto? —Corrie seguía muy cerca de Rob, recargando el inyector de anestesia—. Y lo de la progeria. ¿Cómo lo has sabido? Tú no eres biólogo.

—Me han ayudado. —Rob se pasó la mano derecha por el dolorido brazo izquierdo. El dolor aumentaba—. He recibido casi toda la información de una fuente en la Tierra. Lo único que no he logrado averiguar desde allá fue la razón de todo esto. La razón estaba aquí.

Volvió a mirar a Regulo.

—Los Duendes fueron lanzados desde aquí, en un vuelo no autorizado, y murieron en el camino de regreso al sistema Tierra-Luna. Estuvieron sometidos a una aceleración demasiado grande y no la resistieron.

—¿Con un impulsor Mischener? —Regulo había comenzado a jugar con las teclas de control frente a él. Miró a Rob—. Sabes que no es posible. Los Mischeners no pueden ir a más de medio g. ¿O tus Duendes no pueden resistir esa aceleración?

—No sé cuánto pueden resistir. Pero fueron a treinta o cuarenta ges, lo suficiente para matar a cualquiera de nosotros. Y no salió de los Mischeners.

—¿De dónde, entonces? Ya conoces las normas con respecto a las aceleraciones con impulsores. No hay nada en el Sistema que pueda darte cuarenta ges.

—Eso le dije yo a Howard Anson —Rob miró a Regulo con atención. No hubo ninguna reacción ante el nombre, al menos Rob no la vio—. Pero luego me di cuenta de mi error. Cuando venía aquí desde la Tierra decidí que hay una manera de llegar a esa aceleración, una manera que no depende de los impulsores de una nave. Y es algo que a usted le encantaría, Darius Regulo, más que a ninguna otra persona.

Rob miró la gran pantalla. A pesar de lo que había dicho Regulo antes, Lutecia parecía crecer más y más.

—¿Y qué crees tú que le encantaría a Darius Regulo? —Las serenas palabras interrumpieron la observación de Rob de la pantalla.

—Usted me dio la pista, la última vez que estuve aquí —el tono de Rob era amargo—. Fui muy tonto al no darme cuenta. Me habló mucho sobre transmisores de materia y el problema de los tiempos de tránsito en el Sistema. Usted ya tenía su método trabajando. Debí darme cuenta cuando contrató el uso de las Arañas y me pidió a *mí* que construyera el Tallo, en lugar de utilizar a Keino. Él es parte de su personal, y es un experto en construcción espacial. Pero le reservaba una tarea más importante.

—No, Rob, te engañas —la cara de Regulo mostraba una extraña mezcla de orgullo y resignación—. Tú eres mejor constructor que Keino. Te elegí para el trabajo más difícil, no para el más fácil. ¿Hasta dónde has llegado en tus especulaciones?

Ése era un rasgo del antiguo Regulo. Rob se preguntó de pronto si no había llegado a una conclusión errónea sobre el viejo.

—Sólo tengo la idea general —dijo—. Empieza otra vez con la Araña. Ahora está tejiendo una telaraña diferente. *Los cohetes no sirven.* Eso está aquí en su escritorio, pero yo no profundicé lo suficiente. Debí darme cuenta de que no se detendría en el Tallo, que sólo nos sube y nos baja desde la Tierra. Quería hallar la manera de transportar materiales por todo el Sistema sin usar impulsores. La Araña podía dar una solución.

Rob se interrumpió unos segundos para volver a mirarse el brazo izquierdo, que le latía. El dolor regresaba. Comprobó que toda la entrada de energía estuviera desconectada. Sí, estaba bien. Se frotó el brazo otra vez con la mano derecha, preguntándose si la sensación era psicosomática.

—Hilar otro cable —continuó—. Hacerlo como el Tallo, con cables superconductores y un tren de impulsores fijos al cable de carga. Esta vez se pone el satélite de energía en el centro del cable, con un largo igual a cada lado. Se fabrica en el espacio, pero no se trae a la atmósfera ni se amarra. Se deja cerca de la órbita de Marte o en el Cinturón, o cerca de la Tierra, lugares clave del Sistema. Entonces se comienza a rotarlo sobre su centro, como un par de radios en una rueda. Supongo que comenzó con un par, uno en el Cinturón y otro cerca de la Tierra.

Regulo asintió con calma. Había dejado de manipular el panel de control y parecía más tranquilo.

—Hemos empezado con dos. Es sólo el principio. Cuantos más tengamos, más eficiente será toda la operación. He pensado que construiremos alrededor de cinco mil en la región Tierra-Cinturón.

—¿Puede manejar tantos?

—¿Con Sycorax? Es fácil. Podemos instalar esa cantidad y más, ya hay millones de órbitas en los bancos de datos. —Regulo parecía un maestro paciente—. Ya te lo dije, Rob, *piensa a lo grande*. El Sistema es un lugar grande. Hay que pensar a gran escala.

Corrie había seguido la conversación con una creciente incredulidad. La imagen del cuerpo de Morel había desaparecido de la pantalla, y con ella había desaparecido todo el interés por recuperarlo de la esfera de agua. Los dos hombres parecían muy satisfechos con haber pasado a otra de sus interminables charlas sobre ingeniería. La clase de Regulo le agotó la paciencia.

—¿No tenéis sentimientos? —interrumpió—. Joseph Morel está muerto ahí afuera, Caliban se ha vuelto loco, y vosotros os sentáis aquí a hablar de Tallos. ¿Y los Duendes, Rob? Primero nos dices que hay niños en el laboratorio de Morel y después te pones a hablar de algo completamente diferente.

Mientras hablaba se dio cuenta de que no le hacían caso. Ni siquiera la miraron. Había un invisible cordón de tensión que unía al uno con el otro.

—¿Tú cómo lo harías, Rob? —preguntó Regulo. Sus ojos brillantes no se apartaban del pálido rostro del otro hombre.

—Como lo hizo usted. Tiene un cable rotando en una órbita libre, de miles de kilómetros.

Rob se inclinó hacia adelante, y Regulo apartó la silla del escritorio, como retrocediendo ante él.

—Ahora supongamos que quiere llevar una cápsula espacial desde el Cinturón a la Luna —siguió Rob—. La hace encontrarse con el centro del cable, donde está el satélite de energía. El centro de masa del cable se moverá en una órbita de caída libre, moviéndose a más o menos la misma velocidad que la cápsula, de modo que no hay que utilizar casi masa de reacción para provocar el encuentro, y no se necesita aceleración de los impulsores de la cápsula, apenas una fracción de g bastará. Cuando tiene la cápsula en la mitad del cable, la deja correr a lo largo del tren del impulsor. Cuando se aleja del centro, la cápsula sentirá la aceleración centrípeta, deberá usar el tren de impulsores en el cable para frenarla. Para cuando llega al final del cable la aceleración es inmensa. Entonces la libera para que se mueva en caída libre, pero ya le ha dado un gran impulso de velocidad. Estudié un par de ejemplos. Un cable de unos cuatro mil kilómetros de largo con una velocidad en el extremo de veinticuatro kilómetros por segundo (la velocidad de la órbita de Marte) dará treinta ges a cada extremo. Eso es lo que mató a los Duendes.

—No tuvieron suerte —Regulo había apartado la silla del escritorio algo más, hasta llegar casi a la pared—. Si quieres, puedes decir que fue culpa de Caliban. Nunca recibió información sobre operaciones espaciales para transferencia de pasajeros, y la inteligencia no puede suplantar a la experiencia. Puso la cápsula espacial para que se encontrara con una Honda de carga, un cable más corto con aceleraciones muy altas, no apto para personas.

—¿Tiene Hondas para pasajeros? —Rob se había acercado al escritorio.

—Construimos los dos primeros hace un mes. Averigüé qué cable habían usado tus Duendes, verificando el impulso angular de todos. Cada vez que utilizamos una Honda aumentamos o disminuimos su impulso angular —Regulo se puso de pie, de espaldas a la pared—. Perdemos impulso angular cuando lanzamos una carga hacia el Sol, y lo recuperamos cuando alcanzamos algo lanzado desde Marte o desde el Cinturón. Siempre y cuando movamos la misma masa de materiales en ambos sentidos, todo el sistema se mantiene en equilibrio, como el Tallo en la Tierra. Te habría dado los detalles sobre la Honda apenas tuviéramos a Lutecia bajo control. Tienes la idea, pero te sorprenderá ver en cuánto podemos reducir los tiempos de tránsito. Pero ya basta. —La voz de Regulo había cambiado, era más ronca y más intensa—. La Honda fue utilizada de una manera que yo no había previsto. Mató a dos de los «Duendes». No te equivocas. Joseph estaba llevando una especie de experimento social aquí, nos dices. Si tenía una colonia autosuficiente, habrán pasado muchas generaciones en treinta años. Me pregunto qué tipo de estructura social habrán desarrollado. ¿Te había dicho Joseph qué intentaba conseguir con su colonia, antes de que Caliban le atacara?

—No me dijo nada —Rob se puso de pie—. Morel no iba a decirme nada. Era un hombre lógico, y los hombres lógicos no se toman la molestia de explicarle nada a un muerto. Hubo otro factor que tomé en consideración mientras estuve dentro del laboratorio. Morel no era antropólogo. No tenía el menor interés en las estructuras sociales. No me dijo qué estaba haciendo. Pero... lo sé, Regulo.

—Ajá. —La voz de Regulo estaba más tranquila que nunca—. Me lo temía, Rob. En cuanto has entrado aquí sin Morel me he imaginado que el juego se había terminado.

Hizo un gesto con la mano hacia el panel de control.

—Mientras hablabas, he enviado una señal al personal de mantenimiento para que efectuaran una salida de emergencia de Atlantis. Ya se han ido, y se estarán preguntando qué diablos ha sucedido. ¿Ves las dos naves?

En la pantalla dos grandes naves flotaban en el espacio cerca de Atlantis. No lejos de ellas, llenando la pantalla, la bola hinchada de Lutecia pendía, blanca, hirviente y humeante con los volátiles.

—Acabemos esta conversación de un modo lógico —prosiguió Regulo—. Supongo que sería una pérdida de tiempo ofrecerte parte de Empresas Regulo.

Rob negó con la cabeza. A medida que el efecto de la droga se iba, el brazo izquierdo comenzaba a hacerse sentir con un dolor insoportable.

—Me lo figuraba. —Regulo tenía las manos detrás de sí, contra la pared. Se abrió un panel y dejó ver un corredor apenas iluminado—. Tú y yo respetamos el dinero, pero jamás ha sido lo principal para ninguno de los dos. —Suspiró—. Es una lástima. Podríamos haber hecho grandes cosas juntos.

—Lo sé. Grandes cosas. —La voz de Rob era apenas audible—. Trabajar con usted Regulo. Habría dado todo lo que tengo por trabajar con usted. Pero esto es diferente. Me gusta ganar, pero hay algunas reglas que no puedo quebrar. —Se aclaró la garganta y pronunció en voz más alta—: Se terminó.

—No del todo —Regulo dio un paso atrás por la abertura. Rob y Corrie no se movieron—. Atlantis se terminó. Es cierto. En cuanto has entrado he dispuesto los controles para provocar un choque con Lutecia. Nos quedan poco más de quince minutos antes del impacto. —Volvió a señalar la pantalla, la mole creciente de Lutecia—. Después de eso, Atlantis desaparecerá. Desaparecerá Morel y los Duendes, Caliban y Sycorax. Seguidme, o también desaparecerán Rob Merlin y Cornelia.

El panel comenzó a cerrarse.

—Las naves os esperarán. —Había un ruego en los ojos brillantes de Regulo—. Daos prisa. No me gustaría perder a ninguno de los dos.

El panel de la pared no había terminado de cerrarse cuando Corrie corrió alrededor del escritorio y comenzó a examinar los controles. Rob se unió a ella.

—¿Cuál es el impulso mayor fijado para Atlantis? —preguntó él.

—Alrededor de una treintava parte de g. —Sin esperar a consultar a Rob, Corrie había comenzado a mover las teclas—. Pero ése no es el punto. La superficie exterior fallará a mucho menos. No creo que nos convenga probar con más de una centésima de g.

—¿Qué sucedería si explotase la membrana exterior?

—No sobreviviríamos. La esfera de agua inundaría los impulsores.

Rob se había acercado a la consola y conectó una cámara para ver el exterior de Atlantis.

—No podemos utilizar esa unidad de propulsión —dijo—. Es la mejor para la dirección de empuje que necesitamos, pero freiríamos a Regulo. Saldrá por ese acceso. Toma los dos impulsores siguientes y equilibra sus fuerzas. Serán cercanas a la tangencial, y no perderemos más que un mínimo porcentaje de efectividad.

Rob se inclinó sobre el escritorio, haciendo una mueca de dolor al apoyarse sobre la estropeada mano izquierda.

—Dales un cincuentavo de g.

—Es mucho. Tendremos problemas con Reglamentos, han aprobado apenas la mitad de eso. —Corrie rió ante la expresión de Rob—. Si nos salvamos de Lutecia, tú discutirás con la Junta de la Federación Unida del Espacio.

Hubo una sacudida pequeña pero perceptible cuando los dos impulsores se pusieron en funcionamiento. Pero la imagen de Lutecia no se movió en la pantalla.

—No funciona, Rob.

—Dale tiempo, Corrie. Las aceleraciones necesitan tiempo antes de que se puedan ver los resultados. —Rob miraba otra pantalla—. Menos mal que no hemos usado el primer impulsor. Ahí está Regulo, saliendo.

Una figura pequeña, vestida de blanco, había emergido de la salida más cercana a las dos naves que esperaban.

—¿Qué pasaría si no pudiéramos salvar a Atlantis?

Rob se encogió de hombros.

—Será difícil para nosotros. Aun cuando podamos escapar, sin Atlantis, Regulo estará a salvo. Sin los Duendes ni Caliban, no tendré pruebas. Él tiene dinero e influencia. Nadie me creería jamás.

Las lecturas de las válvulas de tensión en la membrana de la esfera de agua habían pasado en mucho los límites de seguridad. Bajo la firme aceleración, había cuatro mil millones de toneladas de agua que querían quedarse.

—Pasaremos muy cerca —Corrie miraba la incandescente bola de Lutecia, que comenzaba a escorarse hacia un lado de la pantalla—. La superficie de Atlantis parece que resiste. Debemos pasar junto a Lutecia sin que hierva parte de la esfera de agua. Sé que la membrana no lo soportaría.

—*Mira esa otra pantalla* —la urgencia en la voz de Rob hizo que Corrie volviera la cabeza con rapidez.

—¿Qué está haciendo, Rob?

—No sé. ¿Puedes captar alguna señal acústica que provenga de él?

El traje de Regulo se veía como una motita blanca en la pantalla frente a ellos. En lugar de dirigirse a las naves, se movía a impulsos erráticos, hacia adelante y hacia atrás. Bajo los empujes de los propulsores del traje, seguía aproximándose a la superficie derretida de Lutecia. El asteroide ardía frente a él con un intenso calor blanco que llenaba el cielo.

—Lo capto.

Las palabras de Corrie se perdieron en un gemido ronco, dolorido, salido de lo más profundo de la garganta de Regulo.

—Lutecia le está cegando —dijo Rob de pronto—. La protección de ese traje no fue diseñada para soportar tanta intensidad. Corrie, ha perdido el rumbo.

El movimiento errático hacia adelante y hacia atrás había cesado. Ahora Regulo giraba sin rumbo y los propulsores lo impelían hacia cualquier lado. El traje blanco se acercaba cada vez más a la superficie de Lutecia.

—No aguanta más, Rob —Corrie lloraba—. Escúchalo. No sabe lo que le está pasando.

—Pudiste con Alexis y pudiste con Nita —la voz ronca proveniente del traje sonaba feroz e intensa—. No podrás conmigo. Volveré a vencerte. Te dominaré.

Rob miró hacia la otra pantalla. La esfera hinchada de Lutecia pasaba junto a Atlantis. Parecía tan cerca como para tocarla, pero podrían pasar. El brazo le empezó a doler otra vez. ¿Cómo podía ser, si la energía estaba cortada?

Se arrellanó en el asiento, agarrándose el brazo con la mano derecha. Atlantis gemía y se tensaba alrededor de ellos, y el quejoso chasquido del metal retorcido y de las mamparas sometidas a una enorme tensión era más alto que los airados sonidos de desafío provenientes del traje de Regulo.

Rob le indicó a Corrie que cortara los impulsores. En ese momento vieron la diminuta figura del Rey del Cielo encaminarse hacia su cita final.

18

«COR CONTRITUM QUASI CINIS, GERE CURAM MEI FINIS»

—Senta y Corrie estarán de regreso en cualquier momento. —Howard Anson, sentado junto a la ventana, miraba el interminable flujo de tránsito que iba en dirección a la base del Tallo. Había una expresión especulativa en sus nobles rasgos—. ¿Qué han diagnosticado los médicos, Rob? ¿Te estás recuperando?

—Eso me han dicho. Incluso estoy empezando a creerlo. ¿Podrías revisar tu banco privado de datos, Howard, y decirme si es posible morir de dolor?

—Claro que sí. Nunca oirás a un doctor denominarlo de esa manera, dicen que te ha fallado el corazón o que has perdido el deseo de vivir, o alguna otra tontería por el estilo. Antes, morir de dolor era frecuente —Anson se estremeció— gracias al cielo por los calmantes modernos. ¿Pero por qué lo preguntas? ¿Tienes ganas de probar?

—No. Ya lo he hecho. Si Corrie no hubiera ignorado al resto de la nave y no me hubiera cortado lo que me quedaba de mano con el láser quirúrgico, no estaría hablando contigo en este momento.

—Le debes mucho. Infringió todas las reglas del Sistema para traerte de regreso rápidamente. Llevabais un promedio de dos ges, había alarmas de tránsito todo el camino desde el Cinturón. ¿No me habías dicho que eso —Anson señaló la mano amputada de Rob— podía desconectarse cuando lo desearas? Deberías pedir una indemnización.

—Lo he intentado, pero los que me la instalaron no esperaban que yo me la arrancara para usarla como destornillador, y yo no sabía que Morel iba a fundir parte de Atlantis y salpicarme con las gotas. —Rob estaba sentado en la cama cerca de la amplia ventana, apoyado en varias almohadas. Estaba muy delgado pero tenía buen color. Anson estaba contento con tan rápido restablecimiento.

—¿Te han explicado qué fue lo que te sucedió? —preguntó—. Una vez me dijiste que esas manos eran a prueba de tontos.

Rob sonrió.

—Depende de lo tonto que sea uno. Hemos descubierto sólo una manera de estropearla, pero uno no hace esas cosas a menudo. Primero hay que pelar la capa protectora de piel, hasta el hueso. Luego se le agrega una gota de níquel líquido, justo al lado de la terminal del nervio cubital, dentro de la mano. Lo único que falta entonces es agregar unas gotitas de agua, provistas por Caliban en su lucha con Morel, y ya tienes una hermosa microbatería. No debió de generar más de un milivoltio, pero fue directamente a mis nervios.

—Espero que hagas modificar el diseño de tu nueva mano, para que no vuelva a sucederte —Anson sonreía, imperturbable ante las muecas de Rob al recordar.

—No sucederá. Te apuesto lo que quieras. Vuelvo a la vida tranquila, a trabajar con acero, o a pintar el Tallo, para que no se oxide —Rob miró por la ventana a la base del Tallo—. ¿De verdad piensas subir? Creía que te oponías a la idea de viajar por el espacio.

—No estoy seguro. Senta sigue intentando convencerme —Anson había perdido la sonrisa y parecía esperar algo—. Te responderé a tu pregunta si tú contestas a una mía —dijo después.

Rob dejó de mirar la ventana.

—Creo que ya sé cuál es tu pregunta. Y me parece que serás más feliz sin la respuesta. Pero, si insistes, te lo diré.

—Debo saberlo. No es sólo curiosidad. Tengo que tomar una decisión por mí mismo, según la respuesta que me des.

Los dos hombres miraron los vagones, con sus pasajeros y su carga, subiendo y bajando por el Tallo. Era de noche y los vagones desaparecían de la vista en pocos minutos cuando subían hacia el crepúsculo púrpura, y volvían a dejarse ver cuando emergían de la sombra de la Tierra. Rob esperó, dejando que el otro marcara el ritmo de la conversación.

—Es una pregunta sencilla —prosiguió Anson por fin—. Me he dado cuenta de que has hablado mucho con la gente, pero siempre has eludido un tema. ¿Qué hacía Joseph Morel con los Duendes, en definitiva? Ya sabemos que no tenía interés en saber qué tipo de estructura social crearían. Habrá tenido una buena razón para sus experimentos. ¿Cuál era?

—En cierto modo, desearía no haberlo averiguado nunca. Ya sabes lo que ganó Senta con saberlo: un lavado de cerebro y la adicción a la taliza. Suponíamos que llevaba doce años siendo adicta, pero ahora estoy convencido de que ha sido más del doble de ese tiempo. Ellos la convirtieron en adicta inmediatamente después del lavado de cerebro. —La cara de Rob tenía huellas de cansancio y pena; se hacía más patente lo que acababa de vivir—. Y tienes razón, a Morel sólo le interesaban los Duendes en el aspecto biológico y médico. Eso había sido toda su vida. ¿Recuerdas la primera vez que Senta me habló del *Cancer crudelis* y del *Cancer pertinax*? Nos contó que Morel había hallado un tratamiento para el *crudelis*, pero no para el *pertinax*. Sus remedios eran eficaces en los animales, pero en los humanos tenían efectos secundarios mortales que los convertían en inútiles. Las diferencias entre animales y seres humanos son mínimas, desde el punto de vista químico, pero son cruciales. Ahora pongámonos en el pellejo de Morel. Regulo le dio la seguridad que necesitaba para todos sus experimentos. Si Regulo moría, esa seguridad desaparecería. Había que hallar un remedio para el *Cancer pertinax*, una cura eficaz en los seres humanos, antes de que fuera demasiado tarde. Regulo empeoraba más y más; yo mismo llegué a advertir cambios en él, a pesar de lo breve de nuestra relación.

—¿Pero no me dijiste que los tratamientos de Morel ayudaban a Regulo?

—Cierto. Sin ellos habría muerto hace años. Morel se estaba acercando, pero todavía no había descubierto la solución. Aunque sí otra cosa: la manera de inducir progeria en seres humanos. En Atlantis pudo producir una raza de Duendes, pequeños, de breve vida, y controlados completamente por él.

Se hizo un largo silencio. Anson estaba asqueado y no tenía ganas de hablar.

—¿Criaba a los Duendes para estudiar la enfermedad? —preguntó por fin.

—Peor que eso —la cara de Rob había perdido el color—. ¿Recuerdas que los llamaba Expes? Eran animales experimentales. Morel podía inducir la enfermedad en un Duende. Cuando vi el laboratorio, algunos estaban sanos, el grupo de control, y los otros sufrían de *Cancer pertinax*. ¿Cuál es el animal ideal en un laboratorio si se quiere encontrar un tratamiento que dé los mismos efectos secundarios que provocaría en un ser humano?

Anson no dijo nada.

—El mejor animal de laboratorio es otro ser humano —dijo Rob, respondiendo su propia pregunta—. Por eso Morel criaba a los Duendes, ésa era la única razón de su existencia. Podía tener una generación completa en apenas dos años. Y Regulo lo sabía.

Anson miraba por la ventana, reacio a mirar a Rob a los ojos.

—Tenías razón, Rob —exclamó—. En realidad, habría preferido no saberlo jamás. Ahora entiendo por qué parecías quince años más viejo cuando llegaste a la Tierra. ¿Estás seguro de que Regulo lo sabía?

Rob asintió.

—Seguro. Ojalá pudiera sentir por Regulo lo que sentía por Morel. Sabes, yo quería a Regulo. En cierto sentido, fue lo más cercano a un padre que he tenido en mi vida. No sé si tuvo algo que ver con la muerte de mi padre y mi madre, y creo que prefiero no enterarme nunca. Pero estoy seguro de que Regulo sabía lo que Morel hacía con los Duendes. Su enfermedad lo había hecho cruzar un límite. ¿Recuerdas que Senta nos habló de sus «ganas de vivir»? Regulo no quería morir. Había llegado a un punto en el que era capaz de cualquier cosa para seguir viviendo, de cualquier cosa.

—Pero, ¿por qué Morel hacía todo eso? Él no tenía la enfermedad de Regulo, no ganaba nada con esos experimentos.

—No conociste a Morel. Si había algo por lo que estaba dispuesto a dar la vida era por Caliban. Ése era el experimento importante para él. No creo que jamás haya pensado en los Duendes como otra cosa que útiles animales para experimentar. Quizá creyera que Regulo no iba a aceptar la idea, pero una vez puesta en práctica, debían guardar el secreto.

—De modo que no fue sugerencia de Regulo, él carecía de los conocimientos médicos —Anson se restregaba pensativo el puente de la nariz—. Pero supongo que aceptar algo así es casi tan grave como sugerirlo. ¿No estás de acuerdo?

—No necesariamente —Rob miró a Anson con fijeza—. Esa pregunta no es de tu estilo, Howard. ¿Adónde quieres llegar?

—He oído todo lo que has explicado sobre Atlantis. Parte de la historia no me parece racional. Quiero que admitas otra posibilidad, Rob —Anson, traicionando una emoción que Rob Merlin no había visto antes, tamborileaba nervioso con los dedos sobre el marco de la ventana—. ¿No es posible que Corrie también conociera esos experimentos? Ha vivido mucho tiempo en Atlantis y estaba muy cerca de todo lo que sucedía allí.

—Te escucho, Howard. No tienes por qué ser tan cauto —Rob suspiró—. Yo pensé lo mismo, hace mucho. Apenas regresé del laboratorio, después de que Caliban mató a Morel, encontré a Corrie con Regulo. Me habían dejado solo durante cuatro horas, y no pude evitar pensar en lo que había estado haciendo Morel durante tanto tiempo. La única respuesta que tenía sentido era una que no me gustaba nada: Morel estaba discutiendo con Regulo qué hacer conmigo. Corrie pudo haber estado allí durante la conversación.

—No lo creo, Rob. Estás insinuando que Corrie y Regulo estuvieron de acuerdo en que Morel debía matarte.

—No he dicho eso, y no creo que sea la verdad. Ésa fue una decisión de Morel, en contra de las órdenes de Regulo. Regresaría al estudio y le diría a Regulo que yo lo había atacado. Alegaría defensa propia. Creo muchas cosas de Darius Regulo, pero no puedo creer que quisiera matarme.

Anson no dijo nada, pero su expresión hacía innecesarias las palabras.

—Lo sé —soltó Rob—. Caramba, Howard, necesito alguna ilusión. Si estoy equivocado, jamás lo sabremos. Regulo ha muerto. No podremos preguntarle nada. ¿Has averiguado si Corrie es de verdad hija de Regulo?

—Eso es lo que me hizo sospechar. Lo es, sin duda. Pero te dijo que no. ¿Por qué? —Anson comenzó a caminar por la habitación, alisando con las manos arrugas imaginarias en las solapas—. ¿Por qué no quería admitir que Regulo era su padre?

—Puedo darte dos razones. Tú eliges. No quería que la asociaran con Regulo porque le molestaba mucho que la gente pudiera pensar que se acogía al privilegio de ser su hija para alcanzar el éxito en Empresas Regulo. O deseaba apartarse de él porque sabía lo que Regulo había hecho y no podía soportar la idea. Hay una tercera posibilidad, pero ésta me gusta menos aún.

—Quería que tú pensaras que ella no tenía ningún lazo fuerte que la atara a Regulo, nada más. Porque conocía los experimentos, y quería que tuvieran éxito, tanto como él.

Rob asintió. Se apoyaba en las almohadas, con los ojos cerrados.

—Ésa es la posibilidad que temo, Howard. ¿Recuerdas otra cosa que descubrimos sobre el *Cancer pertinax*? Que tiene una fuerte tendencia a ser hereditario.

Howard Anson se puso rígido.

—¿Piensas que Corrie puede...?

—Estoy casi seguro. Está aún en la primera etapa, pero tiene los primeros síntomas del *Cancer pertinax*. Obsérvala cuando se toca el tema. Se controla bien, pero se le nota en los ojos. Pasarán años antes de que se adviertan las primeras señales, pero así ocurrió con Regulo.

—¿Te das cuenta de que estás inventando una historia que no es muy consistente? —Anson se había acercado a la ventana y miraba el cielo del Este. Habían salido las primeras estrellas, pero él no las veía. Buscaba a Atlantis, aún a treinta millones de millas de distancia y que se acercaba lentamente desde el Cinturón. Pasarían meses antes de que llegara a la órbita de la Tierra—. Me dijiste que Corrie odiaba a Morel —exclamó por fin—. Ahora sugieres que hasta podía estar recibiendo tratamiento de él.

—Lo sé. ¿Te parece una combinación poco probable?

—De ninguna manera, pero creía que a ti sí. —Anson rió, pero produjo un sonido sin alegría—. Hace mucho que descubrí que la gente es compleja. Casi no hay límite para los niveles de incoherencia que uno puede hallar en una sola persona. Me alegra que tú también lo estés aprendiendo. ¿Qué vas a hacer ahora?

—¿Ahora? —Rob volvió a abrir los ojos. Se encogió de hombros—. Construir más Tallos. Desarrollar más las Hondas, achicar el Sistema Solar. Regulo ha dejado mucho trabajo sin hacer, estaré ocupado toda la vida.

—Estás eludiendo mi pregunta. ¿Qué vas a hacer con Corrie? ¿Qué vas a hacer con Caliban y con los Duendes? El problema son ellos, no la ingeniería. Eso puede solucionártelo Keino.

Rob negó con la cabeza. El silencio se alargó, y fue roto al fin por el ruido de la puerta de la sala contigua al abrirse.

—Senta y Corrie —dijo Rob—. Howard, creo que todavía no tengo respuestas. Según los Laboratorios Antigeria, se puede tratar la progeria de los Duendes hasta un punto tal que puedan recuperar casi por completo una vida normal. El *Cancer pertinax* es otro tema. Hay treinta casos entre los Duendes. Es tanto como en el resto del Sistema. Deberemos iniciar un programa sistemático, un programa legal, para buscar una cura. En cuanto a Caliban, dímelo tú. ¿Qué se hace con una nueva inteligencia, una vez que se la ha creado?

—Estudiarla. A mí me gustaría, por motivos egoístas. —Anson hizo una mueca—. ¿Por qué te crees que me estoy dejando convencer por Senta para ir al espacio? Al parecer Caliban y Sycorax han desarrollado métodos de almacenamiento y búsqueda de información diferentes a los que tenemos en los bancos de datos en la Tierra, no secuenciales, no casuísticos, casi no lógicos. Me gustaría trabajar con ellos, y eso implica ir a Atlantis. Caliban ya habrá regenerado los dos brazos que perdió.

Mientras Anson hablaba se había abierto la puerta a sus espaldas. Corrie y Senta estaban juntas de pie en el umbral. Senta estaba en uno de sus malos días de abstención, pálida y aterrorizada. Se aferraba al brazo de Corrie, y había una mirada nerviosa y huidiza en sus ojos. El parecido entre las dos mujeres era asombroso. Howard Anson se acercó para ayudar a Corrie.

—«Sois el espejo de vuestra madre» —citó con suavidad—. «Y en vos ella evoca el delicioso abril de su juventud.» A ver, Corrie, permíteme que yo me ocupe de Senta. Yo sé lo que hay que hacer.

Tal vez fuera su imaginación, pero en la cara de la mujer más joven, Anson creyó ver la primera sombra, el atisbo de la enfermedad. Tomó a Senta del otro brazo.

—Hemos ido a preguntar —le dijo Corrie—. Y no era cierto. El grupo de Chryse ha descubierto un nuevo tratamiento para la drogadicción, pero no sirve en el caso de la taliza. Era un informe erróneo.

Anson asintió.

—Me lo temía. Danos diez minutos, y le daré a Senta lo suficiente para que se sienta mejor. Parecía demasiado bueno para ser cierto. Hasta que no haya un tratamiento deberemos seguir como hasta ahora.

Con mucha ternura tomó a Senta de la cintura y comenzó a llevarla al dormitorio donde guardaba la droga.

—Howard —Anson se detuvo cuando Corrie lo llamó. Se volvió.

—¿Piensas que habrá... que alguien realmente descubrirá un tratamiento? ¿A tiempo? ¿Una solución de verdad? —La voz se le quebró hasta llegar a un susurro en las últimas palabras.

Mientras Corrie hablaba, Rob se levantó de la cama y se aproximó. Le colocó la mano en el hombro, tanto para apoyarse él como para animarla a ella. Anson los contempló un momento. Rob parecía exhausto pero lleno de determinación, con una mirada en los ojos que le dijo a Anson cuál debía ser su respuesta.

—Estoy completamente seguro, Corrie —dijo—. No será mañana, y tal vez tampoco el año que viene. Pero seguiremos trabajando hasta que la encontremos. Encontraremos una cura para las dos.

PUESTA AL DÍA SOBRE EL «TALLO-DE-HABICHUELA»: TALLOS-DE-HABICHUELA DINÁMICOSY EL TRUCO-DE-LA-CUERDA-HINDÚ

Este libro se publicó por primera vez en 1979. Parece razonable preguntarse si los últimos años han presenciado nuevos descubrimientos que hagan que el ascensor sea más fácil de construir, o tal vez, que prueben claramente su imposibilidad.

El concepto básico de su ingeniería continúa siendo perfectamente válido, pero nadie ha encontrado todavía el material superresistente que será necesario para construir el cable que soporte la carga en un Tallo-de-habichuela que vaya desde la superficie de la Tierra hasta una órbita geoestacionaria e incluso más allá.

Sin embargo, lo que ha surgido en los últimos años es un concepto totalmente nuevo para el diseño de Tallos-de-habichuela que elimina la necesidad de materiales con una gran resistencia a la tensión. Llamaremos a este nuevo artilugio un «Tallo-de-habichuela dinámico» (*Dynamic Beanstalk*) o (usando mi expresión preferida) un «Truco-de-la-cuerda-hindú» (*Indian Rope Trick*). Al contrario de lo que ocurre con el Tallo-de-habichuela original, en donde Artsutanov tiene clara prioridad, no se sabe quién tuvo primero la idea del nuevo artilugio. Marvin Minsky, Bob Forward y John McCarthy intervinieron en ello y yo mismo elaboré el único análisis de estabilidad que conozco sobre el tema.

Funciona así:

Consideremos un flujo continuo de objetos —por ejemplo balas de acero— lanzados por el centro de un largo tubo vertical en el que se ha hecho el vacío. Supongamos que la velocidad inicial de esas balas es muy alta, mayor que la velocidad de escape de la Tierra. Esto podría hacerse con un acelerador electromagnético situado bajo el nivel de la superficie. Supongamos también que el tubo está envuelto en las espiras de un motor de inducción lineal, de forma que existe un acoplamiento electromagnético entre las espiras del motor y los objetos que se mueven dentro del tubo.

A medida que las balas ascienden resultan deceleradas por la gravedad; sin embargo su velocidad puede disminuir aún más por efecto del acoplamiento electromagnético. Cuando esto ocurre, las balas que suben transfieren una cantidad de movimiento *hacia arriba* a las espiras que rodean el tubo.

En la cima del largo tubo (puede ser de cualquier longitud, pero digamos que llega hasta una altitud correspondiente a la órbita geoestacionaria) las balas se deceleran y se detienen. Después se colocan en otro tubo de evacuación, paralelo al primero, y se les permite caer dentro de él. Al caer, resultan *aceleradas hacia abajo* por otro conjunto de espiras que rodean este tubo. De nuevo el resultado es la transferencia de la cantidad de movimiento a las espiras. En la parte inferior del tubo las balas se deceleran y son captadas de nuevo por el primer sistema, se les da una gran velocidad hacia arriba y se vuelven a poner en el tubo original para ser de nuevo enviadas hacia arriba. Tenemos así un flujo continuo de balas, que ascienden y descienden en un bucle cerrado.

Si ajustamos la velocidad inicial y el ritmo de deceleración de las balas de forma correcta, puede hacerse que la fuerza hacia arriba que proporcionan las balas a cualquier altura, sea igual a la fuerza gravitatoria hacia abajo a dicha altura. Toda la estructura se mantiene en equilibrio dinámico, sin ninguna necesidad de materiales superresistentes.

Fijémonos en la palabra «dinámico». Este tipo de Tallo-de-habichuela funciona tan sólo si se proporciona un flujo *continuo* de balas, sin que haya tiempo para reparaciones o mantenimiento. En esto contrasta con el «Tallo-de-habichuela estático estándar» que puede seguir en equilibrio estable sin requerir ningún elemento dinámico.

Sin embargo, una ventaja del «Tallo-de-habichuela dinámico» es que puede hacerse de cualquier longitud. Un prototipo podría extenderse hacia arriba unos centenares de kilómetros o incluso unos pocos centenares de metros. En cualquier caso, visto desde fuera no hay nada que indique qué es lo que mantiene erguida la estructura, de aquí el nombre de «Truco-de-la-cuerda-hindú». Sin embargo, un Tallo-de-habichuela sería de lo más útil si llegara hasta la órbita geoestacionaria, ya que a esa altura los materiales elevados con el Tallo-de-habichuela podrían mantenerse en esa posición sin que haga falta ayuda adicional para mantener una órbita estable.

Existe la tentación de excluir el «Tallo-de-habichuela dinámico» por efectos «de entorno» en la superficie. ¿Qué ocurriría si el «motor» se parara y todo el artilugio cayera desde el espacio? Pero a pesar de todo, la idea de que un sistema ha de continuar funcionando correctamente sin interrupción para evitar un fallo catastrófico es menos inaceptable de lo que parece. Hace doscientos años, nuestros antepasados se habrían quedado sorprendidos por la idea de que toneladas de metal estuvieran colgando encima de ellos, movidas por un motor que tiene que seguir funcionando para evitar que todo el aparato caiga. Y, dada la tecnología de aquel momento, habrían hecho bien al sentir miedo.

Pero ahora aceptamos dicha situación. Tenemos aviones que vuelan por encima de nosotros todos los días, pero raramente pensamos en la

posibilidad de que puedan caer y estrellarse sobre nosotros. Hemos aprendido a tener fe en la tecnología de nuestros días. Nuestros nietos aprenderán a tener fe en una tecnología mucho más capaz. La proporción de fallos será mucho más baja y muchas cosas que se revisan raramente en la actualidad podrán ser mantenidas bajo la continua supervisión de los ordenadores.

En este entorno, los «Tallos-de-habichuela dinámicos» (o alguna invención posterior que los supere) podrán ser a la vez tecnológicamente factibles y socialmente aceptables. En la actualidad estamos más cerca de los «Tallos-de-habichuela dinámicos» de lo que estábamos en 1900 del vuelo espacial.

CHARLES SHEFFIELD
1 de junio de 1988

PONGA UN ASCENSOR EN SU PLANETA
Cristóbal Pérez-Castejón
(En colaboración con Jacobo Cruces Colado)

LOS PROBLEMAS DEL VIAJE ESPACIAL

Cualquier escenario que contemple la posibilidad de un viaje espacial debe tener en cuenta un requisito fundamental: no solo debe ofrecer un método viable de superar las vastas distancias del Sistema Solar, sino que debe proporcionar una alternativa eficaz para escapar del pozo de gravedad de nuestro planeta madre. ¿Qué es el pozo de gravedad? La masa del planeta donde vivimos crea un campo gravitatorio que hace que cualquier objeto situado sobre el mismo sea atraído con una aceleración de 9,8 m/seg2 hacia su superficie. A 100.000 Km de altura el valor de esa aceleración es prácticamente despreciable. Pero para «subir» un objeto desde el nivel del mar hasta ese punto hace falta una increíble cantidad de energía, casi 60 millones de julios por kilogramo de materia ascendida. La única solución que hemos encontrado a este problema es acelerar el objeto que deseamos poner en órbita hasta alcanzar la llamada velocidad de escape: en el caso de la Tierra, 11,2 Km/seg Y esa es una velocidad bastante respetable, que hoy en día solo podemos conseguir mediante cohetes.

Un cohete se basa directamente en la tercera ley de Newton o principio de acción y reacción, según el cual la velocidad del vehículo depende de la velocidad de los gases expulsados hacia atrás por el mismo. Como la atmósfera apenas tiene una veintena de kilómetros de espesor, nuestro vehículo cohete debe contener masa de reacción suficiente como para llegar a su punto de destino y después decelerar para volver al punto de partida. Teniendo en cuenta que dicha masa de reacción está constituida por compuestos altamente volátiles y explosivos, parece un milagro que accidentes como los de los transbordadores espaciales 'Challenger' y 'Columbia' no hayan sucedido más a menudo.

EL ASCENSOR ESPACIAL

Los cohetes no son los vehículos ideales para una explotación sistemática del universo. Son caros, delicados, peligrosos, contaminantes... y además, la cantidad de carga útil que son capaces de transportar por viaje es sumamente reducida, de apenas unas toneladas. No es de extrañar que con estas herramientas la humanidad no haya conseguido hasta el momento una penetración más profunda en nuestro sistema solar. Ahora bien, ¿cuáles son las alternativas? La más espectacular, sin ninguna duda, es la del ascensor espacial. También llamado «tallo de habichuela» o «Gancho del Cielo», el ascensor espacial se basa en un principio bien sencillo y que ya explotaron los constructores de zigurats de la antigua Babilonia: si quieres subir hasta el cielo construye una torre que lo haga. La belleza del ascensor espacial es que se basa en unos conceptos físicos extremadamente sencillos y unas soluciones de ingeniería que pueden ser consideradas como factibles con las técnicas y materiales actuales.

¿Qué es un ascensor espacial? Simplificando mucho la idea, una piedra que gira al extremo de una cuerda. Un extremo de la cuerda está «atado» a la superficie del planeta. El otro, a una masa de lastre, normalmente un asteroide. La rotación de la Tierra estabiliza el sistema: la tensión de la cuerda compensa la fuerza centrífuga que tiende a que el asteroide salga despedido y además mantiene la torre enhiesta.

Las ventajas de un artefacto de este tipo son impresionantes. En primer lugar, ya no es necesario emplear cantidades ingentes de peligroso combustible para subir masa útil al espacio. Siguen siendo necesarios muchos millones de julios, pero podemos suministrarlos en forma de electricidad, de la que disponemos en abundancia. El viaje se hace mucho más lento (cinco o seis días frente a unos veinte minutos que tardan los cohetes) pero la carga útil que se puede subir al espacio ya no está limitada por la masa de reacción del vehículo de transporte, sino por la resistencia estructural de la pasarela y la cantidad de energía que seamos capaces de generar y suministrar al sistema. Y además, tenemos acceso a enormes cantidades de materias primas de primera necesidad procedentes del espacio, por ejemplo, del cinturón de asteroides o la Luna.

Respecto al tema de la energía, el ascensor espacial presenta dos ventajas, a cuál más interesante. Por una parte, el campo gravitatorio terrestre tiene una interesante propiedad: es conservativo. Esto significa que necesitamos suministrar energía a nuestra masa de prueba para hacerla subir, pero al bajar esa masa de prueba cederá exactamente la misma cantidad de energía que le suministramos. Este principio, el mismo que utiliza el ascensor de cualquier edificio terrestre, permite reducir drásticamente el consumo. La otra ventaja es menos evidente, pero no menos importante: en el espacio exterior podemos disponer de ingentes cantidades de energía solar. Desde hace años lleva estudiándose la idea de explotarla mediante la utilización de inmensos paneles de células fotovoltaicas situados en órbita geoestacionaria. El único factor limitativo para el empleo de esta fuente energética limpia, no contaminante y casi inagotable es la dificultad para enviarla de forma segura a la superficie terrestre. El método más comúnmente propuesto, la utilización de haces de microondas emitidos por las estaciones orbitales hacia una central de la superficie, es muy peligroso y adolece de fuertes pérdidas por absorción atmosférica. Por el contrario, el ascensor espacial nos proporciona un soporte ideal para transportar esta energía a la superficie del planeta con un coste mínimo y un factor de seguridad alto.

La última gran ventaja del ascensor espacial es su empleo como lanzador, una especie de honda gravitatoria. Continuando con el símil de la piedra y la cuerda, si parte de la masa de lastre se desprende en un momento dado, adquirirá una velocidad lineal equivalente a la velocidad angular de giro multiplicada por el radio, exactamente igual que una piedra despedida por una honda. Para la velocidad angular de la Tierra y con un radio adecuado se pueden obtener velocidades que nos permitirían acceder a la mayor parte del Sistema Solar a un coste mínimo, además de conseguir como efecto secundario una plataforma espacial a gran altura dotada sin embargo de una gravedad importante generada por la fuerza centrífuga.

CONSIDERACIONES DE DISEÑO

Cualquier proyecto de ascensor espacial debe tener en cuenta los siguientes puntos:

1. Ubicación

Es necesario elegir tres lugares para la construcción de nuestro ascensor: el punto de anclaje en la Tierra, el punto de construcción en el espacio y la posición final de la masa de lastre o altura total del ascensor.

El punto de anclaje sobre el planeta debe encontrarse forzosamente sobre el ecuador, debido al modo de funcionamiento de nuestro tallo de habichuela. En cualquier otro lugar de la superficie, el cable no ascendería recto, sino formando un ángulo. Además, debe encontrarse sobre una placa tectónicamente estable, pues el ascensor es extremadamente sensible a los terremotos y el anclaje no debe desprenderse bajo ningún concepto. También se debe contar con una climatología estable: un huracán podría ciertamente comprometer su integridad. Debería llegarse a un compromiso entre la cercanía a los puntos de distribución de energía y materias primas... y un factor de seguridad frente a posibles fallos. Por último, cuanto mayor sea la altura sobre el nivel del mar del punto de anclaje, tanto más eficiente será nuestro desplazamiento. Las pérdidas debidas al rozamiento atmosférico de los vehículos están limitadas a los cien primeros kilómetros de nuestro recorrido... y dentro de ese tramo, especialmente en el rango de los 20 primeros. Cuanto más alto sea nuestro punto de partida, menor será el rozamiento que tengamos que compensar.

El cable y sus equipamientos auxiliares (elementos energéticos, vagones de transporte, etc.) deben ser construidos casi forzosamente en el espacio. Sería prácticamente imposible hacer ascender a la enorme masa del cable en contra del pozo de gravedad, mientras que es relativamente sencillo dejarla caer sobre el punto deseado. La ubicación de la factoría espacial debe cumplir a su vez dos condiciones: ser estable y permitir un fácil despliegue del cable y de la masa de lastre. Se han propuesto dos puntos: una órbita geoestacionaria sobre el punto de inserción a 36.000 Km de altura, o bien uno de los puntos de Lagrange del sistema Tierra-Luna. El primero es un punto de equilibrio dinámico, puesto que para que la factoría se mantenga en órbita, es necesario compensar el peso del cable que vamos soltando hacia la Tierra por ejemplo con un contrapeso que iremos liberando en sentido contrario. El segundo presenta la ventaja de ofrecer un lugar de aparcamiento ideal para los materiales fabricados, aunque tiene el inconveniente de necesitar un procedimiento muy complejo para el traslado de los elementos del ascensor hasta el punto de inserción en la órbita terrestre. También se ha especulado con la posibilidad de utilizar una base Lunar a fin de utilizar los materiales extraídos de la propia Luna como elementos de construcción.

La longitud final del sistema cable-lastre viene determinada por muchos factores. La solución intuitiva parece ser el situar el ascensor en órbita geoestacionaria, unos 36.000 Km de altura. En esta órbita la fuerza centrífuga compensa la atracción gravitatoria y el sistema está en equilibrio. Si descolgamos una cuerda (en principio no vamos a tener en cuenta su masa) hasta la superficie terrestre, esta cuerda descenderá sobre el punto situado exactamente debajo del lastre del ascensor. Hasta ahora tenemos un sistema perfecto. Pero si, por ejemplo, un niño de cinco años se pone a subir por la cuerda, aparece una pequeñísima fuerza que tira de la piedra hacia abajo y el lastre se sale de la órbita geoestacionaria y comienza a caer cada vez más deprisa. La cuerda se destensa, ya no es capaz de mantenerse sobre el mismo punto de la superficie y el cielo acaba por hundirse sobre nuestras cabezas. Ahora es el momento de tener en cuenta la masa real del hilo que se descuelga: millones de toneladas sometidas a un gradiente de gravedad decreciente. Es evidente que el ascensor no puede estabilizarse en una órbita geoestacionaria. Como vimos más arriba, ese es el punto ideal de lanzamiento. Pero la fuerza centrífuga tiene que compensar la masa de la cuerda, la del sistema de transporte y la de la masa que se sube a la órbita. Y además debe soportar un generoso factor de seguridad. Si queremos reducir la longitud del cable, sólo podemos hacerlo incrementando su rigidez: eso sería equivalente a construir un zigurat real de 36000 Km de altura. Por tanto, es necesario llegar a un compromiso: por un lado con el volumen de carga que se quiere transportar, y la velocidad de escape desde la masa de lastre y por otro con la tensión máxima del cable, el tiempo de tránsito y el consumo energético para alcanzar la órbita.

2. Lastre

La elección del asteroide que actuará como lastre de nuestro sistema se hará según tres criterios básicos:

1) Composición. El asteroide deberá servir como fuente de materias primas para el cable, elementos energéticos y de transporte. Después de las operaciones de construcción, deberá quedar masa suficiente como para actuar de lastre en las máximas condiciones de carga.

2) Resistencia estructural. El asteroide deberá soportar la máxima tensión del cable en su punto de anclaje así como la construcción de las instalaciones necesarias para la operación del ascensor.

3) Ubicación original. El asteroide deberá tener una órbita que permita su captura y transporte hasta el sistema Tierra-Luna con un mínimo gasto en tiempo de transporte y consumo energético.

3. Cable

El cable constituye el elemento fundamental del sistema. Sus características más destacadas son:

1) Resistencia a la tracción. El peso de un cable de miles de kilómetros de longitud junto con la tracción generada por la fuerza centrífuga asociada a un lastre de varios millones de toneladas es inmenso.

2) Flexibilidad. Debe soportar las condiciones de fabricación, ser capaz de desplegarse y debe absorber las oscilaciones del sistema una vez montado.

3) Insensibilidad a los cambios térmicos bruscos, puesto que debe soportar un gradiente térmico desde 25° en la superficie a −240° en el extremo superior de la órbita, o 500° durante la reentrada y el proceso de inserción.

4) Durabilidad: Debe de estar construido con un material prácticamente eterno: las condiciones de funcionamiento del sistema no permiten o dificultan muchísimo la realización de tareas de mantenimiento.

El primer punto condiciona además el proceso de fabricación pues no sería muy recomendable la construcción por secciones, sino que debería intentarse construirlo de una sola pieza con el fin de evitar debilidades. Además, será necesario un rigurosísimo control de calidad para evitar la aparición de fallos estructurales.

Otro aspecto a tener en cuenta es que la tensión que soporta el cable no es uniforme en toda su longitud. El máximo lo tiene precisamente en la órbita geoestacionaria y va disminuyendo conforme nos aproximamos al suelo, por lo que si se desea optimizar la sección (y con ella el peso y el coste) debería utilizarse un cable de diámetro variable, con una sección mínima en el punto de atraque terrestre y máxima en la estación espacial geoestacionaria.

Como materiales de construcción se han propuesto la fibra de carbono, fibra de carbono con alma de diamante, microtúbulos de carbono y polímeros de silicio. Todos estos materiales son susceptibles de ser extruidos en hebras inmensas de una sola tirada.

Para las condiciones de carga especificadas, el diámetro del cable oscilaría entre 1 y 6 metros. La fabricación sería llevada a cabo por una factoría robot que incluiría los correspondientes controles de calidad del producto fabricado.

4. Sistema energético

Es necesaria una inmensa cantidad de energía para subir un objeto desde el nivel del mar a una órbita, por lo que el sistema debe estar dotado de las adecuadas canalizaciones para el suministro de energía a los elementos de transporte. Esta energía puede ser «cargada» en las cápsulas de transporte (bien mediante baterías o bien mediante un reactor nuclear, por ejemplo) o puede suministrase externamente a las mismas.

En este último caso, el método más comúnmente propuesto es el empleo de motores de inducción lineal. Estos motores proporcionan energía cinética/potencial a los vagones que ascienden y recuperan energía eléctrica a partir de energía potencial en los que descienden. Para llevar a cabo este proyecto es un requisito casi imprescindible la utilización de cables superconductores a fin de evitar pérdidas. No olvidemos que estamos hablando de un cable eléctrico con una longitud miles de kilómetros, que, además, debe transportar una potencia enorme (sin contar con la posible energía generada en órbita). Sin embargo, lo delicado del mecanismo de crioconductividad usado en la actualidad implicaría la utilización de superconductores de alta temperatura como opción preferida, aunque hoy en día ni siquiera poseemos materiales que sean superconductores a temperatura ambiente.

Otra alternativa que ofrece interesantes posibilidades es la utilización de un láser. En efecto, si utilizamos un láser de varios megavatios situado en la base del cable y disponemos de una serie de paneles fotovoltaicos en la cápsula, nos ahorramos el sistema de conducción de energía del cable, lo que supone un importante ahorro de material. Además, este es un método que ya ha sido probado a pequeña escala y funciona perfectamente.

5. Sistema de anclaje

Los puntos de conexión del cable con la Tierra y el contrapeso son elementos críticos en el diseño del ascensor. Se han propuesto varias soluciones, todas ellas insatisfactorias en mayor o menor grado. En una de las soluciones, el cable se enterraría a varios kilómetros de profundidad y el agujero se rellenaría en el momento del impacto con millones de toneladas de tierra. Otra solución consistiría en utilizar un soporte magnético para enganchar el cable. Presenta la ventaja de llevar un sistema de amortiguación implícito que impediría la aparición de destructivas ondas estacionarias. Sin embargo, tiene el inconveniente de precisar de una fuente de energía permanente. Debido a las especiales características del ascensor sería necesario un sistema múltiplemente redundante de generadores/distribuidores que dispararían los gastos. Después de todo nadie desea que el cable salga volando porque se ha ido la luz.

Otro problema importante con relación al punto de anclaje es el mecanismo de inserción. La solución más utilizada consiste simplemente en dejar caer el cable desde una órbita geoestacionaria hasta el punto de anclaje sobre el planeta. El cable iría dotado de unos cohetes guía que irían dirigiendo la cabeza hasta su ubicación definitiva. Es preciso tener en cuenta que la misma operación debe realizarse simultáneamente en órbita con la masa de lastre, de modo que el momento de la aparición de tensión en el cable coincida con el afianzamiento del mismo en ambos extremos. También debe considerarse que la enorme masa del cable hace extraordinariamente difícil su manejo debido a su inercia.

Una alternativa a este procedimiento sería la utilización de un cable guía. Este cable guía, mucho más reducido que el original, podría utilizarse de dos formas: bien para dirigir al cable primario hasta su encastre de forma más sencilla o bien (y esto es lo más interesante) para ir subiendo a la órbita materiales o cables cada vez más gruesos hasta alcanzar la versión definitiva. Esta última técnica constructiva presenta la gran ventaja de que el cable inicial puede ser extremadamente delgado (con un peso de unas pocas toneladas) lo que permitiría descolgarlo desde la nave sin necesidad de contrapeso. Y, además, permite que las factorías que fabriquen el cable se encuentren situadas sobre la superficie del planeta, lo cual elimina la necesidad de una fábrica orbital hoy por hoy inexistente. Las ventajas de tiempo de construcción, facilidad de despliegue, logística y suministro de energía y transporte de materias primas son muy importantes.

6. Elementos de seguridad

Aparte de los problemas técnicos, el principal obstáculo para la construcción de un ascensor espacial estaría en las cuestiones de seguridad. El cable almacena una cantidad ingente de energía elástica y además está dotado de una enorme masa. Si se partiese y cayera a tierra, en el caso peor podría ceñir toda la cintura de nuestro planeta con varias vueltas de hilo ardiente. Una forma de abordar esta cuestión es la utilización de redundancia múltiple en la construcción. Por ejemplo, si en lugar de un alma de hilo se utilizaran tres, la rotura de una de ellas podría quedar compensada por las otras dos, al menos el tiempo necesario para iniciar las necesarias reparaciones. Quizás también resultaría deseable que el ascensor incorporara alguna forma de sistema de fragmentación en caso de destrucción del mismo. De este modo, si se rompe el cable volvería a la Tierra en forma de fragmentos en vez de en una sola pieza.

La energía del impacto de un ascensor orbital sería inmensa, muchísimo mayor que la del mayor de los meteoritos que han caído sobre nuestro planeta. Para evitar posibles colisiones, el cable debería estar dotado de estaciones de seguridad repartidas a distancias regulares a fin de ofrecer algún tipo de protección anti meteoritos y contra impacto de cualquier tipo de objetos o chatarra espacial. Una alternativa a estas estaciones seria la posibilidad de crear una base de anclaje móvil, por ejemplo mediante el empleo de plataformas flotantes. Eso conferiría a la estructura una cierta capacidad para esquivar impactos más o menos predecibles, pero a costa de un anclaje menos seguro, más expuesto a las inclemencias climatológicas y, sobre todo, bastante más caro debido a la cantidad de cable a añadir respecto de otras ubicaciones como, por ejemplo, la cima de una montaña.

También serían necesarias unas rígidas medidas de seguridad para impedir actos terroristas. El punto crítico en este caso es el lastre, pues soltando el cable del mismo se consigue la máxima potencia destructiva. Tampoco puede descuidarse el problema del corte del cable o el sabotaje de vagones, sobre todo en sistemas de estabilidad dinámica donde la circulación constante de los mismos es indispensable para sostener la estructura.

El sistema de transporte del ascensor incluiría en principio vagones de carga y vagones de pasajeros. Estos últimos están, evidentemente, presurizados, y deberían incluir un sistema de seguridad para prevenir posibles fallos mecánicos y de suministro eléctrico como por ejemplo un sistema de cremallera. También habría que pensar en un sistema de control de tráfico bastante redundante y destinado a garantizar que la distribución de carga sobre el ascensor sea medianamente estable. Y que, en caso de problemas, se adopten las medidas de seguridad necesarias para garantizar la integridad del conjunto, como por ejemplo, la eyección de aquellos vagones de carga que puedan colisionar sobre el cable y dañar su estructura, elementos capaces de soportar una reentrada en transportes tripulados, etc.

Por último, no podemos olvidar que en el caso de transporte de personal, el ascensor atraviesa durante parte de su trayectoria los cinturones de radiación de Van Allen, lo que haría necesaria alguna forma de blindaje a fin de proteger a los pasajeros contra una radiación que seguramente superaría sin ninguna protección los máximos niveles permitidos.

Otros tipos de ascensor

Se han propuesto desarrollos más avanzados del ascensor espacial. Puesto que el material y el proceso de construcción del cable en un solo hilo son complejos, hay diseños que usan un sistema en el que la integridad estructural es dinámica y generada mediante el empleo de motores de inducción que dan al ascensor la necesaria rigidez impulsando constantemente cabinas de carga a lo largo del mismo. Este sistema presenta muchas ventajas: el ascensor puede construirse en una latitud diferente de la del ecuador, la altura del mismo no tiene por qué alcanzar la órbita estacionaria y es más fácil de alimentar y construir. El inconveniente es que no puede detenerse jamás, por lo que sería extraordinariamente sensible a fallos energéticos y a las operaciones de mantenimiento o averías de los vehículos.

Una evolución de la idea consiste en la sustitución de la masa de lastre por un anillo que rodease a la Tierra. Sería una obra faraónica, que requiere la construcción de múltiples radios para garantizar la estabilidad estructural del sistema y necesita por lo tanto de una cantidad inmensa de material. Visto desde el eje de rotación de nuestro planeta y a una cierta distancia, se parecería a la rueda de un carruaje en cuyo centro estaría el planeta. ¿Qué ventajas presenta una estructura semejante? Para empezar, proporciona un enorme espacio habitable, donde sería posible alojar al excedente de población. Sería también una fuente de energía casi ilimitada, y un entorno ideal para llevar a cabo tareas de construcción en órbita, observación astronómica, puerto espacial, etc.

El concepto original se remonta al año 1966. Un grupo de oceanógrafos presentó en una carta a la revista Science la idea de construir un 'ascensor espacial', un sistema de cabinas y de compartimentos que pudiesen unir la superficie de la Tierra con una estación espacial en órbita geoestacionaria a 36.000 Km de altura. Curiosamente, esta idea ya había sido concebida seis años antes, de modo independiente y con más ambición, por el ingeniero soviético Yuri Artustanov. Desde entonces han sido publicados muchos documentos y estudios que exploran detalladamente este tema.

Debido a la propia naturaleza del ascensor espacial, la ciencia-ficción 'hard' ha sido la principal abanderada de esta idea. Tres autores publicaron en principio obras fundamentales sobre el tema: Arthur C. Clarke, Charles Sheffield y Kim Stanley Robinson. Curiosamente, las novelas de Clarke y Sheffield coincidieron en el tiempo: «Fuentes del paraíso» y «La telaraña entre los mundos» (1979). Ambas obras tienen coincidencias sorprendentes, y aunque Clarke envió una carta a la Science Fiction Writers of America (SFWA) asegurando que se trataba sólo de una casualidad, ésta se repitió de nuevo años después con «Cánticos de la lejana Tierra» y «Las crónicas de McAndrew»; ambas obras hacían uso en su argumento de la energía del vacío y la propulsión cuántica.

En «Fuentes del paraíso» el protagonista es Vannevar Morgan, un ingeniero que emprende la tarea de construir un ascensor espacial, (o torre orbital, como él prefiere llamarla). El punto de anclaje será una montaña de Sri Lanka, pero el proyecto encuentra la oposición de una abadía de monjes que ocupan el lugar. Clarke propone el uso de un asteroide condrítico carbonoso como lastre, que sirve también como fuente de materia prima para la extrusión del monofilamento de la torre. La operación de anclaje se lleva a cabo utilizando un cable guía. En lo que concierne a la novela, no está entre lo mejor de Clarke. Como suele suceder en sus últimas producciones, se deja arrastrar por una serie de detalles anecdóticos (la historia de Sri Lanka, p.e.) que empañan la idea principal, aunque incluye otros que por sí solos constituirían el tema para una obra aparte, como el Velero Estelar: los tres capítulos dedicados a este último son casi lo mejor del libro.

Clarke volvería a utilizar el concepto de ascensor espacial de modo recurrente en su obra. De hecho, en su novela póstuma escrita en colaboración con Frederik Pohl «El último teorema» (2008), vuelve a aparecer un ascensor espacial ubicado de nuevo en Sri Lanka (aunque tal ubicación no es posible, por no estar en el ecuador). Para su construcción, en una primera fase se utilizan cohetes para subir los materiales a la órbita y desde donde se deja caer la guía. A continuación esta se utiliza como un cable espacial de baja carga para poder prescindir de los cohetes químicos e ir aumentando paulatinamente la cantidad de material que puede ser transportado por el ascensor. Paralelamente a esto, la estación en órbita va recogiendo material mediante un par de naves automáticas. Estas se dedican a ir identificando los numerosos fragmentos de chatarra cósmica en órbita terrestre y dirigiéndolos hacia la estación mediante velas solares para reciclarlos y usarlos en la construcción. Como nota curiosa, la cabina del ascensor definitivo tiene incorporada un refugio para proteger a los pasajeros de los cinturones de radiación de Van Allen.

La obra de Sheffield, «La telaraña entre los mundos», tiene muchos puntos en común con «Fuentes del paraíso» y se publicó sólo unos meses después. El protagonista se llama en esta ocasión Merlin (qué casualidad, su nombre también empieza por M), igualmente un ingeniero especializado en superpuentes y creador de un robot de extrusión de filamentos conocido como la Araña. Un misterioso multimillonario con oscuros intereses le encarga la construcción de una torre orbital en Ecuador, y de la relación entre Merlin y su mecenas surge la intriga de la novela. La estructura de la torre orbital es muy similar a la propuesta por Clarke. El robot de extrusión es un elemento fundamental de la obra (de hecho, el motivo de la elección de Merlin para el proyecto), aunque la solución propuesta por Sheffield para el anclaje del cable es, cuando menos, bastante arriesgada. De hecho, en la mencionada carta a la SFWA Clarke asegura que tal idea no sería permitida jamás.

Otra obra que aborda con cierta profundidad la construcción y alguno de los problemas de una torre orbital es «Marte rojo» (1993), de Kim Stanley Robinson. Esta obra forma parte de una trilogía sobre la colonización, terraformación e independencia de Marte. En este planeta, vacío y frío, es mucho más sencillo construir una torre orbital. Una gravedad menor (0,38 g), una atmósfera casi inexistente (aunque las tormentas de polvo representarían un problema muy grave), y la presencia del cúmulo de asteroides Amor que cruzan su órbita son factores que simplifican la construcción; en el libro, uno de ellos es usado como fuente del material del cable y lastre, y rebautizado como Clarke. En este caso, el sistema de anclaje es un acoplamiento electromagnético, en torno al cual se construye la ciudad de Sheffield. Un problema añadido a la construcción en Marte es que la torre debe esquivar además las dos lunas marcianas, Fobos y Deimos, cuya velocidad orbital es elevada. Robinson hace especial hincapié en las consecuencias económicas y sociales que la existencia del ascensor tiene sobre la colonia: por una parte es una fuente de bienestar económico, pero por otra da lugar a una riada incesante de nuevos colonos y tensiones sociales. Por eso, cuando al fin estalla la primera Revolución marciana el ascensor es una de sus víctimas. Mediante una voladura del acople, el lastre es desenganchado del cable, y al faltarle a éste la fuerza centrífuga de soporte comienza inmediatamente su caída hacia la superficie, mientras que el asteroide sale despedido tangencialmente de la órbita. El cable, con una longitud casi igual a dos veces el perímetro marciano, va azotando el ecuador cada vez con más violencia, hasta que los últimos fragmentos originan diamantes con la fuerza del impacto.

En «Marte verde» (1994), la segunda novela de la saga, se emprende la construcción de otra torre orbital usando técnicas y materiales similares. Robinson describe el proceso con un poco más de detalle, variando en este caso el emplazamiento de las 'obras': el cable comienza a extruirse cuando una serie de factorías robóticas aterrizan en el asteroide escogido, Nueva Clarke (qué falta de originalidad), y el cable y el asteroide son conducidos después a la órbita marciana. «Marte Rojo» y su continuación ilustran maravillosamente algunos de los conceptos físicos implícitos en la idea del ascensor: los materiales ultrarresistentes necesarios para el cable, el papel de la fuerza centrífuga, la necesidad de dispositivos de seguridad (que durante la segunda Revolución son usados para evitar nuevos ataques), las consecuencias del desplome del ascensor, etc.

Otra novela que desarrolla con cierto detalle el proceso de derrumbamiento de una torre orbital es «Ciudad Abismo» (2001) de Alastair Reynolds, ganadora del British Science Fiction 2002. En el sistema Borde del Firmamento, la ciudad de Nueva Valparaíso está construida en torno a «el Puente», un ascensor espacial. La estructura del mismo es bastante clásica: un cable hueco (para ahorrar peso) formado por un enrejado de hiperdiamante reforzado piezoeléctricamente, de unos cinco metros de diámetro en casi toda su longitud y anclado a una base masiva. El cable sube hasta una estación espacial en órbita geoestacionaria a 16000 Km de altura. Curiosamente, en la novela se comenta que la parte inferior del cable es muchísimo más gruesa que la zona media o superior por consideraciones puramente psicológicas, para que los pasajeros no fueran conscientes al embarcar de lo delgado que era el soporte por el que iban a subir. El elevador utiliza un sistema de múltiples cápsulas ascendiendo y bajando simultáneamente para balancear la carga. Estas cápsulas son propulsadas mediante un motor de inducción lineal. El viaje dura alrededor de siete horas, puesto que aún cuando la velocidad en la atmosfera está limitada a unos 500 Km/h, una vez fuera de la misma se incrementa notablemente.

El protagonista, Tanner Mirabel, se encuentra ascendiendo en una de esas cápsulas cuando el ascensor sufre un atentado: una explosión nuclear corta el cable a unos 3000 Km por debajo de la cápsula de Tanner. Lo que sucede a continuación es una buena prueba de las dimensiones ciclópeas de la estructura. Los ocupantes de la cápsula ven la luz de la explosión, pero no sienten nada. Apenas se percibe un parpadeo de la luces debido a la interferencia del pulso electromagnético de la explosión y la cápsula aparentemente continua deslizándose sin problemas. La detonación ha tenido lugar muy por encima de la atmosfera y está tan lejos de la cápsula que el sonido de la misma, transmitido a través de la superficie del cable, tarda más de 200 segundos en alcanzar la cápsula. Sin embargo, por debajo de la misma el cable cortado está experimentando dos efectos catastróficos. Por un lado, la parte inferior, al eliminarse la tensión que la mantenía sujeta a la estación espacial, se desploma sobre el planeta (generando una enorme destrucción en el proceso). Por otro, la parte superior, como una goma elástica liberada de repente, se ve lanzada hacia arriba. El problema para los ocupantes de la cápsula es que ese movimiento genera una onda de relajación que sacude espectacularmente la cápsula dañando los motores de inducción. Y esto termina por convertirse en el mayor problema de todos, porque al perder impulso, la cápsula que venía por debajo, que seguía moviéndose normalmente, termina colisionando con esta generando una enorme explosión.

La caída de una de estas torres también es uno de los elementos fundamentales usados por Juan Miguel Aguilera y Javier Redal en «Mundos en el Abismo» (1988), una de las mejores novelas españolas del género. En un lejano futuro, el cúmulo globular de Akasa-Puspa está compuesto por miles de estrellas, a escasa distancia unas de otras. En los planetas habitables que giran en torno a sus soles se alzan las Babeles: ascensores orbitales casi indestructibles, una de los pocos elementos estables en una serie de mundos periódicamente arrasados por la guerra y el saqueo. Proporcionan un nexo de continuidad... y un puente a las estrellas. Sin ellas, la civilización en Akasa-Puspa se hundiría en la barbarie. Durante una expedición fuera del cúmulo globular se descubre una extraordinaria construcción de ingeniería estelar, una esfera de Dyson, en cuyo interior reposa un mundo circundado por una serie de ascensores que se unen formando un anillo orbital. Durante la exploración del planeta una de las naves, la Vadja, resulta destruida e impacta contra uno de los radios del anillo. La caída de la torre levanta millones de toneladas de polvo que originan un invierno nuclear. En la continuación de la obra, «Hijos de la Eternidad» (1989), se ilustra un poco más el concepto de anillo y su enorme tamaño. Como se ve, una de las ventajas de este sistema es que la caída de un radio (una de las torres) no tiene por qué ser crítica; el resto del sistema de ascensores funciona con normalidad, aunque las consecuencias para el clima son terribles. Aguilera y Redal han hecho otra pequeña incursión en el tema en su relato «Ari el Tonto» (1992). Ari es un pobre agricultor en un helado mundo del cúmulo de Akasa-Puspa. Un día, su suerte cambia en forma de una máquina misteriosa que seca lagos y envía hilos hacia el cielo.

Los anillos orbitales también han sido llevados al papel por otros escritores. En «Ilion» (2003), de Dan Simmons, la Tierra está rodeada por dos anillos, uno ecuatorial y otro polar, donde habitan los posthumanos. Parte de la trama de la obra consiste precisamente en la búsqueda de una nave o de un modo de acceso a esos anillos. En la novela «Mundo de dioses» (1997), de Rafael Marín, las torres orbitales son el único acceso posible al anillo edén, el hogar de los Dioses, superhombres creados por ingeniería genética que viven así por encima del resto de los mortales. En la obra de Arthur C. Clarke, «3001, Odisea Final» (1997), la Tierra está rodeada por un anillo orbital con cuatro torres de acceso equidistantes, cada una de ellas de 10 millones de pisos de altura. Las torres están construidas en diamante sólido (extraído a partir del núcleo de Júpiter encontrado orbitando en torno a la nueva estrella, Lucifer). Sin embargo, la mayor parte del anillo y una de las torres son sólo andamios, ante la imposibilidad de ocupar todo ese espacio vital. Y como no podía ser menos, Charles Sheffield también ha contribuido al tema de los anillos orbitales. «Marea estival» (1990) nos arroja a un futuro en que la humanidad ha empezado la colonización de otras estrellas, ha trabado contacto con razas extraterrestres, y ha descubierto algunos misterios del Universo. Entre ellos se hallan una serie de enigmáticos y gigantescos Artefactos, dejados atrás por la desaparecida especie de los Constructores. Uno de ellos, Capullo, es un enorme anillo orbital sostenido por cuarenta y ocho torres, desde el que se extienden miles de filamentos a más de un segundo-luz del planeta. Todo el conjunto es tan grande que la superficie está oscurecida por Capullo, y aunque casi todas las obras de los Constructores son incompresibles para los humanos, éste es claramente un sistema de transferencia de carga, aunque descomunal. Más comprensible es otro de los Artefactos de la novela, Umbilical, un ascensor espacial que conecta dos planetas en órbita cercana, Ópalo y Sismo. El ascensor está ligado permanentemente al lecho oceánico de Ópalo, y se acopla al otro por un enganche electromagnético que sólo se interrumpe cuando las fuerzas de marea del sistema alcanzan su punto máximo. Sheffield imagina para este ascensor unos materiales completamente exóticos: «cables de sostén de hidrógeno sólido, libres de defectos, con empalmes de muón estabilizado.»

En cierto modo y con el correr de los años los ascensores orbitales han terminado formando parte de la parafernalia habitual del género. En muchas novelas actúan simplemente como un recurso más o menos exótico para que los protagonistas alcancen su destino sin el engorro de los cohetes. En la novela «Viernes» (1982) de Robert A. Heinlein, la protagonista, Viernes, utiliza para buena parte de sus desplazamientos entre la Tierra y el espacio la estación del Tallo de Kenia, puesto que a pesar de que no le resulta demasiado agradable, en ese momento la práctica totalidad del trafico espacial de la Tierra esta canalizado a través del mismo. En la misma novela se comenta la existencia de otro ascensor espacial, el Enganche Celeste de Quito, que fue destruido por un sabotaje.

En «Entre los latidos de la noche», Charles Sheffield nos presenta un planeta que ha sido arrasado por una guerra nuclear y donde solo sobrevivieron los habitantes de la arcologias espaciales. Estos, acuciados por la necesidad, desarrollaron dos tecnologías que terminaron por abrirles el camino de las estrellas: la hibernación y, sobre todo, el llamado «espacio-L», una forma de hibernación en la permanece consciente y activo, aunque a un ritmo mucho más lento que la vida cotidiana. La ventaja es que en el espacio L la esperanza de vida se prolonga aproximadamente en la misma relación, de modo que los habitantes del mismo pueden llegar a vivir decenas de miles de años. En este escenario, con el correr de los años la superficie de la Tierra se ha convertido en un gigantesco parque (aunque buena parte de la misma se encuentra debajo del hielo de una nueva era glaciar) al que se accede mediante una estructura llamada «El árbol de las Habichuelas», un ascensor espacial.

El inolvidable protagonista de «Los viajes de Tuf» (1985), de George R.R. Martin, deja su nave en la Casa de la Araña, el puerto orbital, y desciende a la superficie del planeta S'uthlam a través del tubotrén de un ascensor espacial. En «Navegante solar» (1980), de David Brin, el protagonista ha forjado parte de su fama impidiendo un atentado contra una de las dos torres orbitales terrestres, las Agujas, que Brin sitúa respectivamente en la cima del monte Kenia y en Ecuador. Gregory Benford utiliza también ascensores en «A través del mar de soles» (1984). En un mundo devastado hace eones, una sonda de exploración encuentra algo inconcebible: un Gancho del Cielo. El único resto de una civilización orgánica librado de la destrucción por las máquinas, como medio de explorar la superficie, de extraer materias primas... o simplemente para vigilar que nada vivo vuelva a levantarse allí. En «Cánticos de la lejana Tierra» (1986), Clarke plantea un modelo ciertamente «original» de ascensor espacial: una grúa para ascender paneles de hielo a una órbita geoestacionaria desde una nave y con una instalación provisional muy parecida a una de nuestras grúas actuales pero empleando un cable de 30.000 Km de longitud. Y en el relato «Lo que un hombre debe hacer» (1997) de Pedro Jorge Romero, el ascensor es simplemente un adorno barroco para llevar la acción a la órbita terrestre, donde los protagonistas se conocen y enamoran.

La mayor parte de los ascensores espaciales están concebidos como un sistema de transporte de mercancías y personas desde la superficie de un planeta al espacio. Sin embargo, en determinados escenarios esa capacidad se demuestra muy útil como vía de evacuación en caso de emergencia. Por ejemplo, en «El Artefakto» (1994), de Iain M. Banks, tras la Diáspora la Tierra está habitada por una decadente sociedad formada por los humanos, las quimeras (mezcla de seres vivos y máquinas) y el oscuro y complejo mundo de la Criptoesfera. Allí van a parar las imágenes informáticas de los seres humanos después de su muerte. Desgraciadamente, su existencia desde hace tiempo está profundamente amenazada por el crecimiento del Caos, que hace cada vez más difícil llegar (y sobrevivir) a los niveles más profundos de la misma y que va volviéndola irremisiblemente más lenta. En este contexto, se produce la Intrusión, la llegada de una nube de polvo interestelar que, no solo amenaza con convertir a la Tierra en una bola helada al absorber buena parte de la radiación solar que llega a su superficie, sino que amenaza con la propia existencia del Sol. En ese contexto, las diferentes facciones que han quedado en el planeta luchan por controlar las posibles vías de salida del mismo. El rey Adijine VI, soberano de la fortaleza-torre de Serefha, está enzarzado en una guerra de resultado incierto con el clan de los Ingenieros para controlar un agujero de gusano que podría actuar como vía de evacuación. También se hacen estudios para la utilización de cohetes, aunque son claramente insuficientes. E incluso el Caos y la Criptoesfera envían a sus agentes para buscar la forma de sobrevivir a la inminente catástrofe. Lo paradójico en este caso es que el planeta cuenta, desde los tiempos anteriores a la Diáspora, con tres ascensores espaciales que podrían ser fácilmente utilizados para esto. El problema es que ya no queda nadie capaz de recordar cómo se operaban o como se activaba el sofisticado sistema de defensa espacial capaz de vérselas con la Intrusión.

Los ascensores de Banks son ciertamente una construcción curiosa. El anclaje de los mismos es una inmensa estructura que en el caso del mayor de ellos adopta la forma de un castillo de proporciones épicas (y cuya torre más alta ciertamente toca las estrellas). El material en que están construidos es una mezcla de elementos autoreparadores capaces de absorber cualquier daño que pudieran sufrir (a pesar de lo cual hay habitaciones que han quedado inutilizadas por el impacto de meteoritos). Y dentro de sus paredes se encuentra un complejísimo hardware que alberga algunos de los últimos nodos «limpios» de la Criptoesfera.

En «Tormenta Solar» (2005), de Arthur C. Clarke y Stephen Baxter, en el 2037 la civilización se tambalea ante la llegada de la mayor tormenta solar registrada hasta ese momento. Se producen miles de muertes y toda la electrónica y las redes de distribución de energía se ven gravemente afectadas. Sin embargo, pronto se descubre que esa tormenta es apenas el heraldo de una enorme explosión solar que se avecina y que está generada por una intervención extraterrestre en nuestra estrella. A contra reloj, la mayor parte de las naciones del planeta aúnan esfuerzos para la construcción de una enorme lente fresnel que disperse la mayoría de la radiación destinada a llegar a nuestro planeta, pero aun así la catástrofe es de proporciones casi inimaginables. La humanidad sobrevive, pero a un alto precio. Teniendo en cuenta los sacrificios que hubo que realizar para construir el anterior escudo mediante cohetes y que la amenaza extraterrestre sigue estando presente se construye un ascensor espacial de nanofibras de carbono ubicado en Australia para mejorar nuestra capacidad de respuesta ante otra intervención e incluso para llevar a cabo un posible contraataque.

En la novela «Deepsix» (2000), de Jack McDevitt, una misión de exploración se dirige al planeta Deepsix, que está a punto de ser destruido por la colisión directa con un gigante gaseoso errante llamado el Mundo de Morgan. Además, el planeta está viviendo una edad glacial debido a que su órbita atraviesa el área de influencia de una nebulosa. En un momento dado, los miembros de la expedición descubren los restos de diferentes civilizaciones en diferentes grados de evolución que habitaban el planeta y que fueron rescatadas mediante un ascensor espacial construido con nanotubos por unos desconocidos extraterrestres de alto nivel tecnológico. Los exploradores quedan varados en el planeta por un terremoto originado por la presencia cada vez más próxima de El mundo de Morgan pero consiguen ser rescatados in extremis con un cucharón espacial construido a partir de los restos del ascensor situados en órbita.

«Deepsix» es un buen ejemplo de un efecto secundario asociado a la presencia de un ascensor espacial: la contundente demostración de la posesión de una tecnología superior. Por ejemplo, en «La vieja guardia» (2005), de John Scalzi, cuando uno cumple 75 años se le ofrecen dos posibilidades: permanecer en la Tierra y morir al cabo de pocos años o bien alistarse en la Unión Colonial, donde se les proporciona un nuevo cuerpo joven, fuerte y equipado con la última tecnología a cambio de convertirse en soldados. En principio el objetivo de la UC es el de proteger a la humanidad del embate de las especies extraterrestres con las que compite para poder expandirse por el universo, pero inmediatamente después de alistarse el protagonista descubre que hay algo más: el ascensor espacial por el que están ascendiendo a una estación en órbita es en sí mismo una imposibilidad que viola las leyes de la física, puesto que la estación situada en su cima está justo al nivel de la órbita geoestacionaria y carece de contrapeso que le proporcione estabilidad. La conclusión obvia es que la tecnología de la UC es muy superior a la de la Tierra, en donde la construcción de una estructura semejante seria completamente imposible y el ascensor, además de vía de comunicación, cumple una función adicional al recordar a los gobiernos de la Tierra quien tiene verdaderamente el poder.

Para la ciencia-ficción, el ascensor se ha construido ya. Se construyó hace mucho tiempo, en muchos sitios distintos.

CONCLUSIONES

El ascensor espacial parece la solución óptima al problema de la conquista del espacio. Sin embargo, hoy en día no deja de ser una quimera. No disponemos de los materiales aptos para la construcción del cable a gran escala, aunque las investigaciones con los nanotubos y otros compuestos de carbono parece que van por buen camino. Carecemos de la capacidad de crear una máquina autónoma capaz de extrudir miles de kilómetros de cable en una sola hebra y aunque la nanotecnología ofrece buenas perspectivas en este campo, lo cierto es que al nivel actual pasarán al menos décadas antes de disponer de las herramientas necesarias. No se ha desarrollado un sistema conductor de energía capaz de cumplir con los requisitos energéticos del cable, aunque las investigaciones sobre superconductores de alta temperatura prosiguen y se han propuesto alternativas muy interesantes como sistema de propulsión para la carga útil del ascensor, como la utilización de un haz laser que evitaría la necesidad de tender líneas de alimentación por el cable. Y desde luego cuando apenas disponemos de la capacidad de mantener una estación espacial no demasiado grande, no parece que estemos preparados para la creación de una factoría espacial capaz de manufacturar todos los elementos del sistema con las especificaciones dadas. Aunque sin duda, la estrategia de construir un mini ascensor capaz de ir subiendo poco a poco los materiales necesarios desde la misma Tierra simplificaría bastante ese problema. Y eso sin tener en cuenta los problemas de seguridad que harían muy difícil su construcción en la Tierra... aunque lo harían ideal para la colonización de otros planetas donde la presencia humana es nula o marginal. De hecho la tecnología para construir un ascensor en la Luna o en Marte la disponemos desde hace ya bastante tiempo.

En cualquier caso, ninguna de las tecnologías implicadas en la construcción del cable es completamente imposible y ninguno de los problemas de ingeniería inaccesibles. Es más, cada vez son numerosas las iniciativas orientadas a la construcción de uno de estos ascensores. La NASA ha llevado a cabo cientos de misiones en el espacio para verificar las posibilidades de los cables espaciales. Existen diferentes competiciones internacionales, como la de Elevator 2010, que ofrecen suculentos premios para el que consiga resolver diferentes retos relacionados con la construcción del ascensor espacial. En este contexto, parece poco probable que nosotros veamos al ascensor espacial. Pero sí es posible que nuestros nietos lo contemplen alzarse para perderse entre las estrellas.

ÍNDICE

SIGUE LAS NOVEDADES EN

WWW.GRUPOAJEC.ES
Y
WWW.FICCIONBOOKS.COM